VERANO FRANCÉS

LISE GOLD

ROCÍO T. FERNÁNDEZ

Para Sophie y Gemma.
Que encontraron un nuevo hogar.
Pero más importante aún, un hogar la una junto a la otra.

Hogar. Esa bendita palabra que abre al corazón humano la visión más perfecta del cielo y ayuda a llevarlo hacia allá, como en las alas de un ángel.

— LYDIA CHILD

CAPÍTULO 1

 $\mathcal{N}$ athalie fue recibida por una brisa cálida y el olor a hierba recién cortada cuando salió de la sala de llegadas del aeropuerto de Niza. Sus ojos cansados y doloridos escanearon el área, buscando las señales de los coches de alquiler. Había sido un largo vuelo desde Chicago, con una escala muy justa de tiempo en París que le había obligado a correr hacia la puerta de embarque, llegando justo antes de que cerrara. Siguiendo las flechas a lo largo del aparcamiento, sonrió y suspiró al ver las palmeras que rodeaban el modesto aeropuerto, y los parterres con adelfas de color rosa brillante en la rotonda que conducían a la autopista. Nathalie se detuvo un momento, movió los hombros y se apoyó en su carrito de equipaje, que llevaba con tres pisos de maletas. Sus pies la estaban matando con los tacones altos, todavía hinchados por el vuelo. No estaba ansiosa por conducir en un país extraño y las historias que había escuchado sobre el tráfico francés tampoco es que hubiera aumentado su confianza exactamente. Pero había algo en lo desconocido que la hizo sonreír, a pesar de sus nervios. De todos los lugares en que podía estar, estaba en Francia.

Cogió las llaves de su Mercedes, se compró un café y esperó en el aparcamiento para recibir ayuda con su equipaje. Tres miembros del personal y un guardia de seguridad la miraban fijamente de manera inexpresiva mientras fumaban un cigarrillo a la sombra de un árbol. Cuando ninguno de ellos movió un dedo para ayudarla, abrió de mala gana el maletero y ella misma metió las maletas pesadas en el coche. *Vale. Supongo que el servicio no es importante aquí.*

"¿Podría, por favor, indicarme la dirección hacia Valbonne?" le preguntó al guardia de seguridad, después de bajar la ventanilla en las puertas del aparcamiento. El hombre frunció el ceño y agitó una mano de manera desdeñosa.

"No inglés," dijo, apagando el cigarrillo con la suela de su zapato.

"¿Valbonne?" intentó de nuevo. Levantó la copia impresa con las instrucciones que el cuidador de la finca le había enviado, después de estrictas instrucciones de no confiar en su navegador por satélite en las montañas. El hombre le quitó el papel y leyó la dirección en voz alta, meneando su bigote bien arreglado. Luego asintió y señaló hacia la tercera salida en la rotonda, levantando tres dedos.

"*Merci beaucoup,*" intentó pronunciar Nathalie. Se sonrojó de vergüenza cuando él le sonrió ante su pobre francés, mientras se fijaba en sus pechos. *Ahí va todo el encanto francés.* Podía sentir cómo le bajaba el sudor por la espalda en cuanto se alejó, y no era solamente por el calor. Nathalie rara vez conducía ella misma. En casa, en Chicago, cogía taxis para ir a trabajar o usaba el conductor de la compañía. *Vamos, Nat. Puedes hacerlo. Vas en la dirección correcta, eso es un comienzo.*

Las vacaciones de Nathalie en Francia era lo más atípico que había hecho en su vida. Rara vez tomaba vacaciones y, cuando lo hacía, siempre había viajado con Jack, su ex marido. Se había imaginado a sí misma llegando al aeropuerto, presumiendo de su top de cuello barco a rayas blancas y azul marino y sus enormes gafas de sol, hablando francés con fluidez. Y en vez de eso, todavía llevaba puesto su traje de pantalón y no podía recordar nada de las clases intensivas de francés que había tomado en las últimas semanas.

Nathalie luchaba por salir de la rotonda con todos los coches pasando a gran velocidad. Le temblaban las manos en el volante, apretando el cuero cuando los coches le pasaban por ambos lados. *Debería haberme quitado la chaqueta.* Se sentía agobiada y con calor y estaba al borde de un ataque de pánico mientras revisaba dos veces el número de la salida en las direcciones que se encontraban a su lado, en el asiento del pasajero. Por fin salió de la autopista hacia una carretera más tranquila que la llevó a través de ciudades y pueblos más pequeños. Se permitió relajarse un poco y abrió todas las ventanillas, dejando entrar el aroma de los campos de lavanda, las panaderías y un leve aroma del mar que se extendía detrás de ella. La mayoría de los pueblos eran pequeños y estaban adormecidos, con casas de piedra cubiertas de hiedra, parterres de flores coloridas, boutiques pequeñas y supermercados familiares. Se mezclaban unos en otros mientras seguía la única carretera que la llevaría a su destino. Las instrucciones que el cuidador le había dado eran claras y solo tuvo que parar una vez para comprobar que no se había equivocado demasiado. Mientras conducía por una pequeña y encantadora ciudad, bordeada de centros de jardines, se detuvo a un lado y abrió un paquete de cigarrillos, asomándose por la ventanilla mientras encendía uno. No había teléfono sonando, ni asuntos urgentes, y ningún lugar en el que estar aparte de donde demonios ella quisiera. Por alguna razón, se sentía más realizada y exitosa conduciendo sola en Francia de lo que nunca se había sentido al construir una compañía de éxito global desde cero. Se observó en el espejo retrovisor mientras echaba el humo, sonriendo por su propia rebeldía. No había fumado en mucho tiempo. No desde que Jack, su ex marido, lo había dejado hacía dos años. Ella había aceptado dejarlo también para hacérselo más fácil a él. Pero la opinión de Jack ya no importaba, y en cuanto aterrizó y vio los cigarrillos franceses finos, el ansia había vuelto. Nathalie se subió las gafas de sol, se limpió las manchas de rímel de debajo de los ojos y se sujetó los mechones sueltos de pelo rubio que se le habían salido del moño. Ver pasar a los lugareños junto a ella la hizo sentir fuera de lugar, con su coche grande y llamativo y su traje formal de negocios. Algunas señoras mayores la miraban fijamente, con recelo. Otros, sobre todo hombres, le sonreían o guiñaban un ojo cuando pasaban. Había metido en la maleta ropa informal pero no le había parecido correcto llevarlo en el aeropuerto de Chicago, así que se había puesto un traje una última vez.

Nathalie bajó la mirada hacia el trozo de papel en el asiento del pasajero. *Cuidado, la siguiente parte es empinada y estrecha*, le decían las direcciones. *Ten cuidado en las curvas.* Tiró la colilla del cigarrillo en su taza de café medio vacía, giró a la izquierda y se preparó para un viaje lleno de baches. Aunque había leído sobre conducir en las zonas rurales de Francia, nada podría haberla preparado para la carretera de arena en espiral que parecía más una montaña rusa, que subía y bajaba por las montañas. El Mercedes no era nada práctico en las curvas cerradas y demasiado grande para dejar pasar otros vehículos, pero había sido el único coche automático disponible. Nathalie estaba acostumbrada a la comodidad, por todos los viajes de negocios que había estado haciendo a lo largo de su carrera y nunca rechazaba una mejora. Sin embargo, esta vez, su elección de comodidad había sido absolutamente estúpida. Las pantallas de televisión en la parte de atrás no servían para nada, y la neverita para las bebidas entre los dos asientos delanteros tampoco la ayudó cuando giró torpemente en el camino de alguien para dejar pasar un camión, casi derribando una valla como consecuencia de su torpeza. Pero las vistas eran impresionantes. Colinas y valles se extendían delante de ella solamente con una torre de iglesia extraña aquí y allá, que señalaba un pueblo. El verde brillante del techo del bosque, el río salvaje y las granjas cocidas al sol con vacas y cerdos descansando en la tierra que las rodeaba era algo a lo que podía acostumbrarse, y Nathalie se detuvo varias veces para asimilarlo todo. Ya se sentía más tranquila. Donde quiera que terminara, estaba destinada a estar aislada.

CAPÍTULO 2

*L*ena se lavó las manos, las sacudió sobre el fregadero de cerámica de la cocina y se las pasó por el pelo corto y oscuro antes de secárselas. Había estado trabajando en los diseños del jardín de uno de sus nuevos clientes cuando sonó el timbre de la verja. La mayoría de los arquitectos paisajistas usaban ordenadores hoy en día pero a ella le gusta trabajar a la antigua usanza, con papel grueso color crema, un buen lápiz, una regla y un trozo de carboncillo. Justo se estaba poniendo manos a la obra, anotando ideas, y no le gustaba que la interrumpieran. *Llega temprano.* Desgraciadamente, era el momento de ponerse en modo sociable. Presionó el botón de debajo del timbre para abrir las verjas, tomó un sorbo de su café y se miró en el espejo, sonriéndole a su reflejo. Nathalie Kingston solo sería su tercer inquilina y quería causar una buena primera impresión. Lena llevaba puesta su ropa de conocer-y-saludar habitual, que consistía en pantalones cortos azul marino, camisa blanca y mocasines de ante azul marino. Era informal, pero lo suficientemente elegante como para parecer que había hecho un esfuerzo. Encontrar inquilinos había sido fácil, pero todavía se estaba adaptando a su papel de anfitriona y sus nervios aparecieron cuando salió del anexo de la piscina hacia el jardín. Su correspondencia con la nueva inquilina había sido breve y al grano. La señorita Kingston no se andaba por las ramas. Había dejado claro que necesitaba un lugar tranquilo para ella sola y para pasar un tiempo durante el verano. Había preguntado si había un pueblo cercano donde pudiera comprar comida y le había ofrecido pagar por adelantado. Diez minutos después de la primera respuesta de Lena, ella le había enviado una prueba de la transacción y eso fue todo.

Lena observó el Mercedes entrar por el camino de entrada y se echó a reír. *¿Por qué elegiría alguien un coche como ese?* Era grande y poco práctico en las montañas, por no decir imposible de aparcar en cualquier lugar del pueblo. Le había enviado un email a la inquilina para hacerle saber que podía usar uno de los coches de la propiedad, pero la mujer había insistido en alquilar uno automático. *Típica señora jefa. Tenía que hacerlo a su manera.* Se acercó para saludar a la inquilina cuando el coche se detuvo al final del camino de entrada. La señora rubia que salía del coche tenía problemas para mantenerse de pie en el camino de guijarros con sus zapatos de tacón alto. Era alta, pero, aún así, un poco más baja que Lena, y e iba demasiado arreglada con un traje de pantalón negro ajustado y una blusa blanca debajo. Llevaba el pelo recogido y sonrió nerviosa mientras se colgaba el bolso sobre su hombro. *¿En serio?* Lena trató de quitarse la sonrisa divertida de su cara y se obligó a mirar a la mujer a los ojos, en lugar de mirar su escote. Los cuatro botones superiores se habían desabrochado, o quizá solo había tenido calor durante el viaje, pensó Lena, lanzando una mirada fugaz al borde del sujetador de la mujer.

CAPÍTULO 3

Nathalie salió del coche y se agarró al techo cuando uno de sus tacones se hundió en el camino de entrada. Miró hacia el jardín de *Villa Provence*, estabilizándose. El nombre había sido grabado en una señal de piedra, pegado en el muro al lado de la verja principal. Habría pasado por alto la discreta señal si no hubiera sido por las direcciones, que le decían que era la primera verja después de tres baches profundos en el camino, que no podría haber esquivado aunque lo hubiera intentado. Aunque había pagado un precio alto por la villa, era mucho más grande de lo que había esperado. Pero no estaba en Cannes o St. Tropez, donde un alquiler Premium tenía un precio ridículo. El camino de entrada era largo, con un hermoso tramo de jardín bien cuidado que se extendía hacia los muros cubiertos de hiedra que rodeaban la finca. La casa de dos plantas era grande pero tenía mucho carácter, con su exterior de piedra, persianas azules luminosas y el techo plano. Había silencio. Mucho silencio. *Querías paz, pues ahí lo tienes.*

"Hola, soy Lena Delano." Una mujer joven con un suave

acento americano extendió la mano cuando Nathalie pudo por fin encontrar el equilibrio. "Bienvenida a Valbonne."

"Gracias," dijo Nathalie, algo sorprendida de ver a la cuidadora. Por la correspondencia que habían mantenido, se la había imaginado mayor, pero Lena parecía tener su edad. Tenía pelo corto y negro, ojos y rasgos oscuros y era alta y atlética. Su sonrisa era sincera y los hoyuelos que le aparecían al sonreír le daban un cierto encanto. "Esto es precioso." Nathalie estrechó la mano de Lena, luego estiró la espalda y se tomó su tiempo en mirar alrededor de la finca que iba a ser su hogar durante los próximos meses. Había árboles frutales hasta lo que le alcanzaba la vista y una discreta piscina que se fusionaba con la belleza natural de su entorno. Detrás de la piscina había otro edificio con el mismo exterior de piedra y persianas azules. *¿Una casa para invitados quizás?*

"Me alegra que sea de tu agrado." Lena hizo un gesto hacia la casa principal. "Vamos, deja que te enseñe tu habitación para que puedas refrescarte. Debes estar cansada del largo viaje. Después te haré un recorrido por la casa si te queda energía." Lena sonrió mientras sacaba el equipaje de Nathalie del coche con poco esfuerzo. Nathalie se echó una bolsa sobre el hombro y arrastró otra maleta tras ella, siguiendo a Lena por la terraza y hacia la cocina. La cocina era rústica pero estaba equipada con electrodomésticos modernos. El ladrillo viejo expuesto le daba carácter al comedor, que consistía en una mesa vieja de madera con sillas a juego y cojines de retales azules en los asientos que hacían juego con la maceta de lavanda sobre la mesa. El elemento principal era un Aga negro, con una gran sartén encima, hirviendo a fuego lento. Sobre la encimera de madera a ambos lados, azulejos de varios tonos de azul cubrían la pared alrededor de las ventanas que daban al jardín y a la piscina.

"He hecho algo de comida," dijo Lena. "Aquí es autoservicio, a menos que solicites lo contrario, pero pensé que hoy podrías estar cansada, así que hay pollo al vino y pan fresco si tienes hambre." Le guiñó un ojo. "También he puesto una botella de rosado en el frigorífico por si te apetece una copa. La tienda cierra en veinte minutos pero podemos ir mañana si quieres."

"Gracias, muy amable," dijo Nathalie, pasando la mirada por la selección de hierbas frescas, que crecían en los huecos de la pared de detrás de la mesa. "Me impresiona lo bonito que es todo esto."

"Estupendo. Siempre es un alivio saber que mis invitados están contentos con lo que han reservado." Lena abrió la puerta de la cocina y salió a un pasillo largo y oscuro, con puertas a ambos lados. "Te recomiendo esta habitación," dijo, abriendo la primera puerta a la derecha. "Hay toallas y artículos de aseo personal en el cuarto de baño." Nathalie entró en la espaciosa habitación y soltó un suspiro cuando dejó su pesada bolsa en el suelo. La cama estaba hecha con mullidas almohadas y sábanas amarillas. Una pintura moderna de dos mujeres desnudas, enredadas en un abrazo, colgaba con un marco decorado. Al lado de la cama había una mesita de noche antigua con un ramo de rosas blancas encima, dispuestas elegantemente en un jarrón de aspecto rústico. El chaise longue amarillo a los pies de la cama hacía juego con el edredón y la alfombra en el suelo de baldosas. Lena giró las otras maletas y abrió las pesadas cortinas de lino, dejando al descubierto las puertas cristaleras que daban a la terraza con la piscina detrás.

"La llave está en la puerta. Asegúrate de poner la mosquitera después del atardecer o tendrás problemas esta noche." Hizo un gesto hacia el marco de la cama, que estaba apoyado sobre la pared.

"Genial. Lo recordaré." Nathalie abrió la puerta del cuarto de baño y encendió las luces. "La habitación es preciosa. Los dueños han hecho un trabajo increíble." Se volvió hacia Lena y bajó la mirada hacia su traje pantalón y sus zapatos de tacón. "Me voy a dar una ducha y a cambiarme. No creo que necesite una traje por aquí."

Lena se rió. "No me puedo creer que sigas andando con esos zapatos después del viaje que acabas de hacer." Se demoró un poco en la puerta. "Bueno, estaré en la cocina un rato, terminando la comida. Ven a buscarme si quieres que te enseñe el lugar."

NATHALIE ABRIÓ LAS PUERTAS CRISTALERAS, dejando que la brisa entrara en la habitación. Frente a ella estaba la soleada terraza, donde había una mesa y sillas de hierro fundido entre macetas y comederos para pájaros. Un poco más abajo en la terraza, justo delante de la puerta de la cocina, había un comedor al aire libre con capacidad para doce. La hiedra crecía en las celosías que había sobre las paredes y sobre una galería que conducía a la piscina. Detrás estaban las montañas. Podía ver una iglesia a lo lejos y algunas casas adosadas, dispersas en la parte alta. Era verdaderamente idílico; el anuncio no había mentido en eso. Se quitó los zapatos y se estremeció de placer al sentir sus pies descalzos sobre las frías baldosas. Luego se quitó el traje y buscó un caftán en su equipaje.

CAPÍTULO 4

"**S**iento haberte hecho esperar," dijo Nathalie al entrar en la cocina con una toalla alrededor de su pelo húmedo.

"No te disculpes, no hay prisa." Le sonrió Lena. "Para eso estás aquí, ¿no? ¿Dijiste que querías tomarte las cosas con calma durante un tiempo?" Señaló el jardín con las manos. "Bueno, pues ahí lo tienes."

Se levantó de la silla y le hizo un gesto a Nathalie para que la siguiera por el pasillo. "Venga, vamos a hacer un recorrido rápido por la casa primero."

Entraron en la sala de estar, que estaba en la parte de atrás de la casa.

"Hay una puerta de entrada," dijo Lena, "pero ya verás que no la vas a usar mucho. En Francia, especialmente por aquí, nos gusta usar la puerta de la cocina. La verja y la puerta de la cocina se abren con un código así que tampoco necesitarás llaves. Vivo en el anexo del jardín y normalmente estoy aquí por la noche. Hay un sistema de alarma, si eso te hace sentir más segura, aunque yo nunca lo he usado." Señaló la chimenea de azulejos en mosaico.

"La chimenea funciona bien, y hay leña bajo la mesa de café. Solo dame una voz si la quieres encendida, te enseñaré cómo hacerlo. Esta semana hará bastante calor, pero de vez en cuando refresca por la noche."

"Gracias." Nathalie miró alrededor de la habitación. Era acogedora, casi como de estilo de granja. Los dos sofás de cuero oscuro estaban colocados frente a la chimenea con una mesa de café rústica delante de ellos. Había alfombras de piel de vaca por toda la habitación y plantas. Muchas plantas, en macetas o colgando del techo en cestas de ganchillo. Parecía una de esas casas de revistas de interiores, pensó Nathalie. Los cuadros modernos y abstractos en colores neutros complementaban la decoración rústica. Eran el único recordatorio de que no había viajado atrás en el tiempo. No había televisión ni sistema de música. Nathalie se imaginó leyendo aquí de noche, con velas encendidas y una copa de buen vino francés. "No me enseñes nada más, soy feliz tal como está," dijo.

Lena se echó a reír. "Todavía no hemos terminado. Hay dos dormitorios más abajo, además del tuyo. Tú estás en la habitación con baño más grande. La llamo la habitación amarilla. La habitación azul está al lado y la rosa enfrente." Señaló hacia el final del pasillo mientras volvían de regreso. "El lavadero está allí, con todo lo necesario para lavar la ropa. Allí encontrarás las toallas también. Si quieres, puedo organizarlo para que uno de los limpiadores locales te lave la ropa."

"No hace falta," dijo Nathalie. "Estaré bien."

Lena sonrió. "Bueno, dímelo si cambias de opinión." Señaló la puerta que estaba junto al lavadero. "Hay una despensa allí, pero puede que no lo necesites porque la cocina tiene mucho espacio para almacenar cosas. Arriba hay cuatro habitaciones más, también señaladas por color, pero lo verás cuando eches un vistazo por allí. Dos de ellas tienen un balcón pequeño con vistas al jardín. Por favor, no dudes en cambiarte de habitación si prefieres una de esas." Se encogió de hombros. "Es todo tuyo para los próximos meses así que haz lo que quieras."

Nathalie la siguió de vuelta a través de la cocina hacia la terraza, donde las rosas estaban en plena floración. Los árboles proporcionaban sombra en todo el jardín bien cuidado y las telas de lino usadas para crear un dosel sobre la zona para sentarse le daba un aire bohemio.

"¿Asumo que hay un jardinero aquí?" preguntó. "Debe ser mucho trabajo mantener un lugar como este."

Lena levantó una mano y se echó a reír. "Esa sería yo." Hizo un gesto hacia el césped recortado cuidadosamente. "Me encanta el trabajo en el jardín, así que no es una obligación. Paso más o menos una hora allí todos los días, normalmente por la mañana temprano. Me relaja. Tenemos un sistema de riego fantástico, así que no necesito regar las plantas. Eso me ahorra un montón de tiempo."

"Guau. La gente debe estar haciendo cola para contratarte." Nathalie miró a Lena, que sonrió con orgullo. Sus hoyuelos eran monos y se encontró observándola un poco demasiado. Cruzaron el césped y se dirigieron a la piscina, que era la única área pavimentada que rodeaba la finca, aparte de la terraza y el camino estrecho hacia ella. Había tumbonas de madera con cubiertas gruesas de gomaespuma blanca y mesas de café a juego. Los azulejos azul marino que se extendían por la piscina la hacían parecer profunda y fresca.

"La piscina recibe servicio cada dos semanas," continuó Lena. "Te avisaré antes de que entren. Solo lleva como una hora, así que tal vez quieras cubrirte mientras tanto." Sonrió. "Los franceses de clase trabajadora tienden a flirtear un poco más que sus colegas americanos, pero es todo de manera desenfadada y estoy segura de que te acostumbrarás."

Nathalie metió un dedo del pie en el agua, se agachó y

comprobó el termómetro de la piscina. Estaba a unos perfectos veinticinco grados. "El propietario debe tener muy buen gusto o un decorador muy caro."

"Me aseguraré de pasarle tus comentarios," dijo Lena. "Este es el primer año que se alquila después de la renovación. Eres solo la tercera persona que se queda aquí, así que no debería haber ningún problema con la caldera o la electricidad." Señaló el anexo de la piscina. Parecía bastante espacioso desde fuera. Las cestas bajo las tres ventanas estaban llenas de lavanda, y como en la casa principal, la mitad de la fachada estaba cubierta de hiedra. "Yo vivo allí. Si necesitas algo, cualquier cosa, simplemente llama a la puerta. Normalmente estoy por aquí." Y entonces sonaron ladridos desde el interior del anexo.

"¿Tienes perro?" le preguntó Nathalie.

"Sí. Olvidé mencionarlo en mis emails." Lena hizo una mueca. "Lo dejé allí, por si eras alérgica o te daban miedo los perros. No a todo el mundo le gustan las mascotas cuando están de vacaciones. ¿Te importa si lo dejo salir?"

"No, en absoluto." Sonrió Nathalie. "Por favor, me encantan los perros." Se agachó para saludar al terrier blanco y negro cuando Lena abrió la puerta. Ladraba de emoción, meneando la cola y saltando hacia ella mientras le lamía la cara. "Oh, mírate. ¡Eres la cosita más mona que he visto jamás!"

Lena se rió de sus travesuras. "Se llama Gumbo. Mi abuelo lo llamó así por su plato favorito. Creo que le gustas, Nathalie."

"Nat. Por favor, llámame Nat," dijo Nathalie, mientras acariciaba a Gumbo.

"Vale, Nat. Me alegra que no te importe tener un perro cerca. Voy a llevarlo a dar un paseo ahora." Hizo un gesto a Gumbo. "Hay espacio más que suficiente para él aquí, pero está aburrido del jardín ya. ¿A que sí, Gumbo?" Gumbo corrió dentro del anexo y trajo una pelota de tenis que dejó caer delante de Lena. "Te dejo con tus cosas, ¿a menos que necesites algo más de mí?"

"No, estoy bien, gracias." Nathalie se levantó y dio un paso atrás. "Estoy sintiendo ya el jetlag. Creo que voy a probar algo de esa deliciosa comida que has preparado y me voy a acostar pronto." Miró el reloj, sorprendida al ver que solo eran las seis de la tarde. El sol todavía estaba alto, pero su cuerpo sentía como si fuera medianoche. Lena se rió.

"Que descanses. Dame una voz si quieres que te haga un recorrido por las tiendas mañana." Saludó con la mano mientras caminaba hacia la verja, mientras el perrito daba vueltas a su alrededor como un loco.

CAPÍTULO 5

$\mathcal{N}$athalie miró al reloj que tenía en su mesita de noche. Eran solo las siete de la mañana y estaba completamente despierta. No es que ella durmiera hasta tarde en Chicago. Siempre se levantaba temprano, incluso los fines de semana. Pero había esperado dormir más sin la alarma del despertador y la perspectiva de un día ajetreado por delante. La cama era increíblemente cómoda, con su colchón firme y sábanas suaves y la habitación era mucho más fresca de lo que había esperado. Se levantó y abrió las cortinas para dejar entrar el sol. Luego buscó un libro en una de sus maletas, que todavía estaban sin deshacer, y se volvió a la cama. No podía recordar la última vez que no había leído otra cosa que no fueran emails, contratos, informes financieros o planes estratégicos. Era extraño no tener una razón para levantarse por la mañana. Contuvo el aliento, esperando entrar en pánico, y soltó el aire profundamente cuando eso no ocurrió. *Estoy bien. Todo está bien.* Volvió a respirar hondo y se acomodó con el thriller, lo que hizo que olvidara su falta de objetivo durante un rato. Aún así, una inquietante sensación de intranquilidad la apuñaló, justo cuando estaba empezando a relajarse. Pensó en su apartamento en Chicago, que ahora estaba a la venta, y no pudo evitar preguntarse cómo irían las cosas en la compañía. ¿Qué decisiones se estaban tomando sin ella? ¿Habría sido nombrado ya su sucesor? *Deja de pensar en cosas que ya no te incumben. Eso queda atrás para ti ahora. Estás aquí para averiguar lo que quieres hacer con tu vida, así que averígualo.*

Genial. Solo llevaba una noche aquí y ya estaba preocupada por la compañía. Se sentó en la cama y miró por las puertas cristaleras, tratando de ignorar los pensamientos que se abrían paso en su conciencia. Lena estaba cortando el seto detrás de la terraza. Nathalie podía ver la concentración en su cara mientras trabajaba metódicamente, dando un paso atrás para comprobar su trabajo cada minuto o así. Había algo muy atractivo en Lena, pensó Nathalie. El pelo negro corto y abundante y los ojos oscuros profundos, por no hablar de su increíble sonrisa. Pero también había una pizca de travesura juvenil en su comportamiento, la manera informal en la que se movía y su actitud relajada.

Lena se puso de pie y miró en dirección a la habitación de Nathalie, como si pudiera sentir un par de ojos sobre ella. En un reflejo, Nathalie volvió la cabeza hacia su libro tan rápido, que le dio un tirón en el cuello y gimió de dolor.

"¡Joder!" dijo, un poco demasiado alto. Gumbo, que estaba husmeando por la terraza, la oyó y antes de que Lena pudiera sujetarlo, corrió hacia la habitación de Nathalie, saltando contra las puertas de cristal. Nathalie movió los hombros, se levantó y abrió las puertas para dejarlo entrar.

"Lo siento mucho," gritó Lena desde detrás del seto. "¿Te ha despertado? Espera, voy y lo cojo." Sin embargo, Gumbo tenía otros planes. Se las ingenió para subirse a la cama a través del sillón en nada de tiempo y se acomodó en la almohada de Nathalie como si fuera la cosa más natural del mundo. Nathalie se rió al ver la expresión mortificada de Lena.

"Está bien," le gritó ella también. "Me siento casi honrada de que quiera venirse a la cama conmigo."

"¿Estás segura?" Lena dio un par de pasos en su dirección, pero mantuvo la distancia cuando Nathalie se volvió a la cama. Tragó saliva al ver su camisón de seda color crema. "No se le permite entrar en la casa principal, lo sabe. No tengo ni idea de por qué ha pensado que estaba bien…"

"Estoy segura." La interrumpió Nathalie. Sonrió, bajando la mirada hacia Gumbo, que fingía estar profundamente dormido.

"Muy bien entonces," dijo Lena, volviendo al seto. "Pero, por favor, échalo de una patada de ahí cuando quieras." Agitó una mano. "No quiero decir literalmente de una patada, por supuesto… Solo dame una voz."

"Claro, pero de verdad que no me importa que esté aquí," dijo Nathalie, levantando el pulgar. Se dejó caer sobre la almohada y se rió cuando Gumbo se le acercó, lamiéndole la cara.

CAPÍTULO 6

¿Debería dejarla tranquila? Dijo que necesitaba tiempo para ella... Lena observaba a Nathalie mientras ésta estaba tumbada junto a la piscina. Relajada no sería la palabra exacta para describir la escena. Miraba nerviosamente su teléfono cada diez segundos y luego lo estampaba sobre la mesa que tenía al lado, cerraba los ojos un momento antes de repetir el ritual una y otra vez. Sin embargo, estaba despampanante en su bikini blanco. Llevaba el pelo rubio recogido en un nudo y su piel brillaba por el protector solar. Antes de que pudiera pensarlo bien, se encontró caminando hacia ella.

"¿Estás bien?"

Nathalie se bajó las gafas de sol mientras levantaba la mirada. "Sí, estoy bien." Luego se echó a reír y levantó ambas manos. "En realidad, es completamente extraño para mí no estar haciendo nada. Es raro." Hizo un gesto hacia el teléfono. "Estoy acostumbrada a recibir más de doscientos emails al día y llamadas de teléfono sin parar. Creo que va a pasar un tiempo antes de que deje de obsesionarme con mi teléfono."

"Ya." Lena sonrió. "¿Por qué no lo apagas o lo dejas en tu habitación?" Decidió no hacer preguntas sobre la vida de Nathalie. Era demasiado pronto y no quería parecer cotilla, aunque se moría por saber más de ella.

Nathalie puso los ojos en blanco. "Eso sería lo obvio, ¿verdad?" Cogió de nuevo el teléfono, lo apagó y lo metió en su bolsa. "Ya está. Apagado." Se rió entre dientes. "¿Y *ahora* qué hago?"

"Pues ahora te relajas." Lena señaló la silla que había al lado de Nathalie. "¿Puedo?"

"Claro." Nathalie le lanzó una mirada mientras se sentaba, cruzando sus piernas largas y tonificadas. Algo se le removió dentro cuando los ojos de Lena se fijaron en los suyos, con una mirada de lo más intensa. Sus largas pestañas revoloteaban contra el sol mientras hablaba.

"Te voy a enseñar a relajarte," dijo Lena con naturalidad. "Cierra los ojos y dirige y mantén la cabeza hacia el sol." Ella misma lo hizo y Nathalie la siguió.

"No me vas a hacer meditar, ¿verdad?"

"No hay nada malo con meditar." La voz de Lena no era de acusación. Era tranquila y un poco relajante. "Cumple su propósito de vez en cuando." Puso una mano sobre la de Nathalie. "Solía sufrir de ansiedad y me ayudó mucho, así que dale una oportunidad, ¿vale?"

"Vale." Nathalie cerró los ojos de nuevo y suspiró al sentir su mano sobre la de ella. Era agradable. Oh Dios, ¿de verdad estaba tan desesperada por tener contacto humano? ¿Había estado tan sola que se había olvidado de lo que se sentía al ser tocada, aunque fuera de la forma más casual? *Soy patética.*

"Ahora, concéntrate en la tumbona y en cómo tu cuerpo se hunde en ella," dijo Lena. "Siente la superficie debajo de ti mientras los rayos del sol calientan los dedos de tus pies. Muévelos, ténsalos, y luego relájalos uno a uno. Siente el calor del sol en tus pies."

Nathalie relajó los pies y siguió las instrucciones de Lena mientras avanzaban hacia arriba lentamente, miembro a miembro. Se tensaba, se relajaba, dejando que el sol la calentara. Su respiración se volvió lenta y constante y, para su sorpresa, estaba empezando a sentirse más tranquila.

"Concéntrate en tu respiración," continuó Lena, "mientras relajas el pecho. Inspira profundamente, absorbe la energía del sol y espira mientras te hundes más en la tumbona. Ahora pesas, pero se siente bien. ¿Puedes sentirlo?"

"Ajá." Nathalie no quería estropear el momento hablando. Se sentía reconfortada y confusa, aunque no estaba segura si era por la meditación o por la mano de Lena en la suya y el sorprendente aprecio que sentía por la cercanía de otro ser humano. "Me siento genial," murmuró.

"Bien." La voz de Lena ahora era suave, casi susurrante. "Ahora abre los ojos y mira a tu alrededor. Estás despierta pero tu cuerpo está tranquilo. Escucha a los pájaros, huele el verano en el aire y sé consciente de todo lo que te rodea. El sonido del suave silbido de los árboles, la brisa en tu piel y el aroma a lavanda y romero."

Nathalie abrió los ojos y se giró a Lena, que estaba frente a ella. Se permitió perderse un momento, preguntándose por qué mirar a los ojos de Lena era tan relajante. Ambas estaban calladas y se sentía la cosa más natural del mundo estar tumbada a su lado, aunque era prácticamente una extraña.

Lena sonrió. "¿Ha ayudado?"

Nathalie asintió con la cabeza. "Gracias. Eres buena en esto."

"No hay problema." Lena se levantó, rompiendo el contacto. "Me alegra ser de ayuda. Y si sientes que es todo una tontería, por favor, dime que deje de molestarte con ello. Yo solo sé que a mí me funcionó. Pero, por otra parte, no hace daño intentarlo, ¿no?"

Nathalie se dio cuenta de que tenía una gran sonrisa en la cara. "Muy cierto," dijo. "Creo que ahora sí podría leer algo. Incluso podría ser capaz de concentrarme." Buscó su libro en su bolsa mientras veía a Lena volver al césped donde había estado recortando los bordes. Le encantaba mirarla.

CAPÍTULO 7

"¿Quieres que te lleve a las tiendas?" Lena se inclinó sobre el coche de Nathalie mientras ésta abría la ventanilla, intentando aliviar el calor abrasador. Incluso el fino vestido de verano parecía demasiado para el sol francés y encendió el aire acondicionado para intentar refrescar su piel del asiento de cuero, que le quemaba la espalda.

"Gracias pero estaré bien." Nathalie se inclinó hacia afuera y le señaló el mapa en su teléfono. "Creo que lo he averiguado. De todas formas, no es que tenga prisa." Lena asintió, sacudiendo la tierra de sus dedos. Había estado trabajando en el jardín toda la mañana, a pesar de haber dicho que solo pasaba una hora allí cada día.

"No quiero que pienses que me supone un problema porque no lo es. Es mi trabajo, ¿sabes? Asegurarme de que estés cómoda."

Nathalie sonrió. "No te preocupes por mí. Es muy amable de tu parte ofrecerte, pero cuanto antes logre desplazarme por aquí, mejor. No me gusta depender de otra gente."

"Vale." Lena dio un paso atrás, dejando que Nathalie diera

marcha atrás. "Tienes mi número por si algo va mal. No dudes en llamarme." Le guiñó un ojo y Nathalie sintió una extraña sensación en el estómago cuando sus ojos se encontraron. Así, sin más y la hizo estallar en un sudor frío. *¿Qué coño ha sido eso?*

"Lo haré," dijo con una risita nerviosa, sacando el coche del camino de entrada.

NATHALIE TODAVÍA ESTABA INTENTANDO ENTENDER lo que le acababa de ocurrir mientras conducía colina abajo. Porque, en realidad, no había pasado nada. Entonces, ¿por qué se sentía como si acabara de tener un accidente de coche? ¿De dónde venía toda esta adrenalina y cómo había logrado Lena despertarla? Nathalie no se sentía incómoda en su presencia. Al contrario. Le gustaba tener a alguien cerca, aunque solo fuera para decir buenos días y tener una breve conversación para asegurarse de que sus cuerdas vocales aún funcionaban. Pero, por alguna razón que no alcanzaba a entender, también se sentía un poco nerviosa con Lena cerca. Tenía algo, una cierta forma de ser natural y estar relajada a la que ella no estaba acostumbrada. Era admirable y encantador. Nathalie se había pasado horas preguntándose qué pensaba Lena de ella, y se enfadaba consigo misma por eso. Hasta ahora, se había movido por la vida con soltura, nunca se dejaba intimidar por nadie. Había establecido relaciones profesionales con directores ejecutivos e inversores y era conocida por ser un gran activo social para la empresa que había construido con su ex marido. Entonces, ¿por qué una cuidadora la hacía sentir así? Entró en el aparcamiento del supermercado, aliviada por haberlo encontrado sin haber estado conduciendo en círculos. *¿Lo ves? Puedes hacerlo.* Desde que había renunciado a su trabajo, incluso las cosas más pequeñas le habían parecido difíciles. Una simple conversación era como escalar una montaña, al no poder recurrir a hablar de negocios. ¿De qué coño hablaba la gente cuando quedaban simplemente? Podía preguntarles por sus hijos, pero ella no tenía ninguno, y no podía identificarse con las historias de noches sin dormir. No podía hablar de aficiones porque tampoco tenía nada de eso. Cosas como deportes, películas o incluso música le eran ajenas. Charlar solía ser fácil cuando hablaba sobre el trabajo pero, últimamente, incluso tenía problemas al tartamudear cuando pasaba por caja en el supermercado local. Su trabajo era todo lo que había conocido durante demasiado tiempo, y lo había abandonado todo con la esperanza de encontrarse a sí misma, solo para descubrir que ahí no había nada más que una criatura triste y aburrida debajo del caparazón corporativo, buscando desesperadamente su propia personalidad. *Para. Deja esos pensamientos negativos. Recuerda lo que dijo el doctor Kennedy. Piensa en positivo.* Desgraciadamente, sus intentos de pensamiento positivo no le dieron un lugar para aparcar y salió de allí a través de las barreras, buscando un aparcamiento libre a lo largo de la carretera principal que llevaba al pueblo. No era la única con problemas de aparcamiento. Moviéndose lentamente detrás de otros tres coches, por fin logró encontrar un sitio lo suficientemente grande delante del banco. Nathalie salió del coche y se quedó mirando el parquímetro. Estaba en francés. *Por supuesto que está en francés. ¿Qué esperabas?* Después de examinarlo detenidamente, llegó a la conclusión de que no había ningún agujero para meter monedas ni ranura para la tarjeta de crédito y que no tenía ni idea de qué hacer. Deslizó al azar su tarjeta por la pantalla y tocó todas las opciones que había, esperando un milagro, pero no pasó nada. Hizo un gesto con la mano a una señora mayor, que llevaba su compra hacia su coche.

"*Excusez-moi, Madame.* ¿Podría ayudarme, por favor?", usando un tono de súplica. La señora se paró y la miró con el ceño fruncido de manera amable. Dijo algo en francés que Nathalie no entendió. "Lo siento mucho, no tengo idea de lo que está diciendo. ¿Habla inglés?" articuló, como si le estuviera hablando a un niño. La señora dejó la bolsa en el suelo y levantó una mano un gesto de disculpa. Luego abrió el maletero de su coche y empezó a cargar sus compras sin dirigirle una segunda mirada.

"Genial." Nathalie miró a su alrededor, buscando ayuda cerca. No había nadie, aparte de un hombre en la parada de autobús frente a la iglesia. Nathalie abrió la boca para pedir ayuda pero se rindió cuando justo un autobús se detuvo para que el hombre subiera. *No importa. Estoy segura de que el coche estará bien.*

Media hora después, Nathalie volvió con cinco bolsas de compras y un ramo de rosas rojas de tallo largo entre sus dientes. Normalmente no compraba flores pero ahora parecía apropiado y la simple compra le había puesto una sonrisa en la cara. Dejó las bolsas en el suelo, vio el cepo amarillo rodeando la rueda y soltó un profundo suspiro.

"Joder." Se agachó, tiró de él y le dio una patada, pero no se movió. *Ahí va la independencia.* Buscó el teléfono en su bolso y llamó al número que aparecía en un lado del cepo, pero todo lo que obtuvo fue un tono monótono. Lo intentó de nuevo, sin el número de red, pero no parecía funcionar con su teléfono americano. "Genial. Simplemente genial." Puso la compra en el maletero, abrió la puerta del conductor y buscó los cigarrillos en el compartimento delantero. Luego se sentó en la acera, se apoyó contra el coche y encendió uno, cerrando los ojos frustrada.

CAPÍTULO 8

"Los franceses no son muy indulgentes cuando se trata de infracciones de aparcamiento," dijo Lena mientras salía del coche. "Conducir borracho está bien, pero una violación de aparcamiento es imperdonable en esta parte de Francia. Todavía no he averiguado por qué, no es que haya escasez de espacio." Abrió el maletero del Mercedes de Nathalie, cogió tres bolsas y se dirigió a la cocina.

"No habría sabido qué hacer sin ti," decía Nathalie mientras la seguía adentro. "No quería llamarte, pero el idioma…" Dio un suspiro. "Me sentí indefensa y esa sensación no me gusta nada."

"Te acostumbrarás. A la parte de sentirte indefensa quiero decir." Lena sonrió. "Pero oye, para eso me tienes a mí. Después de todo, estás de vacaciones." Se rió. "Imagina vivir aquí sin hablar francés. Me llevó por lo menos dos años encontrar mi camino entre los diferentes sistemas y ni siquiera tenía que pagar las facturas en ese momento." Puso una mano sobre el hombro de Nathalie. "Oye, no dejes que eso te desanime. No eres la primera turista a la que le ponen un cepo en el coche. La economía prospera en temporada alta. Por eso es por lo que pueden pagar a los jardineros como yo un buen sueldo para hacer que sus preciosas rotondas parezcan una escena de una película de Disney." Nathalie se echó a reír.

"Es bueno saber que mi dinero va para una buena causa." Se sentó en la mesa de la cocina y levantó una caja de cartón pegajosa que contenía helado derretido. "Bueno, quizá necesito tu ayuda de verdad. Si pudieras explicarme lo básico, como parquímetros, algunas señales de carretera, ayudarme a conseguir un número de teléfono francés… cosas así." Miró a Lena, que estaba ocupada con la cafetera. "Así que, si todavía estás dispuesta a ayudar a una mujer cabezota, te estaría muy agradecida."

"Claro, cuando quieras," dijo Lena, sirviendo a ambas una taza de café recién hecho. Le dio uno a Nathalie y se sentó en la encimera de la cocina. "La primera lección empieza mañana. Vamos a cubrir las señales de tráfico, los parquímetros, pedir café y menús estándar de los restaurantes pequeños." Levantó la taza. "Necesitarás saber cómo pedir un café, porque seguro que no puede haber nada más importante que eso."

CAPÍTULO 9

"Hola. Siento molestarte." Nathalie levantó una botella de rosado cuando Lena abrió la puerta. "Me estaba preguntando si te gustaría tomarte una copa conmigo." Se mordió el labio e hizo una mueca. "Entiendo completamente si no te mezclas con los invitados, pero quise preguntártelo de todas formas. No me ofenderé si prefieres estar sola."

"Claro." Lena le dirigió esa amplia sonrisa otra vez, haciendo que el interior de Nathalie se agitara. "Me encantaría tomar una copa contigo." Hizo un gesto hacia la modesta terraza delante del anexo. "¿Mi casa o la tuya?"

Nathalie se rió. "La tuya está bien." Se sentó en el banco junto a la puerta de entrada del anexo de Lena y puso la botella en la mesa delante de ella. Lena entró en la casa y volvió con dos copas de vino, un vaso lleno de cubitos de hielo y un cuenco con aceitunas. Su enorme sudadera apenas cubría los bóxers blancos que llevaba debajo.

"Por favor, no tengas en cuenta mi vestimenta," dijo. "Como puedes imaginar, no me importa en absoluto mi apariencia aquí cuando estoy fuera de sevicio."

"Por supuesto. Por favor, no te disculpes." Nathalie se subió las mangas de su camisa a rayas con botones, sintiéndose de repente demasiado elegante. "Está bien no tener que preocuparse de eso."

"Sí." Lena la miró de arriba a abajo, fijando su vista al final en el reloj de oro de Nathalie, como si tratara de medirla. "Bueno, dime, ¿qué te ha traído aquí, si no te importa que te pregunte?"

Nathalie suspiró y le acercó su copa para que Lena la llenara. "Oh, no sé. Todo, supongo. El trabajo, la vida, el divorcio…" Puso unos cubitos de hielo en su copa y echó dos en la de Lena. "Estaba casada. Mi marido…, quiero decir mi ex marido, y yo teníamos una compañía juntos. Nos especializamos en energía renovable, proporcionando a las fábricas paneles solares que hacía que ciertas partes de su proceso de producción fueran respetuosas con el medio ambiente. Mi marido era el cerebro de la empresa, yo supervisaba las cuentas, era la relaciones públicas y me ocupaba de la parte financiera." Hizo una pausa y levantó la mirada hacia Lena. "Durante los últimos siete años, fui la directora financiera. Ahora es una gran compañía, con oficinas en once países diferentes. Mi ex marido me compró mi parte después del divorcio el mes pasado, así que aquí estoy, tomándome un descanso.

"Siento oír eso. ¿Qué pasó?" preguntó Lena.

Nathalie se echó hacia atrás en el banco y puso los pies en un taburete, poniéndose cómoda.

"No estoy segura. Todo sucedió tan rápido." Soltó un suspiro. "Quiero decir el tiempo… Pasó en un abrir y cerrar de ojos. Nos conocimos en la universidad, en una manifestación. Ni me acuerdo para qué era." Se rió, recordando su años de universidad. "Una vez fuimos idealistas. Queríamos hacer un mundo mejor, ser parte de algo más grande que nosotros mismos. Era lo único que teníamos en común, pero nos mantuvo juntos. Empezamos en una oficina barata que alquilamos en las afueras de Chicago. Trabajábamos día y noche y celebrábamos cada éxito. Éramos tan apasionados en aquel momento." Nathalie se tomó un momento mientras miraba a la nada. "Pero según pasaban los años y la compañía crecía con inversores adinerados y el respaldo del gobierno, ya era tanto ganar dinero como hacer del mundo un sitio mejor, tal vez aún más. Perdimos de vista nuestro sueño y, con eso, nos perdimos de vista nosotros, supongo. Antes de que nos diéramos cuenta, habían pasado doce años y la riqueza lo había cambiado todo. Trabajábamos sesenta horas a la semana y apenas nos veíamos fuera de la sala de juntas."

"Debe ser duro cuando de repente te das cuenta de eso," dijo Lena.

"Sí." Nathalie asintió con la cabeza. "Hace un año, Jack, mi ex marido, me confesó que había estado teniendo una aventura durante más de dos años y me dijo que quería el divorcio." Se encogió de hombros. "Fue una sorpresa completamente, pero echando la vista atrás, ni siquiera le culpo mucho."

"¿En serio?" Lena frunció el ceño. "¿No te sentiste dolida? Quiero decir, después de todo, era tu marido."

"Por supuesto que me dolió." Nathalie le dio un trago largo a su rosado. "Pero ya habíamos perdido esa conexión que una vez tuvimos." Sacudió la cabeza y puso los ojos en blanco. "Mi marido se enamoró de su secretaria. Ya sé que suena cliché, pero el hecho de que yo trabajara tanto que no prestara atención a lo que estaba pasando delante de mis narices fue peor para mí. Nuestra relación de trabajo era excelente así que me sentí traicionada porque me había mentido. Pero en cuanto a nuestro matrimonio, creo que estaba acabado hacía mucho tiempo."

"Entonces, ¿qué pasa con la empresa?" Preguntó Lena. "¿El trabajo de tu vida?"

Nathalie se encogió de hombros. "Le pedí que me comprara mi parte. Estamos en el proceso de finalizarlo en este momento. No voy a mentir, fue una decisión difícil. Jack y yo mantuvimos una larga conversación." Levantó la copa para que Lena se lo volviera a llenar. "Fue duro dejar ir algo que había pasado la mitad de mi vida construyendo, todavía lo es. Pero ya no lo sentía como una sociedad, así que al final presenté una propuesta que me daría libertad financiera sin poner a la compañía en peligro." Nathalie bajó la mirada hacia sus rodillas, decidiendo ser completamente honesta. Se sentía cómoda hablando con Lena y se sentía bien por poder por fin abrirse a alguien que no fuera su psicóloga. "Pensé que sería algo positivo," dijo, "empezar de cero. Quiero decir, solo tengo treinta y cinco años. Pensé que tenía el mundo a mis pies. Pero no fue así. En unos días, me di cuenta de que estaba sola y sin un propósito, incluso sin amigos. Había estado descuidando mis relaciones personales y dejé de buscar tiempo para cumpleaños o reuniones. Incluso se me olvidó mandarle a mi amiga de la infancia un mensaje después de que diera a luz a su primer bebé porque me estaba preparando para un gran lanzamiento. No hace falta decir que dejó de llamarme hace muchos años. Así que, después de mis dos primeras semanas en casa, sentí que me estaba volviendo loca. Y fue entonces cuando decidí irme por un tiempo."

Lena asintió. "¿Por qué Francia? ¿Por qué aquí?"

"Ni idea. Nunca he estado en Francia pero siempre me he sentido intrigada por este país, así que parecía lo más natural de hacer. Pronto tendré una buena cantidad de dinero y ni idea de qué hacer con mi vida. Añádele a eso todo el tiempo del mundo para pensar en lo que quiero hacer *de verdad*, así que aquí estoy." Se echó a reír. "Siento haberme desahogado contigo así. No es algo que haga normalmente. No quiero que pienses que estoy aburrida y sola y que me voy a presentar en tu puerta todas las noches."

"Oye, no he pensado eso." Lena le dio un empujoncito. "Pero no me importaría si quisieras hacerlo. Esto está horriblemente tranquilo a veces. Si quieres paz, desde luego que has encontrado el lugar idóneo para eso." Un somnoliento Gumbo salió de la casa. Se sentó a los pies de Nathalie y la miró.

"Hola Gumbo. ¿Te quieres sentar conmigo?" Nathalie se palmeó las rodillas y le sonrió. La cola de Gumbo empezó a moverse y saltó sobre sus piernas, sentándose cómodamente sobre ella. Lo acarició hasta que cerró los ojos. Era agradable tener un perro por allí. Siempre había querido uno pero nunca tuvo tiempo de cuidar a nadie que no fuera ella misma.

"¿Y tú?" preguntó Nathalie, volviéndose hacia Lena. "¿Cuál es tu historia? Tienes un acento como si fueras de Nueva York, pero tu francés también es fluido, al menos por lo que deduje cuando recogimos mi coche."

Lena se encogió de hombros. "Sí, soy de Nueva York pero llevo viviendo en Francia desde hace bastante tiempo. Cuido de la propiedad y realizo algunos trabajos de jardinería un par de días a la semana." Sonrió. "Dirijo una compañía de paisajismo, pero es sobre todo de gestión, así que, de vez en cuando, me gusta ensuciarme las manos. Tengo la suerte de poder planificarme los días soleados y los proyectos divertidos."

"Guau." Nathalie ladeó la cabeza. "Debes estar ocupada." Observó a Lena, tratando de imaginársela dirigiendo una empresa. "Pareces tan tranquila."

Lena se echó a reír. "Solo trabajo cuando quiero y llevo el negocio desde aquí. Tengo fantásticos trabajadores independientes que trabajan para mí, así que no tengo obligaciones con nadie ni hay estrés."

Nathalie asintió. "Parece que lo tienes todo resuelto."

"No estoy segura de eso." Lena dividió el resto del vino en sus copas. "Pero ahí voy."

"¿Tienes pareja?" le preguntó Nathalie.

Lena negó con la cabeza. "No." Abrió la boca para continuar pero decidió no hacerlo y se levantó. "¿Más vino? Tengo otra botella en el frigorífico si te apetece. Es un vino local, muy bueno." Nathalie movió la mano. La cabeza le daba vueltas por la media botella que ya había consumido.

"No gracias. Creo que necesito mi cama, así que ya no te entretengo más. Estoy segura de que tienes mejores cosas que hacer."

"No te preocupes por eso. No hago nada por la noche, aparte de un poco de trabajo y leer." Lena dudó un momento. "Voy a ir al mercado local mañana por la mañana. ¿Te gustaría venir?"

Nathalie dejó la copa. "No sé. No quiero imponerme. Estoy segura de que podré encontrarlo todo por mí misma."

"Tonterías." Lena le puso una mano sobre la rodilla. "Es mi trabajo. Tengo suerte de tener a alguien tan agradable como tú quedándose aquí. Es un placer y, además, necesito enseñarte lo básico, ¿recuerdas?"

"Vale, entonces, me encantaría." Nathalie contuvo el aliento, bajando la mirada a la mano que todavía estaba sobre su rodilla.

CAPÍTULO 10

"¡*B*uenos días!" Lena saludó con la mano a Nathalie desde la piscina. Estaba pasando una red por el agua, recogiendo las hojas que habían caído durante la noche. Nathalie le devolvió el saludo mientras salía a la terraza y se sentaba con un café y un libro.

"¿Te apetece un café?" gritó.

"No gracias, ya me he tomado cuatro." Lena se echó a reír. "Estoy zumbando ahora mismo, así que mejor no."

Nathalie la observó trabajar bajo el sol de la mañana, deslizando la red de un lado a otro de la piscina. Intentó concentrarse en el nuevo libro que había comprado en el aeropuerto, pero se encontró distraída por la presencia de Lena, una vez más. Era escultural, con los brazos y piernas tonificados. Era atractiva y natural y resultaba fácil hablar con ella. Nathalie seguía preocupada por lo que Lena pudiera pensar de ella, pero lo más curioso, quizás, era la extraña sensación que se extendía por todo su centro cada vez que Lena la miraba. Pasó la página y se obligó a concentrarse en la historia, sin embargo, sus ojos seguían dirigiéndose a la piscina, donde Lena estaba inclinada, vaciando la red en una carretilla. Cuando se puso de pie y movió los hombros, su camiseta se levantó, mostrando un estómago plano. Nathalie se lo quedó mirando fijamente, intentando ignorar la sensación extraña que sentía ante tal visión. Mirar a Lena se había convertido en su nuevo pasatiempo favorito, y aunque no tenía ni idea de por qué, estaba bastante segura de que podía pasar horas en la terraza mientras Lena trabajaba. *Deja de mirarla. La vas a asustar.*

"¡SUBE!" Lena tocó el claxon y abrió la puerta de su Porsche descapotable. Gumbo iba en el asiento del pasajero, con la lengua colgando y sus ojos muy abiertos por la emoción.

"¿En serio?" Nathalie pasó las puntas de los dedos por la parte superior de la puerta roja antes de meterse en el coche. "¿Los dueños te dejan conducir esto?"

"Todo entra dentro del paquete, Nat." Lena le guiñó un ojo. "Le gana a tu coche de empresa alquilado, ¿eh?"

Nathalie se acomodó en el asiento bajo con Gumbo sobre sus piernas, mirando por encima del salpicadero. Cayó hacia atrás cuando Lena pisó el acelerador y se dirigió hacia la cancela. Ya en la carretera, Lena esperó a que se cerraran las verjas y se puso las gafas de sol antes de girar a la derecha, acelerando hacia las colinas. Su vestimenta no había pasado desapercibida. Se había cambiado y llevaba unos vaqueros y una camiseta fina gris que la abrazaba en todos los lugares adecuados.

"Parece que hubieras nacido para conducir esto," gritó Nathalie sobre el ruido del rugido del motor. "No creo que tengas idea de lo fantástica que estás."

Lena se giró hacia ella y arqueó una ceja. "Bueno, yo tampoco creo que tú tengas idea de lo fantástica que estás, con tu melena rubia volando al viento."

Nathalie se echó a reír y se repente se dio cuenta de que

se había sonrojado. Hacía años que nadie le hacía un cumplido, aunque venía de la cuidadora, que era claramente parcial y posiblemente esperaba una buena reseña. Dirigió su mirada hacia las montañas a un lado de la carretera y luego cambió hacia el valle en el otro lado. El sol salía de detrás de una de las nubes fugaces, creando un modelo espectacular de sombras y reflejos sobre las colinas verdes y amarillas. Lena hizo un giro y condujo por una carretera estrecha, disminuyendo la velocidad mientras avanzaba por las curvas. De vez en cuando, un coche venía en dirección contraria, obligándola a dar marcha atrás hacia un lado del camino para dejarlo pasar. Nathalie vio que era buena conductora, manejando el coche como una profesional en las curvas más bruscas.

"Lección número uno," dijo Lena, esperando que pasara un coche. "Cuando conduces por las montañas, el coche que va cuesta arriba siempre tiene el derecho de paso."

"Gracias. Lo recordaré." Nathalie hizo una mueca. "Espero no haber molestado a ninguno de tus vecinos."

"No te preocupes. La gente aquí es amistosa. Si no reconocen tu cara, asumirán que eres turista y te perdonarán." Lena le devolvió el saludo al otro conductor, que le dio las gracias por dejarle pasar. "Lección número dos. Da siempre las gracias a la persona que te deja pasar. Saluda con la mano, sonríe, no importa lo que hagas mientras se vea claramente." Justo cuando estaba a punto de tomar la siguiente curva, otro coche salió de la nada. Lena fue rápida en pisar el freno y se rió de la expresión de sorpresa de Nathalie. Estaba agarrada a su lado de la puerta, con los ojos abiertos de par en par. "Y lección número tres, ten siempre el pie en el freno."

Las casas de ladrillo a lo largo de la colina eran hermosas y antiguas. Algunas estaban cubiertas de hiedra, otras rodeadas de frondosos jardines, bendecidos con las flores silvestres más impresionantes. Los nombres de las propiedades estaban tallados en carteles de madera o pintadas en las vallas.

"Esa es la casa del alcalde," dijo Lena, señalando una gran valla de hierro fundido en la parte baja de la carretera. "Tiene un lugar bastante agradable." Hizo un gesto con la cabeza hacia la casa de enfrente y sonrió. "Y ahí es donde vive el oficial de aparcamiento local, por si quieres llenarle el jardín de papel higiénico esta noche."

Nathalie se echó a reír. "Creo que voy a pasar. Estoy segura de que podría hacer que mi vida fuera un infierno aquí, obligándome a ir en bicicleta al pueblo."

LENA APARCÓ el coche detrás de la iglesia del pueblo. Gumbo saltó fuera tan pronto como apagó el motor, listo para marcar cada poste y cada planta que hubiera cerca. Nathalie miró alrededor del pueblo medieval y sonrió. Los colores, las calles empedradas y la luz que golpeaba los edificios bañados por el sol de la manera más perfecta habrían hecho una bonita postal. Podía oír el ruido del mercado mientras seguía a Lena por los estrechos y empedrados callejones que conducían al centro de la ciudad, donde las casas de tres y cuatro plantas daban sombra a las calles de abajo. Estaban pintadas en tonos piedra y pastel, pero las persianas y cestas de flores les daban a todos su propia colorida personalidad. Había quioscos, pequeñas cafeterías y una panadería debajo de los viejos apartamentos. La mayoría de los dueños de los negocios parecían conocer a Lena porque todos la saludaban mientras ellas pasaban por allí. Nathalie hizo fotos de las fachadas de colores pastel contra el cielo azul, los macarrones rosados y verdes en la ventana de la panadería y los letreros oxidados de las tiendas que parecían que llevaban colgados desde el principio de los tiempos. Caminaron lentamente hasta que llegaron a *Place des Arcades*, la plaza principal del pueblo. Enmarcada por pintorescos soportales, tiendas pequeñas y terrazas, era el corazón de la ciudad. En medio de la concurrida plaza estaba el mercado, abastecido con productos tradicionales provenzales.

"Esto es todo lo que yo esperaba y más que fuera Francia," dijo Nathalie, mirando los puestos del mercado, que estaban repletos de frutas y verduras frescas, pan, carnes y quesos, aceites y condimentos de oliva y una variedad de manjares caseros para llevar.

"Bueno, ¿te gusta nuestra pequeña ciudad?" preguntó Lena.

"¿Que si me gusta? ¡Me encanta!" Nathalie paseó sus ojos por la selección de aceitunas delante de ella. Grandes, pequeñas, rellenas o en escabeche, en variedades negras, verdes, rojas y amarillas. "Enséñame," le dijo a Lena. "¿Qué debería comprar?"

"Ah." Lena sonrió. "Me alegro de que me lo preguntes." Señaló unas aceitunas rojas en escabeche de especias. "Necesitas comprar estas para empezar. Son de cosecha propia, de un pueblo vecino, y son muy fuertes." Pidió una caja a la señora del puesto y se giró hacia Nathalie. "¿Hablas algo de francés?" Nathalie sacudió la cabeza.

"Ni una palabra." Se encogió de hombros. "Hice un cursillo rápido antes de venir, pero parece que mi mente se pone en blanco cada vez que estoy bajo presión para decir algo."

"No pasa nada," dijo Lena. "Podemos practicar juntas si quieres aprender. En privado primero si eres tímida." Sonrió. "Y luego, después de un tiempo, puedes practicar en los supermercados, las cafeterías y los restaurantes. Créeme, sabrás lo básico antes de que vuelvas a casa." Oyeron a Gumbo ladrarle al hombre detrás del puesto de carnes y se rieron cuando saltó y cogió un trozo de salchicha que el hombre le había lanzado. "Ese es el mejor amigo de Gumbo, como puedes imaginar," dijo Lena, saludándole. "Lo llamamos Monsieur Filete, pero eso es solo entre Gumbo y yo." Le guiñó un ojo a Nathalie y le dio las aceitunas. "Oh, y también tienes que comprar este pan de romero." Partió un trozo del pan de muestra y se lo dio a Nathalie.

"Mmm…" Nathalie asintió. "Está bueno. Sí, compraré uno de esos." Señaló el pan y pagó al tendero. "¿Qué es esto?" Preguntó en el siguiente puesto, mirando por encima de una selección de frascos cubiertos por una tela roja a cuadros.

"Estas son salsas y tapenades caseras." Lena cogió dos y los echó en la bolsa de la compra de Nathalie. "Creo que deberías comprar el alioli y una tapenade de alcaparras y anchoas. Créeme, volverás para comprar más. Los dos están deliciosos con pan, carne o pescado. Pero no beses a nadie después de haberlo comido," bromeó. Nathalie escuchó la conversación de Lena con el dueño del puesto mientras pagaba. Aunque Lena era americana, hablaba francés con la facilidad y el estilo de un local, bromeando y riendo mientras se despedían. El idioma era música para sus oídos, especialmente cuando era Lena la que hablaba. Nathalie la siguió a los siguientes puestos, donde compraron mantequilla de ajo fresca, un par de alcachofas, una bolsa de tomates grandes y maduros y una botella de aceite de oliva. Pasaron a través de uno de los soportales hacia otra calle estrecha llena de tiendas pequeñas y especializadas que vendían souvenirs, jabones, velas y flores. Era un gran contraste con los grandes supermercados americanos a los que estaba acostumbrada Nathalie. Ella entraba y salía una vez a la semana, arrojando las mismas cosas en su carrito sin ni siquiera pensarlo. Esto era divertido y emocionante.

Lena insistió en llevar la mayoría de las bolsas para que Nathalie pudiera mirar alrededor e inspeccionar la selección de pastillas de jabón hechas a mano. Las cogía una a una y las olía.

"¿Esta es la que tú usas?" le preguntó, sosteniendo una pastilla de lavanda.

Lena frunció el ceño. "Sí. No exactamente esa, pero parecida." Ladeó la cabeza con una sonrisa divertida. "Así que sabes a qué huelo, ¿eh?"

Nathalie se sonrojó. "Supongo que sí." Volvió a dejar la pastilla en su sitio y cogió otra, fingiendo estar interesada en la etiqueta. "Hueles bien, eso es todo. Reconocí el olor de inmediato cuando entré aquí."

"Bueno, gracias," dijo Lena. "Es bueno saber que huelo bien, no tenía ni idea de que fuera evidente." Se giró hacia Nathalie. "Da la casualidad de que yo también sé a qué hueles tú." Se inclinó más cerca y cerró los ojos mientras inhalaba el aroma de Nathalie.

El corazón le empezó a latir más deprisa cuando sintió el aliento de Lena en su cuello.

"¿A qué huelo?" preguntó con voz temblorosa.

Lena enderezó la espalda y la miró de manera engreída.

"Aceite de argán. Supongo que eso es lo que usas para tu pelo. Y hay un toque de perfume clásico. No usas mucho pero siempre está ahí y, si no me equivoco, es Chanel. Es agradable." Dejó las bolsas en el suelo y volvió a inclinarse, respirando profundamente contra la piel de Nathalie. "También hay un toque de pepino. ¿Quizás tu crema hidratante?" La reacción de Nathalie fue fascinante. Tenía las mejillas sonrosadas y los labios entreabiertos, mirando fijamente a Lena con una mirada que no podía comprender muy bien. "Y ahora mismo," continuó Lena bajando la voz, "también huelo un poco de pánico, aunque no estoy segura de por qué." Dio un paso atrás, dándole espacio, y cogió las bolsas con una sonrisa despreocupada.

Nathalie sacudió la cabeza como si despertara de un sueño. *Me ha descubierto.*

"Discrepo en lo del pánico," dijo, tratando de calmar los

nervios. "Pero tienes razón en el resto. Bien hecho, Sherlock." Se puso las manos temblorosas detrás de la espalda y trató de calmar su respiración mientras la seguía fuera de la tienda.

"¿Puedo invitarte a comer?" Le preguntó Nathalie cuando volvieron a la plaza principal con las bolsas llenas de comida y baratijas. "¿O estás ocupada? Puedo volver yo misma a casa si necesitas ir…"

"No, absolutamente no. Me encantaría comer contigo." Lena le hizo un gesto para que la siguiera a uno de los cafés y aseguró una mesa debajo de una sombrilla grande y blanca. "Pero no te voy a permitir que pagues. Tu comida de bienvenida la pago yo." Sacó una silla de debajo de la mesa para Nathalie. "Madame" dijo, haciendo un gesto hacia la silla.

Nathalie soltó una risita. "Gracias."

Un mesero se acercó a su mesa con una botella de agua fría, dos copas y una cesta con pan y mantequilla. Una sonrisa estalló en su cara cuando vio a Lena y gritó algo en francés, haciendo gestos con las manos, antes de besarla en cada mejilla.

"Alain, esta es mi amiga Nathalie," dijo Lena. "Nathalie, este es Alain. Es el dueño de este lugar." Nathalie se levantó para estrecharle la mano, pero se sorprendió al recibir dos besos.

Se rió. "Todavía tengo que acostumbrarme a este saludo tan cercano."

"*Ah oui, ma belle,*" dijo. "Nos encanta besar en Francia." Le dio un menú a cada una, intercambió algunas palabras con Lena y le guiñó un ojo antes de volver a entrar en el establecimiento.

"Piensa que eres hermosa," dijo Lena. "Le he dicho que estoy de acuerdo con él."

Nathalie se sonrojó otra vez y bajó la mirada hacia el menú, evitando todo contacto visual.

"Sois bastante directos, ¿no?"

Lena se encogió de hombros. "Si te hace sentir incómoda, será mejor que te acostumbres. Nosotros somos mucho más abiertos que la mayoría de los americanos, si no te importa que te lo diga. Somos más cercanos y más honestos también. Es importante que aprendas a recibir un cumplido, especialmente de gente sincera como Alain y yo." Ladeó la cabeza. "Digo *nosotros* porque me siento francesa también. No queda mucho de americana en mí, aparte de un leve acento me temo."

"Vale." Nathalie se rió entre dientes. "Gracias por el cumplido." Por fin levantó la mirada hacia Lena, reuniendo el valor para decir lo que pensaba. "Entonces estoy segura de que no te importará que te diga que creo que tú eres hermosa también." Sus ojos se abrieron de par en par al oír las palabras que acababan de salir de su boca.

Lena se rió de su estado sonrojado. "Gracias," dijo, estudiando el menú con una sonrisa en su rostro. "Bueno, ¿quieres que pida por ti?"

"¿CUÁNTO TIEMPO LLEVAS VIVIENDO AQUÍ?" le preguntó Nathalie un poco más tarde, bebiendo su vino.

"Dieciocho años." Dijo Lena. Frunció el ceño, haciendo cálculos en su cabeza. "O quizás diecinueve ahora, estoy empezando a perder la noción del tiempo. Me mudé aquí desde Nueva York cuando tenía diecisiete y nunca volví la vista atrás."

"Eso es muy joven para mudarte tan lejos," recalcó Nathalie. "¿Te importa si te pregunto por qué?"

Lena volvió a llenar sus copas. "No es ningún secreto. Me mudé a Francia para vivir con mi abuelo después de tener una pelea tremenda con mis padres. Él vivía aquí, en Valbonne."

Nathalie asintió. "¿Todavía vive por aquí?"

"No. Murió hace un par de años." Lena evitó los ojos de Nathalie pero logró dibujar una sonrisa. "Bueno, ¿qué te está pareciendo de momento?" preguntó, cambiando de tema y volviendo a Nathalie. "Debe ser extraño cambiar de estar en un trabajo de gran poder en Chicago a no hacer absolutamente nada en un pueblo tranquilo de Francia."

"Sí." Nathalie hizo una pausa, pensando en la pregunta. "Es un cambio completamente. Todavía me siento estresada por no saber qué hacer con mi vida, pero tengo que ser realista. La respuesta no va a aparecer por arte de magia delante de mí. Tengo suerte de no tener que preocuparme por mis finanzas ahora mismo. Me da tiempo para resolver cosas, aunque el futuro siempre está en mi mente y no estoy muy segura de cómo quitármelo de encima." Se puso algo de ensalada en su plato. "Pero esta fue una buena decisión. Francia, quiero decir." Dio un bocado a su filete y cerró los ojos encantada. "Es como si hubiera abandonado mis sentidos y lentamente los estoy recuperando. Esta mañana, por ejemplo. Disfruté el café de verdad. Normalmente, me habría hecho un café expreso doble a las siete de la mañana, me lo habría tragado y habría corrido a la oficina, en un tráfico horrible, y solo para llegar a una reunión de tres horas en una oficina sin alma." Sonrió. "Hoy, me he levantado, me he puesto el albornoz y me he hecho un café. Nada lujoso como la cafetera que tengo en casa en Chicago. Solo un simple y antiguo café de filtro." Agitó una mano. "Perdona, sin ofender a tu cafetera. Bueno, me lo llevé fuera junto con mi libro, donde podía oler las rosas de la terraza y la lluvia de la noche anterior en el aire. Saboreé de verdad mi café, lo olí mientras bebía. Realmente no sé cómo explicarlo, pero es casi como si hubiera estado apagada durante años y mi cuerpo esté volviendo a la vida lentamente. Estoy empezando a ver lo que me rodea, escucho sonidos que no escuchaba antes, huelo cosas que nunca antes había olido…" Miró por la plaza y señaló con la cabeza las otras mesas con comensales. "Míralos. No están obsesionados con sus teléfonos móviles. No le están metiendo prisa al mesonero para que les traiga la comida, o comiendo tan rápido como pueden porque tienen reuniones a las que asistir. Están hablando, riendo, compartiendo cosas y bebiendo, ¡y es un día entre semana!"

"Me gusta que veas eso." Lena se inclinó sobre la mesa. "Algunas personas están tan ocupadas en subir en la escalera profesional, que se olvidan de cómo vivir. Me alegro que estés empezando a relajarte." Levantó su copa. "Por tu tiempo aquí en Francia, Nat. Estás aquí por una razón, así que asegúrate de que cuente para algo. Y nunca, nunca, olvides cómo te sientes ahora mismo, en este preciso momento, porque pareces muy feliz."

"Gracias." Nathalie chocó su copa con la de Lena. Lena tenía razón. Estaba feliz.

CAPÍTULO 11

Estaba completamente oscuro y Nathalie conducía inclinada sobre el volante, con problemas para ver las curvas mientras iba de regreso a casa después de un largo día de visita turística. Por la tarde temprano, había conducido hasta Grasse, donde había caminado durante horas, visitando museos de perfumes y el centro histórico de la ciudad. Después de eso, se había dado el gusto de una comida de tres platos en un restaurante familiar de alta cocina. Sintiéndose realizada y extrañamente independiente, se encontraba de camino a casa con un maletero lleno de souvenirs, todas las ventanillas abiertas y la radio puesta. Lo único que le faltaba era luz. La falta de farolas en el valle no le había molestado antes, pero ahora se preguntaba si sería capaz de encontrar el camino a casa. Conducía lentamente, comprobando cada curva y cada esquina. Vio la verja de la casa del alcalde y dio las gracias a sus estrellas de la suerte por ver la señal que le indicaba que todavía estaba en el camino correcto. *Casi en casa ya*. Pisó el acelerador, más segura de repente, cuando el coche pasó por encima de algo, rebotó y se detuvo de manera brusca. Instintivamente se tocó la nariz y la frente porque ambas habían golpeado el volante con el impacto. No sangraba, y aparte de un dolor punzante entre las cejas, estaba bastante segura de que se encontraba bien. *¿Qué ha sido eso?* El corazón se le aceleró mientras intentaba recuperar el aliento, abriendo la puerta con mano temblorosa. *No he golpeado a nadie, ¿verdad?* Le llevó un rato que sus ojos se acostumbraran a la oscuridad, pero se dio cuenta de lo que había pasado en cuanto metió el pie en un parterre de flores. Nathalie suspiró de alivio. Estaba en una rotonda. Las ruedas traseras del coche estaban levantadas del suelo, todavía dando vueltas. Usando su móvil como linterna, bajó y dio la vuelta al coche para inspeccionar el daño. El coche parecía estar bien, aparte de que la parte trasera estaba levantada del suelo. Se puso en posición detrás de él e intentó empujarlo hacia la rotonda y así poder salir de allí, pero pesaba demasiado. Sin aliento, se sentó en el bordillo, a esperar a que otro coche pasara por allí. Pasaron diez minutos, veinte. *Mierda. Si pudiera conseguir ayuda...* Cuando llamó al número de asistencia en carretera que tenía en su llavero, recibió un contestador automático con opciones de menú en francés. Después de escucharlo cinco veces, y probar todas las opciones posibles sin éxito, se dio por vencida. Mirando su teléfono, suspiró mientras marcaba nuevamente el número de Lena.

"¿Qué ha pasado aquí?" preguntó Lena riendo mientras bajaba de su coche.

Nathalie se encogió de hombros. "Honestamente, no tengo ni idea de cómo he llegado allí. Estaba tan oscuro y yo..." Sacudió la cabeza. "Siento haberte llamado tan tarde. Me siento increíblemente estúpida y odio que tengas que verme así. Nunca he necesitado ayuda, de nadie. Y ahora es la segunda vez que te llamo esta semana."

"Oye, no es un delito necesitar ayuda de vez en cuando."

Lena levantó una mano. "Todos la necesitamos algunas veces."

Nathalie hizo una mueca. "Ya lo sé. Pero me siento incompetente e imbécil y es muy frustrante."

"No eres incompetente." Lena acortó la distancia que había entre ellas y la envolvió en un fuerte abrazo. "Ven aquí."

Nathalie se hundió en los brazos de Lena y cerró los ojos. Fue un consuelo instantáneo que pareció suavizar su estado de ánimo en segundos. Ella no era así, dejando que alguien a quien apenas conocía cuidara de ella. De hecho, aparte de sus padres, la gente rara vez intentaba abrazarla. Se sentía muy bien.

"Es solo una rotonda," continuó Lena. "Y tú estás bien. Eso es lo más importante, ¿no?"

Nathalie se mordió el labio, mirando el parterre de flores aplastado. "¿Era una de tus creaciones?" preguntó, evaluando el daño.

"Sí." Dijo Lena riendo entre dientes. "Pero volverán a crecer. Siempre lo hacen." Soltó a Nathalie y se agachó para mirar debajo del coche antes de inspeccionar la parte trasera. "¿Intentamos levantarlo juntas?"

Nathalie dio la vuelta al coche para dirigirse a la parte de atrás y estiró los hombros, todavía dolorida por sus intentos anteriores.

"Claro. Vamos a hacerlo." Observó a Lena subirse las mangas de la camisa y se maravilló al ver sus bíceps musculosos. No era la primera vez que lo notaba.

"Vale, voy a contar hasta tres," dijo Lena. "Con toda la fuerza que tengas."

Después de tres intentos, lograron levantar la parte trasera del coche hacia la rotonda. Nathalie se metió en él para poner el freno de mano y que no retrocediera.

"¡Sí, lo hemos conseguido!" gritó cuando salió del coche.

Lena se echó a reír. "Estás mona cuando te emocionas."

"¿Mona?" La cara de Nathalie se convirtió en una sonrisa. Todavía estaba sonrojada por el abrazo y un poco excitada, a pesar de la frustración de antes. "Supongo que hay una primera vez para todo. Nunca nadie me ha llamado mona antes."

"¿Ah sí? ¿Cómo te *llaman* entonces? ¿En casa?"

Nathalie pensó en la pregunta, apoyándose sobre la puerta del coche. "No estoy segura. No socializo mucho porque estoy siempre trabajando." Sacudió la cabeza. "Quiero decir, *estaba* siempre trabajando. Pero estoy segura de que decían muchas cosas a mis espaldas, por lo menos en la oficina."

Lena se echó a reír. "Me resulta difícil imaginarte como jefa. ¿Cómo eras en el trabajo?" Ladeó la cabeza y arqueó una ceja.

"No sé." Nathalie se encogió de hombros. "El trabajo es el trabajo. No me andaba con rodeos, pero tampoco le levantaba la voz a nadie y nunca era grosera, así que, en general, creo que era buena. Tampoco era amiga de mis empleados, nunca. Supongo que me gustaba que mi gente fuera eficiente. Y que pensaran por ellos mismos, que vinieran con soluciones y no con problemas. No es mucho pedir, ¿no?"

"No. Suena perfectamente razonable." Lena se sentó en el borde de la rotonda y Nathalie se sentó junto a ella, exhausta por el esfuerzo de levantar el coche.

"Gracias otra vez por venir en mi rescate."

Lena le pasó un brazo por el hombro y la atrajo hacia sí. "No hay problema, es un placer."

Aunque era solo un gesto amistoso, Nathalie pareció perder todo pensamiento mientras descansaba su cabeza sobre el hombro de Lena. Su aroma, su calidez... *¿Qué coño pasa conmigo?* El corazón le latía en la garganta y parecía que no podía decidir si levantarse de nuevo o no. Por la necesidad de tener algo que hacer, buscó el paquete de cigarrillos en su bolso y encendió uno. Lena la observó mientras echaba el humo antes de cogerla por la muñeca y dirigir su mano hasta sus propios labios, dando una larga calada. El silencio no era incómodo pero, de alguna manera, parecía cargado.

"No sabía que fumabas," dijo Nathalie por fin. "¿Quieres uno?" Dio otra calada, deseosa por algún motivo de poner sus labios donde habían estado los de Lena.

"No gracias. En realidad ya no fumo, es solo un hábito antiguo." Se volvió hacia Nathalie y le lanzó una sonrisa. "¿Suena a locura si digo que me gusta estar sentada aquí contigo? ¿En una rotonda, tan tarde?" Dirigió su mirada hacia la oscura y tranquila carretera delante de ellas.

"No." Nathalie sacudió la cabeza. "De hecho, a mí también me gusta. Deberíamos hacerlo más a menudo." Se rió, apoyándose en Lena. El contacto físico era adictivo ahora, y sintió que deseaba más, aunque más de qué, no estaba segura.

Lena se levantó de mala gana cuando escuchó que se acercaba un coche. "Será mejor que mueva mi coche antes de que alguien salga herido. Sígueme, es mucho más fácil cuando alguien conduce delante. ¿Vas a estar bien bajando?"

Nathalie asintió con la cabeza. "Estaré bien."

Lena le guiñó un ojo mientras abría la puerta de su Porsche. "Te veo en casa entonces. ¿Una copa?"

"Sí." Sonrió Nathalie. "Una copa estaría bien."

CAPÍTULO 12

*L*ena echó un vistazo por entre las cortinas de la ventana de su habitación. Gumbo estaba de puntillas, apenas llegaba al alféizar. Le dio un empujón, permitiéndole sentarse encima y apoyarse contra el cristal frío. Vieron a Nathalie cruzar el área de la piscina y dejar caer su bolso sobre una de las tumbonas. Metió un dedo del pie en el agua, comprobando la temperatura antes de quitarse el albornoz, lo tiró detrás de ella y se zambulló en la piscina con un movimiento ágil.

"A ti también te gusta, ¿eh, Gumbo?" Lena se rió de él, que miraba fijamente hacia donde estaba Nathalie, siguiendo cada uno de sus movimientos. Apoyó la barbilla sobre su cabeza y vio a Nathalie reaparecer, el meneo de la cola de Gumbo haciéndole cosquillas en el pecho. "Ya. Lo sé. Es guapa, ¿verdad? Pero ¿sabes qué? Mamá no puede tenerla porque es una huésped que paga. Y además, no creo que esté interesada en mí." Suspiró de manera dramática. "Me temo que a Nathalie no le gustan las mujeres. Aunque puede que sienta algo de curiosidad, no estoy segura todavía. Parece que se pone nerviosa con mi flirteo inofensivo." Le dio un beso en la cabeza. "Da igual, no importa, porque no va a pasar." Gumbo giró la cabeza y le dirigió una mirada confusa. Lena se echó a reír por la conversación unidireccional. "¿Qué crees? ¿Deberías ir y decirle hola?" Gumbo saltó de nuevo a la cama y ladró de emoción. "Por supuesto que quieres ir. Crees que todo es una idea fantástica, ¿no?" Se rió de su entusiasmo histérico y fue a la cocina para hacerse una taza de café fuerte.

"Buenos días." La cara de Nathalie estalló en una gran sonrisa cuando Lena y Gumbo salieron a la terraza.

"Hola. ¿Qué tal estás hoy?" Lena se sentó con su periódico, intentando actuar de manera relajada cuando Nathalie salió de la piscina con su bikini blanco. Estaba empezando a broncearse. Lena se dio cuenta al ver la línea blanca debajo de la braga del bikini cuando Nathalie se agachó para saludar a Gumbo. Se exprimió el agua de su largo pelo antes de dejarse caer sobre su tumbona, de cara a Lena.

"He estado completamente despierta desde las siete." Nathalie se secó las manos y cogió su libro. "Ya casi he terminado este. Creo que mi cuerpo está preocupado por perderse el sol. Parece como si me arrastraran hacia fuera en cuanto abro los ojos." Se señaló la cara. "Y por fin estoy empezando a coger moreno, incluso un par de pecas. No me he bronceado en años."

Atraída por la palabra "pecas", Lena se levantó de su asiento y se acercó a Nathalie. Se arrodilló y observó sus mejillas.

"Sí, te están saliendo pecas. Es muy mono." Sonrió, incapaz de apartar los ojos de su cara. "Siempre me han encantado las pecas." *Para Lena. No te pases.* Sacudió la cabeza, como maldiciéndose. "Lo siento, no quería…"

"No, no pasa nada." Nathalie sintió que se acaloraba por el cumplido.

"¿Tienes planes para hoy?" preguntó Lena, intentando dirigir de manera casual la conversación hacia algo diferente. Volvió a su café y su periódico, apoyando los pies sobre la mesa cuando se volvió a sentar.

"Sí." Nathalie se puso de lado y se apoyó sobre el codo. "Voy a asistir a un curso de acuarela en el pueblo. Creo que es en esa pequeña galería justo al lado de la plaza."

"¿La galería Valbonne?" Preguntó Lena. "¿La galería de Marie-Louise?" La expresión le cambió al pronunciar el nombre.

"Sí, esa es," dijo Nathalie. "¿Por qué? Pareces preocupada."

Lena negó con la cabeza. "No, en absoluto. Creo que es una idea fantástica." *Mientras no hables de mí.* Logró sonreír. "Marie-Louise es una señora encantadora. Solía enseñar en la escuela de arte de Niza, pero ahora está jubilada. Es bastante excéntrica, puede ser divertido."

"Vale, genial." Nathalie buscó el protector solar en su bolsa y se puso un poco en la cara. "No tengo ningún talento artístico, pero me pareció algo muy apropiado de hacer mientras estoy aquí en Francia, así que me inscribí antes de venir. Pensé que sería divertido probar algo nuevo."

"Desde luego. ¿Y quién sabe? Podrías descubrir que tienes un talento oculto." Lena asintió en dirección al pueblo. "¿Quieres que te lleve? ¿O quieres llevarte prestado el Porsche? Va ser difícil aparcar el tuyo cerca de la galería."

Nathalie negó con la cabeza. No quería que Lena le hiciera otro favor. No después del incidente de la rotonda.

"Gracias por el ofrecimiento, pero creo que iré andando. Tampoco es que tenga prisa y no está tan lejos, ¿no?"

"¿Estás loca?" Lena se echó a reír. "No está lejos, pero con las colinas podría llevarte cerca de una hora. ¿Y con este calor?"

"No me importa el calor." Nathalie se encogió de hombros. "Necesito sol y ejercicio, y de esta manera tengo las dos cosas."

"Muy bien, tú misma." Lena se bebió lo que le quedaba de café y llevó la taza al anexo, volviendo con una correa para perros. "Gumbo y yo vamos a dar un paseo. Tienes mi número. Llámame si cambias de opinión." Se despidió con un gesto de la mano sin mirar atrás, dejando a Nathalie mirándola detrás. Nathalie volvió a su libro cuando perdió de vista a Lena. Había sido incapaz de mantener sus ojos apartados de ella últimamente. Lena era impresionante en todos los sentidos. Nathalie respiró hondo, intentando concentrarse en algo que no fuera sus fantasías poco convencionales que, hasta hoy, parecía involucrar a Lena sin ropa. *Jesús, mujer. Contrólate.*

CAPÍTULO 13

"*Alors*. Gracias a todos por venir. Por favor, coged un caballete y una paleta, llenad vuestra jarra de agua y seguidme al jardín." Marie-Louise abrió la puerta del almacén, esperó a que sus alumnos recogieran sus utensilios y abrió el camino a través de la galería y la cocina. La voluptuosa señora mayor, con un fuerte acento francés, se pavoneaba con un vestido de flores y una chaqueta de estilo kimono amarillo brillante con borlas colgándole de las mangas y el dobladillo. Su cabello blanco estaba recogido en un gran nudo, rematado encima con dos loros de taxidermia que hacían que su cabeza pareciera un nido de pájaros. Caminaba descalza, sin molestarse lo más mínimo por las piedras que había en el camino que les llevaba a un patio encantador donde Nathalie y sus cuatro compañeros se acomodaron en un semicírculo a su alrededor. Había un estanque con nenúfares y peces dorados, flores rosas en los parterres a lo largo de las paredes blancas que rodeaban el patio y un gran manzano donde los periquitos estaban sentados en diferentes niveles de las ramas, parloteando.

Nathalie intentó adivinar la edad de la profesora, pero era difícil con todo el trabajo que se había dedicado en preservar su cara. Miró a la otra gente del curso y se sintió nerviosa mientras luchaba por asegurar el caballete a la altura correcta. Todos, excepto ella, parecían saber lo que estaban haciendo. Después de las presentaciones, se enteró de que su grupo estaba formado por Brenda y Samantha, madre e hija que venían del Reino Unido y que estaban pasando las vacaciones juntas, un hombre americano de unos cincuenta años que se llamaba Graham, y una joven francesa llamada Cherie y que no hablaba mucho inglés.

"Espera, deja que te ayude con eso," dijo la madre de su grupo, Brenda. Aflojó el tornillo de la parte de atrás del caballete, levantó el tablero y lo aseguró a la altura de los ojos de Nathalie.

"Gracias." Le sonrió Nathalie. "Nunca he hecho nada de esto antes, como bien puedes ver."

"No te preocupes." Brenda volvió a su caballete. "Samantha y yo tampoco somos unas profesionales exactamente. Pero todos tenemos que empezar en algún sitio, ¿no?" Miró alrededor del patio. "Esto es precioso, ¿verdad? Tan idílico… y la luz es perfecta para pintar." Señaló las sombras en las paredes blancas.

"Bien visto, Brenda," dijo Marie-Louise. "Vamos a empezar aquí porque tenemos la combinación perfecta de luz, agua, sombra y color. Estos son los conceptos básicos que tenéis que entender antes de ir a la costa o al campo." Miró a los miembros del grupo y sonrió. "No hay necesidad de estar nervioso. El arte es algo hermoso. Está destinado a traer alegría y expresión a tu vida, así que, por favor, dejad de preocuparos si lo estáis." Abrió una botella de vino tinto al lado de su caballete y sirvió seis copas, que dio a cada uno de ellos, incluida la chica joven. "Vamos a tomar un trago para relajarnos durante nuestra primera clase. No os castiguéis si no os gusta vuestra obra, todo lo que necesitáis hacer es intentarlo, e intentarlo, e intentarlo un poco más. Mejoraréis con el tiempo. Aquí no se juzga." Levantó la copa y tomó un sorbo. "La acuarela no se trata de perfección. Trata de expresión, y la expresión lleva a la calma interior. Puede que no entendáis lo que quiero decir ahora mismo, pero espero que pronto lo hagáis. Bueno, ¿alguno de vosotros ha hecho esto alguna vez?" Señaló con la cabeza a la joven. "Excepto Cherie. Ha estado tomando clases conmigo desde que tenía nueve años, así que, por favor, no os comparéis con ella." Brenda y su hija Samantha levantaron las manos.

"Nosotras hemos hecho un par de talleres," dijo Samantha. "Nos encanta pintar, ¿verdad mamá?"

Su madre asintió. "Es lo único que podemos hacer juntas sin discutir."

"Excelente," dijo Marie-Louise riendo. "Si a vosotras dos no os importa, voy a empezar con lo básico." Cogió un lápiz y lo levantó al grupo.

DOS HORAS DESPUÉS, Nathalie retrocedió un paso del caballete para inspeccionar su trabajo, riéndose por su falta de talento. Pero lo había disfrutado y estaba emocionada ante la idea de volver dos veces a la semana. El ambiente relajado y la gente amistosa del grupo la hacían sentir parte de algo y no se había sentido así en mucho tiempo. En el trabajo, ella siempre había sido la líder y nunca formó parte de las actividades que se realizaban después del trabajo, como la hora feliz semanal, eventos de trabajos en equipo o cumpleaños. No era miembro de un gimnasio ni de un club de lectura. Incluso en su matrimonio, la sensación de asociación se había desvanecido cuando ella y Jack dejaron de pasar tiempo de calidad juntos.

"Fantástico uso del color," dijo Marie-Louise, señalando las sombras moradas en las flores rosas que Nathalie había intentado pintar.

"Gracias," dijo Nathalie, tratando de imaginar algo bueno sobre el trabajo que había estado haciendo. Miró la pintura de Cherie y pensó que era una obra maestra; la niña claramente tenía talento.

"Brenda, esa es una encantadora representación de las ondas de agua." Marie-Louise señaló una parte en el papel de Brenda.

"¿De verdad?" Brenda sonrió con orgullo, luego miró a su hija, que estaba teniendo dificultades en terminar la misma parte.

Marie-Louise tocó a Samantha en el hombro. "No tengas prisa, Samantha. Eso es de verdad un buen comienzo. No hace falta que lo termines hoy. Haz una foto del estanque con tu móvil y termínalo cuando estés en casa. Nunca hay prisa."

"Claro." Samantha dio un suspiro. "Nunca he pintado agua antes. Es muy difícil."

"Todo viene con la práctica," le aseguró Marie-Louise. Se acercó a Graham, el único hombre del grupo, y sonrió. "Creo que puede tener algo de talento natural, señor White."

Graham dio un paso atrás y sacudió la cabeza, acariciando su larga barba gris. "No sé por qué lo dice, pero acepto su palabra, señora."

Nathalie se rió de su respuesta. "Marie-Louise tiene razón," dijo. "No me puedo creer que esta sea tu primera vez. De alguna manera parece bueno, aunque no sabría decirte por qué."

Marie-Louise asintió. "Expresionismo abstracto," dijo, "nunca es una representación verdadera, sino más bien una imagen más grande, por así decirlo. Te aleja de los detalles sin sentido y te permite expresar cómo era la luz cuando lo pintaste, cómo te sentías ese día."

Nathalie estudió su cuadro otra vez, con más aprecio esta vez, y decidió que le gustaba su nuevo hobby.

CAPÍTULO 14

"*Santé.*" Lena levantó el vaso y lo chocó contra el de su amigo. Alain se bebió la cerveza de un trago y volvió a poner el vaso sobre la mesa con un golpe, haciéndole un gesto al camarero para que le sirviera otra.

"¿Un día pesado?" Le preguntó.

Alain se rió entre dientes. "Un día pesado... no tanto." Le dedicó una sonrisa. "Más bien una noche pesada."

"Ah." Lena le lanzó una mirada escéptica. "¿Quién ha sido esta vez? ¿La camarera nueva del bar de al lado?" Movió la cabeza en dirección a la mujer que les había estado observando de cerca desde que Alain había terminado el día. Era un hombre bien parecido, pero Lena también sabía que cualquiera que conociera su reputación se alejaría de él.

"No." Alain levantó la vista y le guiñó un ojo a la mujer. "Aunque está muy buena. A lo mejor le pido salir alguna vez." Sonrió cuando ella le devolvió un guiño juguetón y la siguió con los ojos hasta que desapareció de nuevo dentro del establecimiento. "No, la conquista de anoche era una turista. Se está quedando en la casa de huéspedes de la ciudad. Nos conocimos en la Orangerie, nos tomamos unas copas en mi casa y luego…"

Lena puso los ojos en blanco. "Jesús, ahórrame los detalles. Nadie está a salvo de ti."

Alain se encogió de hombros. "Oye, lo pasamos muy bien. A esas chicas inglesas les encanta un francés aludador." Se rió entre dientes. "¿Cómo está tu señora americana, por cierto? Es mona."

"No es *mi* señora americana," dijo, dirigiéndole una mirada de advertencia. "Y tampoco vas a acercarte a ella, ¿entendido?"

Alain cogió su segunda cerveza del camarero y sonrió. "¿No dependería eso de ella, Lena?"

Lena negó con la cabeza. "No, no depende de ella. No, si puedo evitarlo. Me aseguraré de que nunca vuelva a estar cerca de ti si tienes la mente puesta en ella, así que ya puedes olvidarte de pedirle que salga contigo. Ella es mejor que…"

"¿Mejor que yo?" Alain terminó la frase.

Lena pensó sobre ello. "Sí. Ella es mejor que tú. Demasiado buena para estar en tu cama, de todas formas."

"*Oh lala…*" Alain le dio un leve empujón. "Creo que alguien está colada…"

"Cállate." Lena se echó a reír. "*No* estoy colada por ella. Hace solo una semana que la conozco y, además, no es mi tipo." Dio un suspiro mientras se refrescaba la frente con el vaso de cerveza. Una sonrisa se dibujó en su boca. "Vale, a lo mejor me gusta un poco."

Alain se recostó en el asiento y se protegió los ojos del sol, que se estaba poniendo y dejaba un resplandor amarillo en los edificios antiguos que rodeaban la plaza.

"¡Ajá! Lo sabía." Le dirigió una mirada burlona. "Lo sabía, lo sabía, lo sabía. En cuanto te vi retirarle de la mesa esa silla, me dije: "Alain, si quieres invitar a su inquilina a salir, será mejor que te des prisa, porque Lena está desplegando su magia otra vez.""

"Solo estaba siendo amable," dijo Lena en su defensa.

"Sí, bueno, hay una razón por la que te llaman *Mágica Lena*." Alain ladeó la cabeza. "Sabes que te llaman así, ¿no? *¿Mágica Lena?*"

Lena negó con la cabeza. "No, ¿Quién me llama así?"

"¿En serio, Lena? ¿No lo sabes? ¡Tus propios empleados te llaman así!" Alain no pudo dejar de reírse de su ignorancia. "Me contaron que cada vez que haces la jardinería para alguna ama de casa sexy, entonces ¡boom! De repente, la esposa decide que quiere divorciarse de su marido. Así." Chasqueó los dedos. "Bernie me contó que ya ha pasado dos veces. Primero Christine Delevoire del otro lado de la ciudad, y ahora Farah, la señora glamurosa que viene a comer después del mercado de los viernes. Finalizó su divorcio el mes pasado." Los ojos de Alain se entrecerraron. "¿Por eso es por lo que ya no haces trabajos de jardinería privados?"

"Genial." Lena dio un suspiro. "Bueno, entonces, ¿mi propio personal tiene un apodo para mí ahora? ¿Y qué mierda es esa del divorcio? No sabía nada de eso."

"¿Pero es verdad?" Le preguntó Alain. "¿Te liaste con ellas?"

"Supongo que podría haber tenido una cierta conexión con algunas de mis clientas," dijo Lena, mirando su vaso. "Pero no tenía ni idea de los divorcios."

"¿Las has visto desde entonces?" le preguntó Alain levantando una ceja.

"No." Lena levantó la mano y señaló otra cerveza.

"Entonces, ¿te acostaste con ellas, les liaste la cabeza y luego te fuiste, dejando que el pobre Bernie terminara el trabajo que tú dejaste? ¿Entonces por qué coño me estás juzgando a mí por acostarme con turistas, Lena?" Y se echó a reír.

"Nunca les lié la cabeza," dijo Lena. "Teníamos un acuerdo, no era nada serio. Las cosas se complicaron un poco cuando descubrí que se conocían. Vi a Farah y Christine comiendo juntas un día, así que decidí retirarme del grupo de clientes privados. Ya sabes, por si empezaban a "compartir secretos". Pensé que podría hacer daño a mi reputación." Se encogió de hombros. "Mira, siento que el matrimonio de Farah se rompiera, pero no es que ella no hubiera estado ahí si no hubiera sido por el dinero, para empezar. ¿Por qué, si no, iba una treintañera guapa a casarse con un sesentón calvo y con la vejiga floja?" Señaló con un dedo acusador a Alain. "Así que no me vengas con que rompo matrimonios. Solo fui una distracción para ellas, quizás incluso una excusa para sacarlas de ahí." Se volvió a encoger de hombros. "Bueno, creo que he terminado con todo eso ya. El tema de tener aventuras se está volviendo aburrido."

Alain casi se atragantó con la cerveza. "¿Me estás diciendo que estás preparada para sentar cabeza?"

Lena se echó a reír. "Yo no llegaría tan lejos, pero creo que estoy preparada para salir con alguien que esté disponible y sin complicaciones, sí. Han pasado, ¿cuánto... tres años desde que Selma se fue?" Lena intentó actuar de manera informal, pero la verdad era que sabía demasiado bien que habían pasado dos años y once meses desde que la mujer con la que creía que iba a envejecer la había dejado por otra persona. Y desde aquel día, había estado intentando llenar ese vacío con encuentros insignificantes, diciéndose a sí misma que estaba bien sola, que conseguía lo que necesitaba sin ningún tipo de drama.

"¿Todavía la echas de menos?" Le preguntó Alain.

"Por supuesto que no." Contestó Lena resoplando. "Pero estoy enfadada conmigo misma por haber desperdiciado tanto tiempo en una relación que, para empezar, nunca iba a funcionar." Sacudió la cabeza y le lanzó una mirada inquisitiva. "Oye, ¿a qué viene esta seriedad? ¿No podemos simplemente tomarnos una cerveza y decir tonterías?"

Alain se encogió de hombros. "Claro. Solo intentaba ser tu amigo."

CAPÍTULO 15

Nathalie se levantó de la mesa de la terraza y llevó su taza de café vacía a la cocina, donde se preparó otra. Ya iba por la mitad de su segundo libro y había empezado a dominar el arte de la relajación. Hacía un día soleado, y aunque solo eran las nueve de la mañana, la temperatura estaba subiendo rápidamente, haciéndola sudar, incluso a la sombra. Se sirvió una cantidad generosa de café de la cafetera de filtro y cogió una botella de agua fría del frigorífico antes de salir a la piscina.

"Hola." Lena le sonrió desde la terraza del anexo, donde estaba leyendo los periódicos de la mañana. Gumbo llegó lloriqueando hacia Nathalie, saludándola con su típico entusiasmo.

"Buenos días." Nathalie la saludó con la mano antes de arrodillarse para saludar a Gumbo. "No tienes que sacar las toallas para mí, Lena. Puedo hacerlo yo." Dijo, ladeando la cabeza y protegiéndose los ojos del sol. "Estoy segura de que tienes mejores cosas que hacer que cuidar de mí."

"No te preocupes," dijo Lena. "¿Cuántas veces tengo que

decirte que es mi trabajo? Tú solo diviértete." Mantuvo la mirada en Nathalie mientras se quitaba el albornoz y se metía en la piscina, temblando cuando el agua fría le golpeó el pecho. *Es tan jodidamente preciosa.* Nathalie se sumergió y nadó hasta el borde, donde sacó la cabeza y quedó de cara a Lena.

"Pero me siento mal," continuó, frotándose el agua de los ojos. "Me he dado cuenta de que no usas la piscina mientras yo estoy aquí. ¿Es porque se supone que no debes hacerlo? Porque no me importa si lo haces, y estaría encantada de compartirla."

"Venga, Nat. Soy la cuidadora." Lena se echó a reír. "No puedo ponerme a chapotear, no es profesional. ¿Has visto alguna vez al personal de un resort meterse en la piscina cuando estabas de vacaciones?"

Nathalie se echó a reír. "Pues para serte sincera, no sabría decirte. No recuerdo la última vez que fui de vacaciones. Pero me haría sentir mejor si lo hicieras. No es que los dueños vayan a aparecer de la nada, ¿no?"

Lena bajó la mirada al periódico, evitando los ojos de Nathalie. "No. Pero ese no es el tema. Tengo un trabajo que hacer aquí y, además, no podría importarme menos la piscina. Voy a la playa con Gumbo cada dos días y, lo creas o no, en realidad prefiero el agua salada al cloro."

"Sí, pero aún así…" Nathalie acarició a Gumbo, que estaba de pie al borde de la piscina. "No te veo como la cuidadora. Más bien eres como una amiga para mí. Me siento cómoda a tu alrededor. ¿Es raro que diga eso?"

Lena sonrió y negó con la cabeza. "No, no es raro. Tú también me gustas y me gusta pasar tiempo contigo."

"Entonces, ¿cuál es el problema?" Nathalie sabía que tenía que dejar de hablar de eso. No quería parecer que molestaba, pero estaba desesperada por dejarlo claro.

"De verdad que no lo vas a dejar estar, ¿eh?" Lena se levantó y puso los ojos en blanco. Se quitó la camiseta y los pantalones cortos, dejándola en bragas blancas y un sujetador deportivo a juego. "Vale, si te hace feliz…"

Nathalie se quedó mirando a Lena con los ojos abiertos de par en par desde la piscina mientras ésta se dirigía al borde y se zambulló. *Dios mío, ese cuerpo…* Fue incapaz de mantener los ojos alejados de ella.

"¿Estás contenta ahora?" preguntó Lena cuando reapareció, nadando hacia Nathalie. Nathalie sintió que su interior revoloteaba al ver su pelo mojado y el agua cayéndole por la cara.

"Sí. Ahora sí estoy contenta," tartamudeó.

"Bien. Porque mi propósito es complacer." Lena apoyó los codos en la piscina al lado de Nathalie y le dirigió una amplia sonrisa. "Bueno, entonces, ¿no recuerdas la última vez que te fuiste de vacaciones?"

Nathalie negó con la cabeza. "Sinceramente no." Hizo una mueca, buscando en su memoria. "La última vez creo que fue en la universidad. Fui a Cancún con varios amigos. Después de que Jack y yo nos casáramos y empezáramos la compañía, no nos podíamos permitir ir de vacaciones. Era una empresa nueva, que buscaba desesperadamente cualquier financiación que pudiéramos conseguir para nuestra primera producción. Más tarde, cuando la empresa empezó a ir bien, no teníamos tiempo. Así que supongo que no me equivoco si digo que ha pasado bastante tiempo."

"Eso es triste." Lena ladeó la cabeza con una sonrisa burlona. "Y quiero decir súper triste. Pobre mujercita rica."

Nathalie se rió del sarcasmo de Lena. "Lo sé. Pobre de mí. ¿Y tú, qué? ¿Cuándo fue la última vez que fuiste?"

"Hace seis meses," dijo Lena mientras rascaba a Gumbo detrás de la oreja. "Gumbo y yo fuimos a visitar a unos amigos a España. Fuimos conduciendo. Fue divertido ¿verdad Gumbo?" Gumbo mostró su agradecimiento porque le involucraran en la conversación saltando y ladrando a nada en particular.

Lena suspiró y levantó la vista al cielo. No había una nube a la vista. "España es encantadora pero siempre estoy feliz de volver. Me encanta estar aquí en esta época del año. No hace un calor insoportable, pero es lo suficientemente cálido para sentarse fuera por las noches. El jardín está en plena floración y puedes oler la lavanda y las rosas en el aire. Además, el área no está invadida todavía por los turistas. Elegiste un buen momento para venir aquí."

"Sí, sí que lo hice." Los vellos del brazo de Nathalie se le erizaron cuando rozó la mano de Lena por accidente. "¿Cómo han sido tus otros inquilinos?" preguntó, intentando cambiar sus pensamientos sobre el cuerpo semidesnudo de Lena a su lado.

"¿Qué quieres decir?"

"Quiero decir que si eran agradables o si estabas unida a ellos."

Lena arqueó una ceja. "No estoy muy segura de por dónde vas pero no, no estaba unida a ninguno de ellos y eso estuvo bien para mí."

"Vale." Nathalie le dirigió una sonrisa burlona. "¿Quiere eso decir que soy tu inquilina favorita?" le preguntó moviendo las cejas de manera juguetona.

Lena se giró y nadó hacia ella. La expresión de su cara era traviesa, casi de flirteo, pensó Nathalie. Le encantaba cómo la miraba Lena.

"Aunque te dijera que eres mi inquilina favorita," dijo Lena, "solo he tenido aquí otras dos parejas antes que tú, así que no hace falta que te vengas arriba." Ambas se rieron y Lena se acercó más a Nathalie nadando hasta que pudo alcanzar el fondo de la piscina. Se apoyó en el borde al lado de ella y cruzó los brazos cuando notó la amplia sonrisa de Nathalie. Había algo diferente en Nathalie hoy. Bromeaba mucho más y su comportamiento juguetón parecía que no iba con ella. Si no lo supiera, casi pensaría que Nathalie estaba incluso flirteando un poco también. Decidió presionar un poco más, solo para comprobar su teoría. "Las dos eran parejas," continuó. "Los primeros estaban casados y tenían un niño pequeño, los otros sin niño. Iban a su rollo, estaban fuera la mayor parte del día, decían buenos días y buenas noches y poco más. Se apañaban ellos solos. No le pusieron cepos en el coche, no se quedaron atrapados en ninguna rotonda y desde luego, no eran tan intrusivos como tú." Le guiñó un ojo. "No me pidieron que me uniera a ellos en la piscina en ropa interior, eso seguro."

Nathalie se rió. "Eso no es justo. Nunca te pedí que te metieras en la piscina en ropa interior. Eso ha sido cosa tuya."

"Pero no parece que te importe." Lena mantuvo los ojos fijos en Nathalie, con una sonrisita juguetona en su boca.

Nathalie dio un paso hacia ella, manteniéndole la mirada también. *¿Está flirteando conmigo?* Contuvo el aliento, esperando que Lena redujera la distancia entre ellas. La adrenalina la atravesó mientras, cara a cara, tenían una especie de extraña química que la excitó como nada lo hubiera hecho nunca antes. Sin intercambiar ni una sola palabra, sus miradas lo dijeron todo. *Dios mío, está flirteando conmigo.*

Lena fue la primera en romper el hechizo. Como si se acabara de despertar de un sueño, de repente sacudió la cabeza y regresó al borde, donde salió de la piscina. Parecía confusa, o frustrada, Nathalie no estaba segura. Pero estaba claro que no era el momento de hacer preguntas, así que fingió no darse cuenta de su repentino cambio de humor.

"Lo siento. Se me olvidó que tengo una cita en la ciudad."

Lena cogió una toalla de una de las tumbonas y se volvió hacia la puerta. "Que tengas un buen día, Nat."

NATHALIE SALIÓ de la piscina después de que Lena se hubiera ido y se sentó en una tumbona. Todavía temblando por su encuentro, cruzó las manos detrás de la cabeza y miró las dos nubes solitarias sobre ella. Una de ellas tenía forma de corazón, expandiéndose mientras pasaba sobre ella. Estaba casi segura de que Lena había estado flirteando con ella y no podía evitar preguntarse si esa había sido la razón por la que se había ido con tanta prisa. *¿Por qué estoy tan obsesionada con ella?* Desde luego Lena era deslumbrante, pero ella nunca había sentido atracción por una mujer antes. Aún así, se encontraba esperando a que volviera a casa cada vez que salía, y se moría por saber dónde iba y con quién estaba cada vez que salía de allí con su llamativo coche. Durante días, se había sentido como una adolescente confundida. Insegura un momento y rebotando por las paredes en otro. Apenas se reconocía como la mujer seria que había sido solo hacía unas semanas. Ahora reía y bromeaba, podía relajarse, disfrutaba del sol y la comida sin sentirse culpable por no estar haciendo nada en absoluto. ¿Por qué había sido siempre tan seria? De alguna manera, entre casarse tan joven y construir una compañía multinacional junto con su marido, había perdido su esencia en el camino. Se había perdido esa mujer a la que le encantaba dedicar tiempo para comer y beber, a quien le encantaba reír y explorar y, en cambio, se había convertido en alguien aburrida y predecible. Había perdido la curiosidad que una vez tuvo, y con eso, su sexualidad. *Quizás por eso Jack me dejó por su secretaria.* Había pasado mucho tiempo desde que Nathalie se había sentido atractiva, pero durante la semana pasada, se había mirado al espejo con aprobación y confianza. Sentimientos que se habían perdido hacía mucho tiempo volvieron diez veces más fuertes. Había empezado a apreciar más su cuerpo, su cara y su sonrisa. Pero no estaba segura de si eso tenía algo que ver con el efecto de estar en Francia o por el hecho de que había dejado de pensar en el trabajo. O quizás, solo quizás, se debía a la encantadora presencia de Lena.

CAPÍTULO 16

$\mathcal{L}$ena conducía todo lo rápido que podía por las estrechas carreteras de la montaña. Gumbo estaba en el asiento de al lado, con la cabeza asomada sobre la puerta y atrapando el viento mientras conducían. Estaba enfadada consigo misma por acercarse tanto a Nathalie. Por, al final, rendirse al deseo que sentía cada vez que miraba esos ojos azules. Había mujeres por todas partes y no tenía problemas en captar su atención, entonces, ¿por qué se acercaba a la única persona a la que no podía hacerlo? *De entre todas las personas, mi inquilina heterosexual y recién divorciada...* Giró a la izquierda hacia una carretera privada que le llevaba a una mansión moderna con vistas a la costa de Cannes.

"¿Sí?" dijo una voz de mujer por el altavoz.

"Soy yo, Lena. ¿Estás sola?" Miró a la cámara en la parte superior de la verja. No hubo respuesta pero la cancela dió un zumbido y se abrió unos segundos después. Lena observó que el jardín todavía estaba en buen estado mientras conducía hacia la casa. Excepto la conífera que quedaba al lado de la cocina. Eso podría necesitar algunos recortes para dar más luz al patio. Aparcó al lado de un Bentley blanco nuevo y abrió primero la puerta del acompañante para que saliera Gumbo.

"¡Lena!" Beth, la dueña de la casa, vino corriendo hacia ella vestida con un bikini dorado con lentejuelas y un pareo transparente blanco con una cola larga que se movía con el viento. Llevaba puestas unas gafas de sol que le cubrían la mitad de la cara y su pelo castaño se deslizaba alrededor de los hombros, enmarcando su delicado rostro. Llevaba una copa grande de cóctel y, por lo que parecía, no era la primera del día. "No te esperaba, Lena. No me has dicho que ibas a venir." Beth se agachó para saludar a Gumbo. "Hola jovencito. Tu amigo está en la cocina. Ve y saluda a Rufus." Miraban a Gumbo mientras éste corría hacia la casa, y solo unos segundos después, salía de ella perseguido por un chihuahua.

"Lo siento. ¿Es mal momento?" preguntó Lena. "Debería haber llamado primero."

Beth negó con la cabeza. "No, en absoluto. Bruce está fuera por trabajo." Apretó los labios y frunció el ceño, intentando recordar dónde estaba su marido estos días. "Shanghai creo, pero podría ser Hong Kong. No estoy muy segura." Cogió la mano de Lena. "Da igual donde esté. Lo que importa es que está fuera y no te he visto en mucho tiempo. No has respondido a mis llamadas. Ese hombre que sigues mandando para recortar los setos… ¿Bernie? No es lo mismo Lena. Te he echado de menos."

"Sí, lo siento. He estado ocupada con otros proyectos así que he tenido que delegar los trabajos privados en Bernie," mintió Lena. *Por lo menos Bernie no sabe de mi historia con esta.*

"Bueno, ahora estás aquí, eso es lo que importa." Beth presionó sus labios contra los de Lena y ésta le devolvió el beso, clavando sus uñas en el trasero de Beth mientras se la acercaba. Para su sorpresa, no se excitó. No había chispa, ni anticipación ni una necesidad abrumadora de arrancarle la

ropa y devorar su cuerpo. Besó a Beth con más fuerza, intentando sentir algo, pero no había nada. *Joder.*

Lena dio un paso atrás y sacudió la cabeza. "Lo siento
Beth, no creo que pueda hacer esto."

Beth le lanzó una mirada confusa. "¿Qué, Lena? ¿Cuál es
el problema?"

"Yo…" Hizo una pausa. "No lo sé." Silbó a Gumbo y abrió
la puerta del coche. "No debería haber venido."

CAPÍTULO 17

"*H*ola." Nathalie abrió la puerta de la cocina y se encontró a Lena con un gran ramo de rosas.

"Toma, son para ti."

"¿Para mí?" Sonrió Nathalie sorprendida.

"Siempre me aseguro de que haya flores frescas," dijo Lena, "pero como no me dejas cambiar las sábanas ni enviar a nadie para que te limpie la casa, no tenía una razón para venir."

Nathalie abrió más la puerta y dio un paso atrás para que Lena pudiera entrar. "Gracias. Pero no hacía falta que lo hicieras. Y ya sabes que no me importa que vengas, es solo que me gusta limpiar y lavar la ropa. Siempre he tenido una asistenta en casa pero ahora no hay excusas." Levantó el libro que tenía en la mano. "Todo lo que hago es leer, pintar, nadar y dormir. Ya casi he terminado este y es el último que tenía en la bolsa."

"Te estás aficionando a la lectura de verdad, ¿eh?" Lena intentaba no quedarse mirándola fijamente. Llevaba puesto el albornoz y el tenue contorno de sus pezones debajo indicaba que no llevaba ropa interior.

"Pues sí." Suspiró Nathalie. "Supongo que podría leer en el ordenador portátil porque no tengo mi iPad pero ahora estoy acostumbrada a leer en papel y me gusta. He ido al pueblo hoy pero no sabía que sería tan difícil encontrar libros en inglés por aquí."

Lena cogió el libro y lo observó. "¿Te gustan las historias de crímenes?"

Nathalie se encogió de hombros. "En realidad no sé lo que me gusta. Nunca antes me he tomado el tiempo para ponerme a leer. Todo lo que sé es que he disfrutado todos los libros que he leído hasta ahora y eran simplemente libros cogidos al azar en el aeropuerto, así que supongo que eso quiere decir que me gusta leer en general."

"Nunca es demasiado tarde para descubrir pasiones nuevas," bromeó Lena. "Podrías probar la librería internacional en Niza. Son bastante buenos. O podrías tomar prestados algunos de los míos. No estoy segura de que sean de tu estilo, podrían ser un poco..." hizo una pausa. "¿Diferentes?"

Nathalie sacudió la cabeza. "Oh, por favor, me da igual. Me encantaría que me prestaras un libro, por lo menos hasta que compre más. Ya estoy entrando en pánico solo de pensar que no tengo nada para leer esta noche en la cama." Se mordió el labio, apoyándose en la encimera de la cocina. "¿Te importaría si voy a echarle un vistazo a tus libros?"

Lena se echó a reír. "Jesús, mujer, desde luego que pareces desesperada por tener material de lectura." Se volvió hacia la puerta. "Dame un minuto, ¿vale? Mi casa está demasiado desordenada como para dejar que entre nadie ahora. Te traigo un par de ellos." Nathalie cruzó sus manos sobre su pecho en un gesto de agradecimiento.

"Muchas gracias Lena. Te prometo no dejarlos caer en la piscina." Señaló uno de sus libros, que se estaba secando sobre el radiador.

Lena agitó una mano de manera despreocupada y se dirigió al anexo. "No te preocupes, no estoy apegada a ellos."

UN POCO MÁS TARDE, Lena volvió cargada con una pila de libros y los dejó caer sobre la mesa de la cocina. Se sentó y asintió con la cabeza cuando Nathalie levantó una botella de vino y dos copas.

"Gracias. Me vendría bien una copa. Ha sido un día largo." Empujó los libros en dirección a Nathalie. "Estos son los únicos que he podido encontrar, guardados en una caja debajo de mi cama. Tiendo a regalarlos o a perderlos después de haberlos leído." Nathalie sirvió dos copas de vino y puso una tabla de cortar con pan de romero fresco y un cuenco con aceite de oliva entre ellas. Cogió los libros uno a uno, observando la portada y la contraportada.

"Perdona," dijo Lena cuando vio que Nathalie cogía el tercer libro. "Ese no debería estar en esta selección." Se echó a reír. "Debo haber olvidado que lo tenía y simplemente cogí todo lo que encontré." Observó la cara de Nathalie mientras leía la historia del libro en la contraportada.

Las mejillas de Nathalie se sonrojaron al darse cuenta de que era una novela romántica lésbica.

"Oh," dijo Nathalie riendo. "No lo había visto venir."

Lena se lo quitó. "Olvídate de este. No es para ti."

Nathalie se levantó y le arrebató el libro de las manos. "No, quiero leerlo. ¿Por qué no?" Lo volvió a poner sobre los otros libros. "Los voy a leer todos, si no te importa. No hay nada malo en ampliar mis horizontes un poco."

"Haz lo que mejor te parezca, Nat." Lena se metió un trozo de pan en la boca, divertida al ver la inquietud de Nathalie.

Nathalie cogió un trozo de pan también y lo metió en el

aceite. "Solo por curiosidad," dijo con la boca llena, señalando el susodicho libro. "¿Eso es lo...tuyo?"

Lena sonrió. "¿Lo mío?" Cogió el libro y le dirigió una sonrisa de burla. "¿Esto quieres decir?" Hizo una pausa. "Sí, supongo que se podría decir que esto es lo *mío*." Articuló la última palabra, burlándose del nerviosismo de Nathalie sobre este tema.

Nathalie suspiró y puso los ojos en blanco. "Deja de burlarte de mí, Lena. Sabes muy bien que te estaba preguntando si te gustaban..." Hizo una pausa y se echó a reír. "Las mujeres." Asintió, aliviada de que la pregunta ya estuviera hecha. "¿Te gustan las mujeres? No es que sea asunto mío," añadió rápidamente. "Solo tengo curiosidad." Lena sonrió y Nathalie esta vez sintió que se ponía roja como un tomate.

"Sí, me gustan las mujeres," dijo Lena. "Y me sorprende que no lo supieras. Por lo que parece, la mayoría de las mujeres lo saben en cuestión de segundos."

"Ya." Nathalie soltó una risita. "Entonces supongo que yo no soy de esa mayoría. Aunque sí que me preguntaba... Hay algo sobre esa energía tuya..." Sacudió la cabeza. "No importa."

Lena se recostó en la silla y ladeó la cabeza. "No, lo has dicho, así que ahora quiero saberlo. ¿Qué pasa con mi energía?" Y arqueó una ceja.

"Nada." Nathalie hizo una mueca. "Estoy diciendo todas las cosas mal esta noche. Jesús, es como si tuviera diarrea verbal. Sigue y sigue saliendo de mi boca." Suspiró. "Solía ser muy diplomática en el trabajo pero ahora me queda claro que no tengo mucha práctica en conversaciones informales." Se rió. "Vale, déjame que lo haga como si estuviera en una reunión de la junta, si no me abrumo." Enterró la cabeza entre sus manos, evitando la mirada de Lena mientras hablaba en modo profesional, encogiéndose ante su tono de voz. "Recibo esta extraña energía de ti que nunca he sentido con nadie antes. Quizá solo estabas flirteando o tal vez estoy equivocada. Si lo estoy, discúlpame por asumir cosas." Respiró hondo, bajó las manos y las posó sobre sus piernas y enderezó la espalda, mirando a Lena.

"No te equivocaste." Lena bajó la voz y le dirigió una sonrisa traviesa. "Podría haber estado coqueteando contigo, pero no volverá a ocurrir. Es poco profesional y, además, tú eres muy hetero, así que no tiene sentido, ¿no?"

Nathalie se la quedó mirando un momento, procesando sus palabras. "No, está bien. Me siento halagada y no me importa, pero no soy... quiero decir..." Miró al techo buscando ayuda, pero no había pistas grabadas en las vigas de madera. "¿Estás saliendo con alguien?" *Eso está mejor, Nat. Cambia de tema. Bien hecho.*

Lena negó con la cabeza. "No, no desde la última vez que me preguntaste."

Nathalie asintió. "Por supuesto. Ya hemos tenido esta conversación." Sirvió otra copa de vino a ambas en un intento por controlar sus pensamientos. "¿Te resulta difícil conocer mujeres por aquí? Quiero decir que parece un lugar bastante remoto y la mayoría de la gente que vive aquí o son familia o visitantes de temporada, ¿no? No me puedo imaginar que haya mucho ambiente por aquí."

"No, no es difícil, créeme," se rió Lena. "No necesitas un ambiente para conocer mujeres. Pero supongo que encontrar a alguien que te importe siempre es difícil. Tampoco es que yo esté buscando." Dio un largo trago a su vino. "Tuve una relación larga. Selma, mi ex, y yo estuvimos juntas durante diez años antes de que nos separáramos hace dos. Es francesa pero se mudó a Nueva York por trabajo. Yo no tenía intención de volver allí y ella ya había tomado una decisión, antes incluso de que lo habláramos, así que eso fue todo. Intentamos mantener la relación a larga distancia durante un tiempo pero no hace falta decir que no terminó bien."

"Lo siento," dijo Nathalie.

"No pasa nada," Lena le dirigió una sonrisa triste. "Quizás fui inflexible. Quizás debería haber ido con ella, pero había algo en mi interior que me decía que la relación no iba a durar mucho más de todas formas. Y tenía razón. Tres meses después me llamó para decirme que había conocido a alguien, alguien más adecuado, por usar sus palabras exactas. Pero no me arrepiento de haberme quedado. Amo Francia. Esta es ahora mi casa y no tengo intención de irme. Nunca y por nadie."

"Entiendo por qué te gusta tanto Francia," dijo Nathalie. "Yo llevo aquí solo dos semanas y me pone enferma solo pensar que tengo que volver."

Lena asintió. "Pero me imagino que no es porque no te guste Chicago. O porque te gusta mucho Francia. Creo que es porque volverás a tu antigua vida después de esto y no tienes ni idea de qué hacer con ella." Levantó la copa. "Pero bueno, como ya te he dicho otras veces, por eso estás aquí. Para descubrir lo que quieres hacer. Y si no lo consigues, también está bien. Por lo menos te lo has pasado bien mientras tanto."

"Supongo que tienes razón," dijo Nathalie. "Pero tampoco me apasiona Chicago. Estudié allí, conocí a Jack, me casé y me quedé allí. Pero no lo siento como mi casa, nunca lo he sentido así." Hizo una pausa. "No creo haber vivido nunca en un lugar al que sintiera que pertenecía. Mis padres son de un pueblo pequeño de Luisiana y, aunque viví allí hasta los diecisiete años, ahora me siento una extraña cada vez que voy a visitarlos."

Lena no pudo ocultar su sorpresa. "¿Tú? ¿Una belleza sureña? Guau, me gusta. Normalmente las veo a un kilómetro de distancia, pero contigo nunca lo hubiera imaginado. Ni siquiera tienes acento."

Nathalie se echó a reír. "Bueno, digamos que cuando salí

de allí para ir a la universidad, me di cuenta bastante pronto que la gente no te toma en serio si tienes acento del sur."

"Eso es basura," dijo Lena. "No hay nada más mono que el acento sureño."

"Sí, ya, inténtalo en un debate con veinte estudiantes arrogantes. Bueno, de todas formas, tampoco tengo planes de regresar al sur, pero quizás vaya a visitar a mis padres durante un par de semanas. Tengo la sensación de que les he estado descuidando últimamente." Nathalie tomó un sorbo de su vino, relajándose por fin. "Bueno, ¿y tus padres? ¿Todavía siguen en Nueva York?"

Lena negó con la cabeza. "Para serte sincera, no tengo ni idea. No los he visto ni hablado con ellos desde que tuvimos esa pelea antes de mudarme aquí."

"¿Por qué peleásteis?" Nathalie decidió que no pasaba nada por hacer preguntas. Lena había sentido curiosidad por ella y ahora era su turno. Hubo una pausa.

"El día que cumplí los diecisiete había reunido por fin el valor de decirles que era gay," dijo Lena. "Lo había estado pensando durante meses, intentando encontrar la mejor manera de decírselo de manera suave porque sabía que iba a molestarles. Mis padres son muy religiosos y, aunque mi madre nunca fue a la iglesia hasta que conoció a mi padre, se convirtió en más devota aún que él. Bueno, después de muchos gritos y llantos, fue idea de mi madre mandarme a uno de esos campamentos de verano cristianos donde intentan lavar tu sexualidad. Había oído hablar de esos lugares y no tenía intención de ir. Además, no creía que pasara nada malo conmigo, así que llamé a mi abuelo y me compró un billete a Francia. Estaba enfadada y dolida y, para mí, esa era la mejor manera de vengarme de ellos. Mi abuelo materno también era un pecador a sus ojos, ¿sabes? Habían roto todo contacto con él después de que mi madre lo pillara con su 'amigo especial' François en la habitación y en una actitud bastante comprometedora." Lena se echó a reír. "Ella decidió entrar, a pesar de que solo tenía la llave de su casa para emergencias. Hasta hoy, todavía no sabemos qué estaba haciendo allí. Mi abuelo se sintió dolido por su reacción y cuando ella no volvió después de un año, mi abuelo decidió que ya no le quedaba nada que le atara a Nueva York. Y fue entonces cuando se mudó a Francia para pasar el resto de su vida con François, que vivía en una villa no muy lejos de aquí. Siempre habíamos estado muy unidos, mi abuelo y yo, y sabía que podía contar con él cuando lo llamé."

"Tuviste suerte de tenerlo," dijo Nathalie. "¿Echabas de menos a tus padres?"

Lena se encogió de hombros. "Algunas veces. Me preguntaba cómo estarían, si me echaban de menos o si pensaban en mí. Pero nunca llamaron, aún sabiendo dónde estaba. Pero no me preocupaba. Venirme aquí fue tal soplo de aire fresco que estaba desesperada por dejar mi pasado atrás y seguir hacia adelante. Mi abuelo me envió a clases de francés e hice trabajos de jardinería para sus vecinos para ganarme algo de dinero. Me di cuenta de que me encantaba el paisajismo y que lo hacía mejor cada vez. Un año después, empecé mi propia empresa y usé mis ahorros para pagar un curso de diseño de arquitectura de paisajes a tiempo parcial."

"¿Fue entonces cuando conociste a Selma?" le preguntó Nathalie.

"Sí. Conocí a Selma cuando trabajaba en el jardín de sus padres. En aquel momento, ella estaba estudiando Finanzas en Niza. Ella estaba fuera del closet y orgullosa de ello y yo nunca había tenía una novia en serio, así que para mí suponía mucho. Cuando se graduó, conseguimos una casa para las dos y ella trabajó para ascender de contable a jefa de finanzas en una gran empresa en Mónaco. Selma siempre fue ambiciosa y yo la admiraba por eso. Solo que nunca pensé que pondría su carrera por delante de mí."

"Lo siento mucho. Eso debió ser duro para ti," dijo Nathalie.

Lena sonrió y se levantó, terminando su bebida. "Sí que lo fue pero ya lo superé. Bueno, debería irme ya. Tengo que preparar una reunión para mañana." Le guiñó un ojo mientras se dirigía a la puerta. "Que disfrutes el libro."

CAPÍTULO 18

"*T*e pillé."

Nathalie bajó la novela y se encontró con la sonrisa divertida de Lena dirigida directamente a ella.

Estaba de pie a su lado, junto a la tumbona, con las manos en las caderas. "¿Qué te parece el libro?" le preguntó.

Nathalie rió entre dientes, sintiendo que la habían pillado con las manos en la masa. No había podido dejar de leer la novela de romance lésbico desde que Lena se lo había prestado y, secretamente, le estaba encantando cada página.

"Desde luego que me has pillado, no te oí llegar." Se levantó las gafas de sol y se sentó recta, mirando a Lena. "Tengo que admitirlo, es bastante buena."

"¿A que sí?" Lena se echó a reír. "¿Y qué es lo que te gusta exactamente?" Miró a Nathalie, que cubría su sonrisa con la tapa del libro.

"No sé, es romántico. Espero que tenga un final feliz."

"¿Y las escenas de sexo?" Lena se sentó a su lado, mirando por qué capítulo iba.

Nathalie se sonrojó. Ya llevaba tres cuartos del libro y

había leído una escena en concreto una y otra vez. Sonrió. "Son un poco calientes. Y quiero decir, bastante calientes."

"Así que te gusta eso, ¿eh?" se rió Lena. "¿Se podría decir que puedes haber encontrado una nueva pasión en las novelas de ficción lésbica?"

Nathalie sacudió la cabeza. "No sé... ¿Quizás? Parece que no puedo dejar de leerlo así que ya veo por qué te gusta a ti."

"¿Por qué me gusta?" Lena la miró con una mezcla de sorpresa y curiosidad. "Lo que me intriga a mí es por qué te gusta a ti. Porque la última vez que lo comprobé, eras hetero, Nat."

Nathalie parpadeó contra la luz del sol, casi incapaz de ocultar su vergüenza.

"Es verdad," dijo. "No sé. ¿Quizás estoy en algún lugar del espectro? ¿No es eso lo que dicen? ¿Qué la mayoría de las mujeres son un poco bi-curiosas?"

"Eso es lo que se dice." Lena se echó hacia atrás y levantó los pies. "¿Es algo que has descubierto sobre ti recientemente? ¿Sobre estar en el espectro? ¿O estoy siendo demasiado presuntuosa ahora?"

"No estoy segura," contestó Nathalie con sinceridad. "Supongo que es algo que me he estado preguntando desde que tengo tanto tiempo libre."

"¿Alguna vez has sentido algo por una mujer?" le preguntó Lena. La pregunta estaba cargada de significado, pero lo dijo de manera tan casual que no parecía gran cosa.

"No. Creo que no." Nathalie bajó el libro y se volvió hacia Lena. "Pero tampoco he estado nunca loca de amor por un hombre. Amaba a Jack, pero no fue amor a primera vista. Ese amor creció y me preocupaba por él. Eso fue todo."

Lena frunció el ceño. Parecía estar procesando la información antes de hacer la siguiente pregunta.

"¿Alguna vez has besado a una mujer? ¿En la universidad o en una salida nocturna?"

"No, nunca." Dijo, negando con la cabeza. "¿Cómo es?"

Ahora era el turno de Lena de reír. "Es agradable. Sensual. No mucho más diferente de tus encuentros con hombres, supongo. Simplemente da la casualidad de que es lo que yo prefiero."

"¿Cómo supiste que era lo que preferías?" Nathalie puso el libro sobre la tumbona, centrándose en la conversación.

"No lo sé. La atracción es la atracción. O deseas a alguien o no. De verdad creo que es así de simple. Siempre he encontrado a las mujeres mucho más interesantes que a los hombres. Tanto a nivel sexual como intelectual. Eso no quiere decir que no me gusten los hombres, es simplemente que los prefiero como amigos. Las mujeres son sensuales y seductoras, pero también pueden ser fuertes y feroces. Me gusta su apariencia. Me gustan sus curvas, su piel, su olor y sus voces." Dudó antes de seguir pero no pudo resistir tomarle el pelo a Nathalie. "Me encantan sus sonidos cuando les doy placer."

La cara de Nathalie adquirió un tono completamente nuevo de rojo. Lo interiorizó y asintió de manera tranquila, fingiendo que no le afectaban las palabras de Lena y que era lo más normal del mundo hablar de ello.

"¿Tienes muchas citas?" le preguntó. Se sentía sorprendentemente excitada por la conversación e intrigada por el hecho de que Lena, por fin, había empezado a abrirse a ella.

"Te ha entrado mucho curiosidad de repente, ¿no?" se burló Lena. Decidió ser sincera. "No, no tengo citas. Solo tengo acuerdos, si no te importa que lo llame así. Pero he roto la mayoría de ellos últimamente."

"Ya." Nathalie se sorprendió con la punzada de celos que sintió al imaginarse a Lena con otra mujer. "Así que… múltiples acuerdos. Madre mía, eres una mujer popular." Hizo una mueca. "Necesito hacerte una pregunta más, si no te molesta mi curiosidad. ¿Eran gays o heteros?"

"Más bien heteros," dijo Lena. "La mayoría de ellas estaban casadas con hombres." No tenía ni idea de por qué estaba siendo tan sincera sobre su mal comportamiento, especialmente con Nathalie, que había sido engañada. Pero quería decirle la verdad. Ya había habido demasiadas mentiras. Mentiras piadosas al principio, pero ahora que se estaban haciendo amigas, tenía que ser abierta sobre su estilo de vida.

"Ya." Dijo Nathalie, mirando a la piscina. "¿Y cómo conseguiste llevártelas a la cama?" Se rió entre dientes. "Lo siento. Más preguntas, ya lo sé."

"No pasó así." Dijo Lena. "Fue más bien una evolución natural de las circunstancias." Levantó una mano. "Oye, como ya te he dicho antes, la atracción es la atracción, no importa dónde estés en la escala. Algunas veces, simplemente funciona."

"Claro." Nathalie pensó en lo que había dicho Lena y sacudió la cabeza. "Ya veo por qué tienes tanto éxito con las mujeres heteros." Levantó el libro que tenía en la mano. "La protagonista principal en este libro es un poco como tú. Es masculina, segura de sí misma y atractiva. La forma en que la autora la describe es una combinación sexy."

Lena se echó a reír, moviendo la cabeza. "Ten cuidado de no leer muchos libros de ese tipo, podrían llevarte al límite. Aunque me halaga que pienses que soy atractiva."

Nathalie se sonrojó. "Sí, bueno, ya hemos hablado de ello." A esto siguió un silencio pesado y tuvo problemas para encontrar palabras que pudieran romperlo. Había tantas cosas que quería preguntar, tantas cosas que quería saber. Se sentía ruborizada por la conversación que estaban teniendo pero no podía dejar de querer saber más.

"Bueno, ¿cómo van tus clases de acuarela?" le preguntó Lena, para alejarlas del tema de conversación que estaban teniendo.

"Va," dijo Nathalie, aliviada de que Lena se hubiera puesto al mando. "Solo digamos que no he sido bendecida con un talento artístico natural."

"¿Estás segura?" Lena se giró hacia ella y se puso las gafas de sol. "Das la apariencia de ser una mujer que puede con todo. ¿Puedo ver tu trabajo? No quiero decir ahora, no tienes que levantarte ni nada. Solo que me gustaría verlo en algún momento." Nathalie se levantó de la tumbona y se puso el albornoz. Necesitaba una excusa para remojarse la cara con agua fría porque, ahora mismo, estaba ardiendo.

"No, voy a por él. Pero, te lo advierto; una vez que lo hayas visto no puedes hacer como que no lo has hecho, así que no me vengas corriendo cuando no puedas dormir por la noche." Regresó a la casa, dejando a Lena esperando junto a la piscina. Lena la siguió con la mirada hasta que desapareció por la cocina, con una sonrisita dibujada en las comisuras de sus labios. *Me pregunto cómo sería tener ese bonito trasero entre mis manos.*

"VALE, AHÍ VA." Nathalie extendió la hoja de papel y adoptó una postura dramática, sosteniéndola delante de Lena. "Mi última obra de arte." Lena observó el trabajo e intentó no reírse.

"Desde luego abstracto es," dijo. "¿Qué es eso en medio del ramo? ¿Es una patata? Quiero decir, ya sabía que Marie-Louise era un poco excéntrica, pero no hasta el punto de poner patatas en sus ramos para practicar…"

"Cállate." Nathalie le dio un palmetazo juguetón en el hombro. "No es una patata. Es una alcachofa. ¿No lo ves?"

Lena se encogió de hombros. "Lo siento… Es marrón y tiene forma abultada, así que simplemente lo supuse."

"No te burles de mi trabajo, Lena. Ya me gustaría a mí

verte probar a hacer estas cosas artísticas. Es más difícil de lo que crees."

"Lo sé," dijo Lena riendo. "He estado ahí, lo he hecho y lo dejé. Solo estaba bromeando. En realidad, no está mal para una principiante. Sigue trabajando así de bien y puede que me hagas uno por encargo algún día."

Nathalie entornó los ojos. "Tú sigue burlándote de mí y a lo mejor lo hago." Se sentó en el borde de la tumbona de Lena. Su muslo rozó la pantorrilla de ella al volverse en su dirección, subiéndole un escalofrío por la columna. "Bueno, recuérdame qué vas a hacer hoy."

"Voy a ir a Mónaco en mi coche," dijo Lena. "Gumbo y yo vamos a pasar la noche allí. Los representantes de mi cliente me van a llevar a cenar. Volveremos mañana a la hora de comer, pero parece que, en general, será un proyecto a largo plazo. Estaré yendo y viniendo durante las próximas semanas."

"¿Una familia rica que necesita un nuevo césped?" preguntó Nathalie.

Lena sonrió. "Sí. Algo así."

CAPÍTULO 19

"Samantha y yo vamos a la plaza a tomar una copa," dijo Brenda al grupo mientras terminaban sus pinturas. "¿Alguien quiere venir?" Nathalie levantó la vista de su naturaleza muerta y puso el pincel en el tarro de cristal.

"Claro. Estaría genial." Sonrió y se volvió hacia Graham, Cherie y Marie-Louise.

"Sí, ¿por qué no?" dijo Graham. "Pero solo una. Necesito volver a Cannes y voy en coche."

Marie-Louise negó con la cabeza. "Quizás la próxima vez. Tengo trabajo en la galería. Cherie me va a ayudar, la he tomado como aprendiz." Le guiñó un ojo a Cherie, que acababa de terminar la pintura más bonita del estanque. Las ondas en la superficie del agua eran exquisitas y había aceptado con gracia los cumplidos que le habían hecho.

"Vale, solo los que hablamos inglés entonces," dijo Brenda alegremente. "Me muero por tomarme una copa."

ESTABA todo en silencio en la ahora adormecida plaza de Valbonne. El turno de la comida ya había terminado y solo quedaban un par de mesas ocupadas por grupos de personas terminando sus botellas de vino al sol de la tarde. Nathalie y sus compañeros se sentaron en una de las mesas de delante, bajo la sombra de una gran sombrilla. Saludó a Alain cuando salió.

"*Bonjour*, Nathalie. ¿Cómo está hoy mi americana favorita?" Le dirigió una de sus sonrisas más encantadoras, rascándose la barba de su barbilla.

"Estoy genial, gracias." Levantó la mirada hacia él. "¿Y tú?"

Alain miró a todos los miembros del grupo y posó su mirada en Samantha. "No me puedo quejar. No con todas estas mujeres tan bellas en mi terraza." Lanzó una mirada fugaz al top escotado de Samantha antes de volverse hacia Nathalie. "¿En qué puedo ayudaros?"

Nathalie hizo un gesto hacia los otros. "No te preocupes, no te vamos a molestar pidiendo comida. Una botella de rosado sería fantástico."

Alain le guiñó un ojo. "Solo el mejor rosado para ti, *ma belle*."

Brenda y Samantha se rieron.

"Ya veo que has hecho amigos ya. Es mono. Alto, moreno y guapo," susurró Brenda. "Y creo que le gustas."

Nathalie negó con la cabeza y se recostó sobre la silla, estirando las piernas delante de ella.

"No estoy muy segura de eso, Brenda. Tengo la sensación de que a Alain le gusta todo lo que respire. Además, creo que he tenido suficientes hombres por ahora." Se volvió hacia Graham. "Bueno, Graham. ¿Cuál es tu historia? ¿Estás casado?" le preguntó. No sabía nada de él, solo que era de California y eso lo había deducido por el acento.

"Sí estoy casado." Dijo Graham. "Mi mujer y yo tenemos una casa alquilada en Cannes para el verano."

"Oh, qué romántico," dijo Brenda soltando un gritito.

"Ojalá conociera a un hombre que me llevara a Cannes algún día."

Graham sonrió. "El romance está muerto, Brenda. No hay nada de lo que tener envidia. Nuestro terapeuta pensó que sería buena idea que saliéramos durante una temporada y pasáramos tiempo juntos. Supongo que es la última oportunidad de salvar nuestro matrimonio. Los dos nos jubilamos pronto y nos dimos cuenta de que no podíamos soportar estar juntos todo el día. Todo lo que hacíamos era discutir." Se echó a reír. "Y aquí estamos. Todavía discutiendo solo que un poco menos."

"¿Tu esposa no estaba interesada en hacer el curso de Marie-Louise?" preguntó Samantha.

"Pues la verdad es que no." Graham hizo una mueca. "Le gustan más las compras. Y ese es un hobby caro, especialmente en Cannes." Dio las gracias a Alain, que les trajo la botella en una cubitera y llenó sus copas, antes de tomar un gran trago. "Pero, oye, si eso la hace feliz… De todas formas, el doctor Chuckabee, ese es el nombre de nuestro terapeuta de pareja, considera que es bueno hacer actividades por separado. Así tenemos algo de qué hablar cuando nos vemos de nuevo." Hizo una pausa durante un momento para pensar qué decir. "No estoy muy seguro de que estemos hablando más ahora, pero tengo que admitir que me gusta estar lejos de ella dos veces por semana." Se rió. "Estoy intentando convencerla para que se una a un club de tenis o a clases de cocina, para que ella también pueda conocer a otra gente, quizás hacer nuevos amigos." Se encogió de hombros. "Y ese soy yo. ¿Y vosotras, chicas?"

Samantha puso un brazo con cariño sobre el hombro de su madre. "Mamá es una superviviente de cáncer. Hemos venido aquí para celebrar que está libre de todo."

"Felicidades," dijo Nathalie. "Es una noticia fantástica."

Brenda asintió y levantó su copa. "No más quimio para

mí. Ahora solo quiero pasármelo bien, disfrutar de la vida a tope y pasar todo el tiempo que pueda con mi hija. Las dos nos hemos tomado un año sabático en el trabajo. Samantha es gerente en una tienda y yo soy maestra de primaria. Nos estamos quedando en una casa de huéspedes a las afueras de la ciudad." Sonrió radiante. "No tan elegante como Cannes pero esto es maravilloso. Las dos estamos solteras y hemos estado ahorrando durante años, así que ahora parecía que era el momento perfecto para vivir nuestro sueño francés durante un tiempo. Salimos al campo a pintar todas las mañanas cuando sale el sol y nos encanta. ¿Verdad, Samantha?"

Samantha sonrió. "Sí, es maravilloso. No creo que quiera irme jamás." Se volvió hacia Nathalie. "¿Y tú? ¿Qué estás haciendo aquí? ¿Aparte de pintar?"

Nathalie tomó un sorbo de su rosado frío. "Supongo que también podrías llamarlo un año sabático. Me acabo de divorciar y me estoy tomando un descanso del trabajo, para averiguar qué hacer a partir de ahora. Solamente me apunté al curso de acuarela para tener algo que hacer. Nunca me he considerado muy artística, como podéis ver en mis trabajos." Levantó el tubo de cartón que contenía sus pinturas. "Soy perfeccionista, y me cuesta mucho probar algo en lo que no soy buena por naturaleza. Pero tengo que admitir que estoy disfrutando."

"Bien por ti," dijo Graham. "Y no te flageles por tus trabajos, ya estás mejorando. ¿No te has dado cuenta?"

"Sí," interrumpió Brenda. "Tu primera pintura parecía una escena de asesinato, pero ahora se ve que estás pintando flores." Todos se rieron y Nathalie puso los ojos en blanco.

"Gracias, chicos. ¿Qué os parece otra botella, eh?" Se giraba para llamar a Alain cuando su ojo captó a una mujer de cabello oscuro. Se le saltó el corazón. *¿Lena?* Estaba hablando con una mujer en una de las mesas a la entrada del restaurante. Supuso que la joven era una turista. Sostenía un mapa sobre la mesa y Lena estaba arrodillada a su lado, señalando diferentes lugares. Parecían estar absortas en su conversación y se estaban riendo mucho. Lena levantó la mano y pidió a Alain dos cafés. Alain movió la cabeza y se echó a reír.

"¿Nathalie?" Nathalie se volvió y miró a sus compañeros de mesa. "¿Estás bien?" le preguntó Samantha.

Nathalie asintió, forzando una sonrisa en su cara. "Sí, sí, estoy bien," dijo, tratando de mantener la calma. "Es solo alguien a quien conozco. Luego voy y la saludo." Se sintió enferma al ver a Lena, claramente hablando con la otra chica, que parecía aceptar sus avances. No pudo evitar mirar otra vez cuando Lena se sentó frente a la mujer en la mesa. La turista pelirroja era mona. Demasiado mona.

"¿Otra botella, Nathalie?" Alain dejó una cubitera con hielo fresco y una botella de rosado. Señaló con la cabeza en dirección a Lena. "Otra vez haciendo su magia." Suspiró. "*Mágica Lena.* No sé cómo lo hace, pero arruina mis posibilidades con cualquiera que se acerque a ella."

"Sí, parece que está funcionando," dijo Nathalie, tomando un gran trago del vino que Alain le había servido. "Es la cuidadora de la finca donde me estoy alojando," explicó a sus nuevos amigos.

"Y le gustan las mujeres," añadió Alain antes de pasar a otra mesa, sacando un cheque del bolsillo de su delantal.

"¿Te alojas en una finca?" preguntó Brenda con curiosidad. "¿Qué quiere decir eso? ¿Es una gran villa con una parcela de tierra grande, como en el Reino Unido?"

"Sí." Nathalie se movió en su silla. "*Villa Provence.* Está a diez minutos de aquí en coche." No estaba segura de sentirse cómoda hablando de la casa de ocho dormitorios que había alquilado. No con dos personas que habían estado ahorrando durante años para poder quedarse en una casa de huéspedes.

"¿Y estás allí tú sola?" Brenda estaba ahora en racha, parecía fascinada por cómo vivía la otra mitad. "¿Tú sola en una casa enorme?"

"¿Y qué tal la cuidadora lesbiana?" susurró Samantha, mirando a Lena. "¿Te resulta raro tenerla allí?"

"No, no es raro." Rió Nathalie. "Lena es encantadora."

Lena se giró al oír su nombre. Hubo un momento de pánico en su cara cuando vio a Nathalie. "¡Eh, tú! ¿Estabas hablando de mí?" Dijo algo a la mujer frente a ella, se levantó de la silla y se acercó a Nathalie.

"Puede ser." Nathalie la besó en ambas mejillas. Podría haber jurado que Lena se sentía incómoda por la forma en que sus ojos pasaban de Nathalie a la misteriosa mujer y de nuevo a ella. "Me alegro que hayas vuelto de tu viaje. Le estaba diciendo a mis amigos de la clase de arte lo encantadora que eres." Hizo un gesto hacia ellos. "Lena, te presento a Graham, Brenda y Samantha. Chicos, esta es Lena."

Lena se relajó un poco y los saludó con su nada forzado encanto antes de volverse hacia Nathalie. "Bueno, ¿cómo fue la clase? ¿Has dibujado más patatas?"

Nathalie la empujó, riendo. "Ja-ja, muy graciosa." Señaló con la cabeza la mesa de Lena. "¿Cómo te fue en Mónaco? Y lo más importante, ¿quién es esa? ¿Tienes una cita?" Hizo todo lo posible por sonar alegre y despreocupada, aunque se sentía enferma solo de verlas juntas.

"¿Una cita? Oh Dios, no." Las mejillas de Lena se sonrojaron. "Solo he venido a dejar unas cosas al contable de Alain."

"Oh." Nathalie frunció el ceño. "¿Y esa es la contable de Alain? Parece perdida."

Lena se metió las manos en los bolsillos traseros y se rió entre dientes.

"No, esa no es la contable. Esa es Nora. Es una turista. Me pidió direcciones, así que la estoy ayudando, dándole algunos consejos sobre dónde ir."

"Eso está muy bien por tu parte." Nathalie hizo todo lo posible por no sonar sarcástica. Hubo un momento de incómodo silencio, y la siempre charlatana Lena parecía desesperada por alejarse de la conversación.

"Bueno chicos, os dejo a lo vuestro," dijo. "Encantada de conoceros, que tengáis un buen día." Se volvió hacia Nathalie y dudó un momento. "¿Necesitas que te lleve a casa, por cierto?"

"No, estoy bien. Conduje hasta aquí," mintió Nathalie, echándole una mirada a su segunda copa de vino. "Tómate tu tiempo. Voy a hacer un poco de compras, nos vemos más tarde." Hizo una mueca ante la mentira que se había escapado de su boca. ¿Por qué había dicho eso? Si Lena volvía a casa antes que ella, vería el coche en el camino de entrada. *¿Por qué has mentido en eso, idiota?* Trató de dejarlo ir, concentrándose en la conversación, que ahora era sobre la comida francesa, preguntándose cuándo podría salir de allí.

CAPÍTULO 20

"*L*o siento Nora, me tengo que ir. Tengo trabajo que hacer." Lena se levantó de la mesa y puso dinero sobre la carpeta. "Ha sido un placer conocerte. Que disfrutes de tu estancia. Y no te olvides de ir a Gourdon, es una pueblecito muy bonito."

"No, por favor. No te preocupes, yo pago esto," dijo Nora. Se puso también de pie cuando Lena no respondió y corrió tras ella, anotando su número de teléfono en el cheque. "Toma. Este es mi número si te apetece salir a tomar una copa, estaré aquí un par de días." Lena cogió el trozo de papel y le dirigió una sonrisa de flirteo, solo para asegurarse de que estaban en la misma onda. Nora no se inmutó. En vez de eso, se acercó un paso más y se mordió el labio inferior mientras miraba a Lena de manera seductora.

Lena asintió lentamente. Sí. Definitivamente estaban en la misma onda.

"Gracias. Creo que quizás lo haga." Luego se volvió y se alejó para buscar a Nathalie, metiendo el número de Nora en el bolsillo. *Puede que todavía esté por aquí.* Le molestaba que Nathalie la hubiera visto hablando con otra mujer. Por supuesto había estado flirteando con Nora. Era soltera y no había razón por la que no debiera hacerlo. *Y de todas formas, ¿por qué tiene que importarme lo que Nathalie piense de mí?* Lena miró por las tiendas pero no la encontró por ningún lado. Intentó también el aparcamiento, pero el coche de Nathalie no estaba allí, así que compró comida en el mercado y regresó al coche. Se sentía una hipócrita por tratar de ocultar sus flirteos con Nathalie. Debería haberlo admitido, pero en vez de eso, se le había ocurrido una excusa muy poco convincente. Cuando se trataba de mujeres, Lena no pensaba mucho las cosas. Simplemente hacía lo que le parecía bien y, en la mayoría de los casos, hacía lo que le daba la gana. Pero tener a Nathalie en su vida la confundía, la hacía pensar demasiado cada paso que daba. *Es porque te gusta. Y puede que incluso tú también le gustes.*

Mientras conducía colina arriba, Lena redujo la velocidad cuando vio algo a un lado de la carretera. Al principio pensó que era un animal herido, pero según se acercaba, se dio cuenta de que era una mujer, tumbada de espaldas y cubriéndose la cara con las manos. Pisó el freno de inmediato y saltó del coche con el teléfono en una mano, lista para llamar a una ambulancia. La mujer estaba cubierta de tierra, pero el bolso de diseño no dejaba dudas sobre su identidad. *Oh Dios, Nathalie.*

CAPÍTULO 21

$\mathcal{N}$athalie gemía, doblada con las manos sobre las rodillas. Era una caminata dura cuesta arriba, sobre todo cuando estaba intentando romper un récord mundial. Cada vez que oía venir un coche, se escondía en la maleza de la carretera, aterrorizada de que Lena pudiera verla. Estaba furiosa consigo misma por haber rechazado que la llevara en coche y especialmente por haberle dicho que había cogido su coche. En su ciudad, rara vez cometía errores de este tipo. Era aguda, directa al grano, honesta y tenía una memoria casi fotográfica. Nadie había podido engañarla en el trabajo, sobre todo, no con excusas, pero ahora se estaba engañando a sí misma. Nathalie sentía que lentamente estaba perdiendo el control que nunca había dejado de tener. Se sentía vulnerable, insegura y, sobre todo, muy, muy confundida sobre los hechos recientes que habían ocurrido con Lena y que le hacían dudar de su cordura. Oyó acercarse otro coche y saltó detrás de un arbusto, sin darse cuenta del barranco que había detrás. La colina era empinada y, a pesar de intentar por todos los medios agarrar cualquier cosa que tenía a la vista, se resbaló y rodó hasta que golpeó un árbol.

"¡Joder!" gritó cuando una punzada de dolor le atravesó el tobillo. Se sentó, inspeccionando lo que había a su alrededor. La lluvia reciente había convertido la colina en una pendiente resbaladiza y estaba cubierta de barro. No había caído muy abajo pero haber aterrizado contra el árbol le había lastimado gravemente el tobillo. Intentó ponerse en pie y gritó de nuevo cuando apoyó todo su peso sobre él. Nathalie gimió de dolor, se volvió a sentar y examinó sus brazos y piernas. Estaban cubiertos de arañazos y le sangraba la muñeca. Por lo menos todavía tenía el bolso, agarrado en una mano. El tubo con sus pinturas había desaparecido. Había rodado hasta el río y ahora se dirigía hacia el siguiente pueblo, donde unos niños lo encontrarían y se reirían de su torpe intento de pintar un estanque. Se apoyó sobre sus manos y rodillas y empezó a subir hacia la carretera, arrastrándose y agarrándose a las ramas más bajas. Estaba sin aliento cuando se dejó caer sobre el asfalto, mirando al cielo. Sus vaqueros blancos eran ahora verdes y marrones y la tela estaba rasgada en una rodilla. La pierna le sangraba también pero no parecía una lesión grave. Se acercó otro coche pero, esta vez, se negó a volver a esconderse en la maleza. No podría ser peor que esto. *Si es Lena, debo haber hecho algo para merecerlo.* Nathalie estaba más que avergonzada cuando el coche se detuvo junto a ella, y la voz que temía escuchar resonó por el valle. Se cubrió la cara con las manos.

"¡Nat! ¿Estás bien? ¿Qué estás haciendo aquí?" Lena salió del coche, lo rodeó corriendo y se arrodilló a su lado. "¿Qué coño ha pasado?" Miró el bolso. "¿Te han robado? ¿Atacado? ¡Por favor, di algo!"

"Estoy bien," dijo Nathalie con voz temblorosa. "No ha pasado nada de eso, solo ha sido un accidente." Se sentó, demasiado mortificada para mirarla a los ojos. "Llévame a casa, por favor. No quiero hablar de ello."

Lena la levantó y la ayudó a montarse en el coche. "¿Necesitas un médico? ¿Y dónde está tu coche?"

Nathalie movió la cabeza. "Estoy bien. El coche está en casa."

"¿ME vas a contar por fin qué ha pasado?" Le preguntó Lena mientras ponía el botiquín de primeros auxilios en la mesa de la cocina. Nathalie se sentía un poco mejor después de ducharse, pero todavía estaba demasiado avergonzada como para decirle a Lena la verdad.

"Vi una ardilla."

"Vale," Lena le dirigió una sonrisa divertida. Se sentó y levantó la pierna de Nathalie sobre su regazo. Nathalie se estremeció cuando su mano acarició la piel que rodeaba su rodilla. No era el dolor lo que hacía que se le pusiera la piel de gallina en el muslo y esperaba que Lena no se diera cuenta. "Entonces, saltaste al barranco para atrapar a la ardilla y así poder qué... ¿comértela? Te dije que te prepararía la cena si querías." Lena echó un poco de desinfectante sobre una bolita de algodón y limpió la herida con cuidado, manteniendo la pierna en su sitio con la otra mano.

Nathalie dejó escapar una risita. "Algo así."

Lena la miró con curiosidad. "¿Por qué me dijiste que habías cogido el coche?" le preguntó mientras sacaba una tirita del botiquín. Nathalie cerró los ojos, buscando con desesperación una excusa. *Piensa Nathalie, piensa.*

"No quería estropear tu cita," dijo. *¡Esa es buena!* "Parecía que os llevábais bien así que no quería que te fueras solo por mí."

"¿Así que saltaste a un barranco cuando oíste que venía un coche? Eso es una estupidez. Además, ya te dije que no era una cita," dijo Lena, que seguía sonriendo. Nathalie desvió la mirada hacia sus hoyuelos y su boca. Lena se mordía el labio concentrada mientras ponía la tirita. "Solo estaba siendo amable con ella."

"Ya," dijo Nathalie con un suspiro.

Lena soltó la pierna de Nathalie y le cogió la mano, observando los arañazos de su palma. "Creo que hay una espina aquí. ¿Me dejas que te la quite?"

Nathalie asintió. Le dolía todo, pero al menos el tobillo no estaba roto. Se estaba hinchando, pero había podido entrar y salir de la ducha, apoyándose en un bastón viejo que había encontrado en el pasillo.

"¿Te puedo preguntar algo?" Lena mantenía su mirada fija en la mano de Nathalie mientras le desinfectaba la palma e intentaba agarrar la espina con unas pinzas.

"Claro." El corazón de Nathalie empezó a latir con más fuerza. *Te tiene calada, idiota.*

"¿Por qué tengo la sensación de que me estás juzgando por haber estado flirteando con esa mujer antes?"

"¿Así que admites que estabas flirteando?" Nathalie se arrepintió de sus palabras en cuanto salieron de su boca. "Quiero decir, no es que sea asunto mío, por supuesto," añadió apresuradamente."Y no, no te estoy juzgando. Como ya te he dicho, no quería interrumpir tu conversación con la bella dama por la que parecías tan cautivada, así que decidí volver a casa por mis propios medios. Pero ya había mentido sobre el coche, así que tampoco podía pedirle a los otros que me trajeran y no quería que me vieras cuando pasaras." Hizo una mueca cuando Lena agarró la espina y la sacó.

"Ya está, ¿mejor?". Tomó la mano de Nathalie entre las suyas y acarició la piel dolorida.

Nathalie contuvo el aliento cuando una descarga eléctrica la atravesó. Esperó a que pasara pero Lena seguía sosteniendo su mano y acariciándola hasta que, por fin, la soltó.

Lena levantó la cabeza con una sonrisa como si nada hubiera pasado. "Sí, estaba flirteando con ella," dijo. "Así que te lo voy a preguntar otra vez. ¿Por qué te molesta? No esperaba que lo vieras pero claramente te molestó."

"¿Coqueteas con muchas mujeres?" le preguntó, evitando su pregunta.

Lena la miró atentamente. "Sí. Estoy soltera, no es un delito."

Nathalie asintió, meditando su siguiente pregunta. "¿Cómo sabes que le gustan las mujeres?"

Lena se echó a reír, moviendo la cabeza. "¿No hemos tenido ya esta conversación? No es así. No hace falta que sean gay, estoy bastante segura de que Nora no lo era. Sinceramente, no es difícil encantar a una mujer y puedo decir cuándo alguien está interesada." Miró a Nathalie a los ojos y le mantuvo la mirada. "Solo tienes que tener mucha confianza, les confunde muchísimo. Y luego, en cuanto te vas, vienen corriendo detrás de ti y te dan su número." Levantó el trozo de papel con el número de Nora y tres besos debajo.

Nathalie lo cogió y leyó el número en voz alta. Quería romperlo en pequeños pedazos y quemar los restos pero, en vez de eso, mantuvo una expresión seria y se lo devolvió a Lena.

"¿Vas a llamarla?" le preguntó con voz temblorosa.

"Tal vez sí." Lena se acercó a la encimera de la cocina. "Tal vez no." Se encogió de hombros. "Ya veré cómo me siento mañana. ¿Café?"

CAPÍTULO 22

*L*ena miró el trozo de papel que estaba sobre su mesita de noche, cogió su teléfono y empezó a marcar el número de Nora. El número la había distraído todo el día mientras se ponía al corriente con el papeleo y se preguntaba por qué narices no lo había marcado todavía. Movía el dedo por encima del botón de llamada, a punto para presionarlo, cuando decidió volver a dejarlo en su sitio.

Maldita sea, Nathalie. ¿Cuál era el problema? No pasaría nada entre ella y Nathalie y, sin embargo, no podía decidirse a invitar a cenar a una turista impresionante. Una hermosa turista que básicamente se había tirado a sus pies. No podía ser más perfecto y sin complicaciones. Pero, de alguna manera, Nathalie había encontrado la forma de meterse en su cabeza y no podía dejar de pensar en ella. Se había encerrado en el anexo, tratando de quitarse de en medio sus declaraciones de impuestos y no había hablado con ella en todo el día. Cogió el libro que Nathalie le había devuelto después de terminarlo y sonrió mientras hojeaba las páginas, pasando los dedos por las marcas que quedaban por donde habían sido dobladas.

"Definitivamente, aquí hay algo Gumbo." Le dijo al perro, que dormía sobre la almohada a su lado. Gumbo abrió un ojo al oír su nombre y se volvió a dormir. Nathalie le había pedido otro libro del mismo estilo y eso le llevó una buena hora para encontrarlo. Ya no leía mucho romance hoy en día. Elegir a alguien con quien pasar el rato se había convertido en algo casi natural para ella y eso había consumido muchas de sus noches desde que Selma se había ido. Hasta ahora, porque ahora pasaba la mayoría de sus noches con Nathalie. Y aunque eso no incluía sexo ardiente, disfrutaba de su compañía mucho más que un encuentro sin sentido con una extraña, por muy guapa que fuera. Nathalie era algo completamente diferente. Era hermosa, inteligente, torpe, adorable y muy alejada de la empresaria estirada que se había imaginado. La admiraba por ser tan valiente en dejar todo lo que tenía, todo lo que la había convertido en quien era. Se arrodilló y miró por la ventana, como ya había hecho muchas veces esa semana. Las velas de la mesa de la terraza estaban encendidas, destacando ligeramente la silueta de Nathalie. Estaba leyendo un libro con los pies sobre otra silla.

No vayas allí. Puede que quiera estar sola. Ese había sido el dilema de Lena durante días. Miró el despertador sobre su mesilla de noche. Solo eran las nueve y, si no iba ahora, se estaría lamentando toda la noche, incapaz de dormir. ¿Por qué narices le había enseñado ese trozo de papel con el número de Nora ayer? ¿Había sido una provocación? No era propio de ella restregárselo por la cara a nadie cuando tenía un idilio en vistas. ¿Y por qué parecía Nathalie molesta con ello? Lena se levantó, se puso una camiseta y cogió una botella de vino del frigorífico al salir.

"Hola." Lena levantó la botella mientras se acercaba a Nathalie. "Por favor, sé sincera y dime si quieres estar sola."

Nathalie levantó la vista de su libro con una gran sonrisa en el rostro.

"Para nada, esperaba que vinieras," dijo, pasándose la mano por su pelo largo y rubio. "De hecho, estaba pensando en llamar a tu puerta, pero tampoco estaba segura de si querías estar sola."

"Entonces parece que las dos habíamos pensado lo mismo." Señaló con la cabeza la pierna de Nathalie, que estaba bajo la mesa. "¿Cómo está el tobillo?"

"Está bien. Creo que el hielo ayudó de verdad. La hinchazón ha bajado durante la noche y ahora puedo soportar mi peso, así que puede que pareciera peor de lo que realmente era."

"Eso está bien." Lena se movió delante de la mesa. "Solo para que quede claro, Nat, no tengo intención de invitar a salir a Nora." Se rió entre dientes. "No sé por qué te lo digo. Solo quería que lo supieras."

Los ojos de Nathalie se encontraron con los de ella. Las luces parpadeantes de las velas proyectaban una cálida luz sobre su rostro mientras permanecía allí de pie, mirándola, y se derritió al verla. "Gracias por decírmelo Lena. Te lo agradezco. Aunque tampoco estoy segura de por qué." Se encogió de hombros. "Siento haber estado tan rara hoy."

Lena esperó una explicación pero Nathalie no continuó, así que abrió la botella, cogió la copa de Nathalie y se la llenó.

"¿Te importa si cojo una copa de la cocina?" le preguntó.

"Por supuesto. Disculpa, ¿dónde están mis buenos modales? Hay muchas en el armario de arriba, sobre la encimera trasera." Nathalie señaló hacia donde estaban las copas de vino, cuando vio a Lena a través de la ventana de la cocina, que ya volvía con una copa de color burdeos. "Ah, da igual. Ya sabes dónde están."

Lena se detuvo en la puerta con los ojos muy abiertos. "Sí. Sé dónde están la mayoría de las cosas." *¿Por qué no le dices la* *verdad?* Se sentó frente a ella. "Bueno, ¿te está gustando el libro nuevo?" le preguntó, cambiando de tema.

"Sí." Nathalie dobló la página que estaba leyendo y puso el libro sobre la mesa que había entre ellas. "Debes pensar que soy rara. Una mujer recién divorciada totalmente absorta en novelas románticas lésbicas."

"No creo que sea raro en absoluto," dijo Lena. "Creo que tienes curiosidad, claro. Y tal vez incluso estés un poco más de este lado de lo que te gustaría admitir, pero no hay nada malo en eso. Este es el momento adecuado si quieres explorar otras partes de ti."

Nathalie se echó a reír, frotándose la sien. Ya se había tomado la mitad de una botella y además de estar un poco achispada, se sentía más valiente de lo habitual. "Vale Lena. No voy a mentir, me interesa esto." Señaló el libro. "Quizás más de lo que me gustaría admitir, claro." Se hizo un silencio. "Pero no tendría ni idea de cómo averiguarlo por mí misma. Quiero decir, hipotéticamente hablando, si yo quisiera explorar mis horizontes… ¿Cómo me acercaría a una mujer? Solo pensarlo me asusta, y para serte sincera, en este punto de mi vida, ni siquiera sabría cómo acercarme a un hombre. Ha pasado demasiado tiempo."

Lena no pudo evitar sonreír. *Lo sabía.* "Bueno, hipotéticamente hablando," dijo, "podría llevarte conmigo a salir una noche y enseñarte lo fácil que es. Te sorprenderías." Puso los pies sobre la mesa y se recostó en la silla. "Si eso es lo que de verdad te interesa, hipotéticamente hablando."

Nathalie sacudió la cabeza y se rió entre dientes mientras bebía. "Oh, no sé. Parece una buena idea ahora que me he tomado un par de copas, pero estoy segura de que habré cambiado de parecer mañana." Vaciló un momento. "¿A dónde me llevarías?"

Lena se encogió de hombros. "¿A un chiringuito de playa

en St. Tropez quizás? Están bastante llenos los viernes por la noche."

"A un chiringuito, ¿eh? ¿No un bar gay?"

Lena se rió. "No necesariamente. Pero podríamos ir a un bar gay si quisieras. Hipotéticamente hablando."

Nathalie movió la cabeza. "No, un chiringuito suena bien. Quizás una noche justo antes de que me vaya y así no tengo que enfrentarme a ti después de haber hecho el ridículo. ¿Si no te importa?"

"No me importa llevarte," dijo Lena. "Aunque yo no estoy segura de cómo me sentiré cuando…" Tomó un sorbo de su vino, evitando mirarla a los ojos. "No importa." *Mierda. Debería haber mantenido la boca cerrada.*

"¿Qué?" le preguntó Nathalie. "¿Cuando qué?"

"Deja que te pregunte algo primero," le dijo Lena, inclinándose hacia ella. "Y luego respondo la tuya."

"Vale." Nathalie se movió en su silla y puso los pies sobre el asiento, agarrándose la rodilla dolorida.

"Esta tarde, cuando te enseñé el número de Nora… ¿Estabas celosa?" Lena vio cómo le entraba un sudor frío a Nathalie ante la pregunta. Sus ojos empezaron a vagar de Lena al cielo, luego hacia el jardín y nuevamente a ella. Estaba claramente nerviosa. "¿Y?"

"Quizá un poco," dijo Nathalie por fin.

Lena asintió. "No pasa nada. Creo que me sentiría igual si te viera flirteando con otra mujer. Eso es lo que estaba tratando de decirte."

"Oh." Nathalie se sonrojó. Se hizo otro silencio. "¿Eso quiere decir que te gusto, como si…?" Tenía problemas para encontrar las palabras correctas. Contuvo el aliento cuando sus ojos se encontraron con los de Lena. Eran más oscuros de lo habitual, casi negros y, aunque había bebido demasiado, podría haber jurado que vio deseo en ellos. Por un momento, Nathalie se olvidó de todo lo que le rodeaba.

"Sí Nat. Me siento atraída por ti." Lena se sorprendió al sentir que sus manos temblaban bajo la mesa. Nunca había tenido problema en decir lo que pensaba, especialmente cuando se trataba de mujeres.

Nathalie se mordió el labio y bajó la mirada hacia la boca de Lena. "Creo que yo también me siento atraída por ti," dijo en un susurro. "No sé qué es, pero me haces sentir tan consciente de mi propio cuerpo. Es… es lo más físico que he sentido nunca." Suspiró. "No me puedo creer que haya dicho eso." Sus mejillas estaban ahora de un color rojo brillante.

Lena sintió mariposeos en su interior. Tuvo la tentación de agarrar su mano, acercársela y besarla, pero era demasiado pronto. No quería asustarla ni hacer nada que pudiera estropear la conversación tan sincera que acababan de tener, así que se levantó, dejando su vaso medio lleno.

"Me vuelvo a casa. No porque no quiera estar aquí contigo, sino porque no quiero que hagas nada de lo que puedas arrepentirte mañana." Nathalie levantó la mirada hacia ella, movió la cabeza y abrió la boca para decir algo, pero la cerró de nuevo. Asintió.

"Vale. Buenas noches, Lena."

"Buenas noches, Nat."

CAPÍTULO 23

"*E*ntonces, ¿hay piscina en tu casa?" Preguntó Brenda mientras limpiaban después de otra clase. Nathalie terminó de secar su bodegón y lo enrolló con cuidado antes de meterlo en el tubo. Hoy se había sentido inspirada y estaba contenta con su trabajo. No era muy bueno, pero tampoco era malo, y la mejoría en su técnica se veía claramente. Quizás su conversación con Lena había tenido algo que ver. No podía dejar de pensar en ella.

"Sí." Nathalie se volvió hacia Brenda, que se había pasado toda la clase preguntando sobre *Villa Provence*. Haberle dicho a Brenda dónde se estaba quedando había sido como abrir una lata de gusanos. La mujer parecía no poder dejar de obsesionarse con ello después de que ella y Samantha hubieran pasado por sus puertas un día de camino a casa.

"Desde fuera parece grande." Suspiró Brenda. "Oh, debe ser estupendo tener tanto espacio para ti." Nathalie estaba deseando que dejara de hablar de eso. La hacía sentir culpable de su riqueza y no le gustaba sentirse así.

"¿Por qué no venís todos a cenar el sábado?" se oyó decir, lamentando inmediatamente haber abierto la boca. Invitar a gente a cenar era posiblemente la cosa más estúpida que podía hacer. No sabía cocinar y, de hecho, nunca había entretenido a nadie más que a clientes en restaurantes, donde todo lo que había tenido que hacer era pedirle a su asistente que hiciera una reserva. Pero Brenda era una de las personas más amables que había conocido nunca y no había duda de que había estado buscando una invitación. ¿Qué otra cosa podía haber hecho?

"¿En serio? ¿Estás segura? ¡Nos encantaría!" Brenda apretó los puños con entusiasmo.

Samantha asintió. "¿Una cena en tu casa? Por supuesto, eso sería increíble."

"Genial," dijo Nathalie, volviéndose hacia Graham. Cherie no estaba en clase hoy y la ausencia de su talento les había hecho sentir mucho mejor de su propio trabajo. "Graham, por favor, trae a tu esposa si puedes. Me encantaría conocerla."

"Gracias, eso suena maravillosamente," dijo Graham.

"Me encantaría ir," gritó Marie-Louise desde la cocina, donde estaba hurgando en el congelador. Salió llevando una bolsa de cubitos de hielo y una botella de agua con gas. "No me acuerdo de la última vez que estuve allí, debe hacer como seis o siete años. Solía ir a las fiestas de François y Robert cuando todavía vivían." Sacudió la cabeza. "Qué triste cómo pasa el tiempo."

"¿Así que conocías a los antiguos dueños?" le preguntó Nathalie.

Marie-Louise dividió el agua en cinco vasos. "Ya lo creo que los conocía. Era una pareja maravillosa. Siempre se aseguraban de que sus invitados fueran servidos con la mejor comida y los mejores cócteles. Sus cenas de los domingos solían ser lo más destacado de mi semana." Le entregó un vaso a Nathalie. "Me encantaría ver lo que ha hecho Lena con el lugar. Estoy segura de que ha hecho que su abuelo esté orgulloso, que Dios lo bendiga." Se persignó y miró hacia el cielo.

Nathalie frunció el ceño. "¿Lena es la nieta del dueño? ¿Te refieres a Lena, la cuidadora?"

"Claro," Marie-Louise se sentó en un taburete y tomó un sorbo de su bebida. "Lena es la dueña ahora, su abuelo se lo dejó en su testamento." Dudó un momento. "¿No lo sabías?"

Nathalie negó con la cabeza. "No. Quiero decir, me ha hablado de su abuelo pero nunca se me ocurrió que él fuera el dueño de la finca."

Marie-Louise se encogió de hombros. "Lena es muy modesta. Quizás no quería… ¿Cómo lo llamáis los americanos? ¿Presumir?" Se echó a reír. "Bueno, estoy deseando asistir a esa cena tuya, Nathalie. Llevaré una buena botella y, por favor, dime si necesitas algo más."

"Gracias, lo haré."

Nathalie salió de la galería, confundida y llena de preguntas. *¿Por qué no me ha dicho que es la dueña de Villa Provence?*

CAPÍTULO 24

$\mathcal{E}$l Porsche no estaba allí cuando Nathalie regresó a la villa. Miró el paquete que tenía en las manos, dirigido a Lena. Alain le había pedido que se lo llevara cuando pasó por la cafetería de camino a casa. Echó un buen vistazo a la finca, intentando imaginar a Lena viviendo allí y teniendo todo el lugar para ella sola. Toda la hermosa decoración, la colección de arte, las habitaciones llenas de color, la impresionante bodega... Todo había sido obra de Lena. Si Nathalie estaba fascinada por Lena antes, su reciente descubrimiento solo hacía que esa fascinación aumentara. *¿Por qué no me lo ha dicho?* Entró en la casa y puso el paquete sobre la encimera de la cocina, pero cambió de idea y se dirigió al anexo.

Llamó a la puerta, aunque sabía que no tenía sentido. El coche no estaba allí, lo que quería decir que Lena tampoco estaba. No hubo ladridos, así que supuso que Gumbo también se había ido. Lena rara vez salía sin él. Probó el picaporte de la puerta. No estaba cerrada con llave, así que la abrió con cuidado y miró a través del hueco hacia la cocina. *No entres. Es su casa. Es allanamiento, idiota.* Movió la careza y dio un paso atrás pero volvió a cambiar de idea. Le había vencido la curiosidad y, antes de que se diera cuenta de lo que estaba haciendo, la puerta estaba abierta de par en par. Nathalie entró a hurtadillas y miró alrededor de la cabaña. No se parecía en nada a la cabaña de un cuidador. Era cálido y acogedor, pero sorprendentemente lujoso también. Se veía que los sofás de cuero eran de gran calidad y que la cocina abierta estaba equipada con los mismos electrodomésticos profesionales que tenía en su cocina. *No*, se corrigió, *la cocina de Lena*. Había un montón de notas sobre la mesa de la cocina junto a un jarrón con rosas naranjas. Parecía que las obras de arte que había en las paredes las había pintado el mismo artista que había hecho las pinturas de la casa principal. Se acercó a una mesa de dibujo que había en la salita. Había un dibujo técnico de un jardín que parecía haber sido diseñado para un proyecto comercial. A su lado había fotografías de plantas y diferentes tipos de flores pinchadas en el tablero, numeradas y representando las secciones en el boceto. Se inclinó para leer la descripción. *Monaco Jardins Royaux, entreé est, prop.3, section 5.*

"Te he pillado." Nathalie se sobresaltó al escuchar la voz de Lena, dejando caer el paquete que tenía en sus manos. Lo recogió rápidamente, volvió a la cocina y se lo dio a Lena.

"Lo siento mucho, espero que no haya nada frágil dentro. Estaba… Solo estaba…"

"¿Allanando mi casa?" dijo Lena, apoyándose contra la encimera.

"Ya sé que parece malo." Nathalie hizo una mueca. "Tenía un paquete para ti y creí que estabas en casa. Cuando llamé a la puerta, vi que la puerta estaba abierta. Lo siento mucho, no pretendía…"

"No pasa nada," dijo Lena. "No te preocupes." Puso el paquete sobre la mesa de la cocina y lo inspeccionó. Gumbo estaba a sus pies, mirándola con anticipación. "Sí, creo que esto es para ti, Gumbo," dijo abriendo la caja. La puso en el suelo delante de él y se rió cuando lo vio meter el hocico dentro y sacar un Frisbee.

"¿Sabe que es para él?" Nathalie cogió el Frisbee que Gumbo le había puesto delante, se dirigió a la puerta y lo arrojó al jardín. Vieron a Gumbo correr detrás de él, saltar y cogerlo. Nathalie suspiró, aliviada de que el perro no le prestara atención durante un momento.

"Solo pido cosas por internet para él," dijo Lena, "así que cada vez que hay un paquete, sabe que es para él." Se volvió hacia Nathalie y ladeó la cabeza cruzando los brazos. "Bueno, ahora sabes cómo es mi casa."

"Siento mucho haber sido tan cotilla," tartamudeó. "Vi el tablero en la parte de atrás y no pude resistir echar un vistazo." Señaló con la cabeza el trabajo de Lena. "No tenía ni idea de que hicieras proyectos tan grandes. ¿Para qué es esto, si no te importa que te pregunte?"

Lena se acercó al tablero y le hizo señas a Nathalie para que la siguiera. "Es mi proyecto más grande hasta ahora y la razón de mi reciente viaje. He diseñado una nueva entrada lateral para los Jardines Reales de Mónaco en los terrenos que rodean el palacio. El comité lo firmó hace dos semanas y ya hemos empezado parte del trabajo." Señaló un círculo en el centro del dibujo. "Esta es la figura del agua en el medio. Los otros elementos y el camino que conduce a la entrada se construirán a su alrededor. Voy a usar bordes de mármol y he reclutado a un artista francés para diseñar una estatua que va en el centro." Trazó con los dedos las líneas que marcaban dónde estaba el camino de entrada. "Habrá árboles a los lados de la entrada y grandes parterres de flores en esta colina de aquí," dijo, moviendo el dedo, "mostrando el escudo de armas de la familia real. Tenemos tres meses para hacerlo todo, así que tenemos un calendario ajustado."

"No me había dado cuenta de que eras tan importante,"

dijo, mirando el presupuesto que aparecía a la izquierda de la parte superior.

"No lo soy. Simplemente me encanta lo que hago y mis clientes tienden a apreciarlo."

"Marie-Louise me dijo que eras modesta." Nathalie se volvió hacia ella. "También me ha dicho algo más sobre ti."

Lena se sonrojó, algo raro en ella. "·Ya," dijo, con la mirada baja.

Lena levantó una mano. "No estábamos cotilleando, lo juro. Pero invité a mis compañeros de la clase de arte a cenar y Marie-Louise mencionó a tu abuelo y dijo que eran amigos. ¿Por qué no me has dicho que todo esto es tuyo?"

"Lo siento," dijo Lena. "Debería habértelo dicho, pero las primeras personas que se quedaron aquí, dijeron en la reseña que escribieron que no se sintieron cómodos con el hecho de que yo viviera en las instalaciones porque yo era la dueña y que se sentían como si estuvieran en una casa de huéspedes por mi presencia. Y eso que casi nunca los vi." Se encogió de hombros. "La segunda pareja dijo lo mismo, aunque no les molestó tanto y, aún así, me dieron una calificación de cinco estrellas. Hablé con un agente que se dedica al alquiler y era de la opinión de que la mayoría de los inquilinos prefieren tener personal en vez del dueño, así no sienten que tienen que andar de puntillas. Y por eso decidí intentar una nueva táctica esta vez." Cogió la mano de Nathalie. "No me gustaba mentirte pero tampoco esperaba que nos acercáramos tanto. En algún momento te lo iba a decir."

Nathalie asintió. "Vale, lo entiendo. Pero ahora *yo* me siento mal. Esta es tu casa y tú te estás quedando en la casa de la piscina."

Lena se rió. "Esa es exactamente la reacción que me preocupaba. Pero, venga, no es tan malo Nat. O sea, mira este lugar. Estoy bastante segura que cualquiera estaría encantado de mudarse aquí."

"Pero he invitado a gente a cenar el sábado..." se mordió el labio. "Y ahora que sé que esta es tu casa, no me parece bien."

"Por favor Nat, no hagamos una montaña de esto," dijo Lena, soltándole la mano. "Mira, te pido disculpas por no habértelo dicho, pero tomé esa decisión porque quería que te sintieras como en casa y quería que te sintieras como en *tu* casa durante tu estancia. Así que organiza todas las cenas que quieras, por favor, porque me haría feliz ver esta casa llena de vida otra vez. Y sobre todo, me haría feliz verte feliz a ti."

Nathalie observaba a Lena mientras ésta preparaba dos tazas de café e interiorizaba sus palabras. "Gracias," dijo, siguiendo a Lena hacia el banco que había delante del anexo.

Lena le dirigió una sonrisa de disculpa antes de tomar un sorbo de su café. "Bueno, ahora que lo sabes todo. ¿Estás enfadada conmigo?"

Nathalie negó con la cabeza. "No. ¿Estás enfadada tú por haberme metido en tu casa? Aunque en realidad no irrumpí en ella," añadió rápidamente. "Solo iba a dejar la caja en la cocina y..."

"No pasa nada." Se rió Lena, interrumpiéndola.

"Entonces, ¿eres la dueña de todo esto?" preguntó Nathalie haciendo un gesto hacia la casa y el jardín. Luego lanzó una mirada al Porsche. "¿Y de eso?"

"Sí." Lena sonrió mientras miraba su amado coche. "Heredé la mayoría de todo pero el Porsche fue solo una de esas cosas que no pude resistir."

Nathalie asintió lentamente, procesando la información una vez más. "No logro entenderlo Lena. ¿Por qué alquilas la casa?"

"No necesito todo esto," dijo Lena, señalando la propiedad y el terreno que la rodeaba. "Solo somos Gumbo y yo. Además, mantener un sitio como este es caro y aunque gano un salario decente, no quiero gastarlo todo en mantenimiento. De esta manera, la casa se paga sola, y solo vivo en el anexo cinco o seis meses al año. No es exactamente un sacrificio."

"Ya, tiene sentido." Nathalie tomó un sorbo de su café. "Entonces, ¿aquí es donde vivías cuando viniste de Nueva York?"

"Sí. Mi abuelo compró este lugar con François, su pareja. Me dieron el anexo para que yo pudiera tener mi propio espacio y, como una regla no escrita, yo me encargaba del jardín. Solo tuve el placer de vivir con François durante un par de años, murió cuando yo tenía veinte. Era un hombre divertido. Muy afeminado en su forma de vestir y hablar y todo lo contrario a mi abuelo. Quedó devastado por su muerte. Intenté apoyarlo todo lo que pude pero, con el tiempo, me quise mudar con Selma a Niza. Tuvo la suerte de tener muchos buenos amigos y lo visitábamos dos veces a la semana para comer o cenar." Suspiró. "Ya sabes que no terminé bien con Selma, así que, cuando rompimos, volví, y ahora me alegro de haberlo hecho porque mi abuelo murió de un ataque al corazón un par de meses más tarde. Fue completamente inesperado pero, por lo menos, pude pasar algún tiempo de calidad con él. Nos divertimos mucho, regodeándonos de nuestra propia infelicidad, compitiendo para ver quién era el que estaba más echado a perder de los dos. Por lo menos nos podíamos reír sobre ello."

Nathalie podía ver el dolor en los ojos de Lena cuando hablaba de él. "Suena a que fue un gran tipo."

"Sí que lo era."

"¿Pensaste alguna vez en vender el lugar?" le preguntó Nathalie.

Lena asintió. "Lo pensé durante un tiempo. Al principio se me partía el corazón estar aquí sin él. Había tanto silencio. Siempre tenía gente aquí y tenía un círculo de amigos muy ecléctico, muchos de ellos eran músicos. Había música en directo en las comidas y cenas e incluso organizó un par de bodas. Al final, no pude venderlo. No creo que él hubiera querido eso. Entonces fue cuando decidí anunciar la casa para los meses de verano. Así que estoy feliz de que estés aquí y de que hayas invitado a gente."

"Esperaba que tú vinieras también," dijo Nathalie. "Nunca he tenido a nadie con quien hablar de la forma que lo hago contigo." Movió la cabeza. "Sueno patética, ¿no?"

Lena le cogió la mano. "No, en absoluto. Y después de la conversación que tuvimos anoche..." hizo una pausa, buscando los ojos de Nathalie. "Espero que sepas que también me gustas mucho así que sí, me encantaría asistir a tu cena. ¿Necesitas ayuda? Estaré trabajando en Mónaco el sábado pero estoy segura de que podré salir pronto."

"No, por supuesto que no," dijo Nathalie. Que Lena mencionara la conversación removió algo dentro de ella, haciéndola sentir acalorada y débil. Le apretó la mano, conteniendo la respiración por el contacto. Ahora todo era diferente, como si cada roce fuera intencionado y cada mirada tuviera más significado que antes. "Estaré bien. Solo ven si puedes."

"Vale." Lena la miró, todavía sosteniendo su mano. "¿Te importa que invite a Alain?"

Nathalie negó con la cabeza. "Absolutamente no. Me encanta Alain."

"Genial. Y de nuevo, siento haberte mentido. ¿Puedo compensarte de alguna manera?"

"No hace falta." Dijo Nathalie sonriendo. "Tampoco es que yo sea una santa. He estado metiendo tus platos de porcelana en el lavavajillas, a pesar de que las instrucciones dicen que no lo haga." Se encogió de hombros. "Ya no lo volveré a hacer más, ahora que sé que son tuyos."

"Bien entonces." Lena le dirigió una sonrisa divertida. "Empecemos de nuevo mañana. Te llevaré a comer a Antibes como disculpa y, a partir de ahora, seré completamente honesta contigo. ¿Trato hecho?"

Nathalie pasó un brazo alrededor del cuello de Lena y le dio un beso en la mejilla.

"Trato hecho."

CAPÍTULO 25

Nathalie se entretenía delante del espejo. ¿Era demasiado corto el vestido? No estaba acostumbrada a llevarlo corto pero el vestido gris con cuello en V parecía lo bastante adecuado como para llevarlo en una comida. Se había recogido el pelo en una cola y no estaba segura de si estaba contenta con su aspecto. Suspiró, se quitó los pendientes y los golpeó contra el borde del lavabo. *No te pases, Nat. Solo sé tú misma.* Se sentía nerviosa y era ridículo. Solo iban a Antibes para comer y un poco de turismo. No es que fuera una cita. Oyó ladrar a Gumbo, una indicación de que Lena ya estaba lista para salir. Gumbo siempre se emocionaba cuando sabía que él también iba. Se acercó a las puertas de cristal y miró al jardín. Lena llevaba unos vaqueros azul claro y una camisa de rayas azules y blancas. Alrededor del cuello llevaba un simple collar de plata que brillaba al sol. Nathalie empezó a respirar con dificultad detrás de la cortina cuando la vio dirigirse hacia la casa. Su interior volvió a hacer eso de nuevo, donde parecía que perdía todo control sobre su cuerpo. Lena estaba... sexy, pensó. Nunca había pensado en otras mujeres de esa forma pero es que no había otra manera de describirla. Lena se pasó una mano por su pelo oscuro, dejando al descubierto parte de su estómago cuando la camisa se levantó. Se la volvió a meter en los vaqueros y saludó con la mano en dirección a su habitación. *Mierda, me ha visto mirándola.* Nathalie corrió hacia la cocina para abrir la puerta, deshaciéndose el pelo por el camino.

"Hola. ¿Estás lista?" le preguntó Lena.

"Sí. Creo que sí." Nathalie salió y cerró la puerta detrás de ella.

Lena la miró de arriba a abajo, asintiendo su aprobación con una sonrisa. "Estás guapa," le dijo, incapaz de mantener sus ojos apartados del escote.

"Gracias. Tú también." El corazón de Nathalie estaba acelerado. Solo Lena podía provocarle esto. "Estás… No sé." Frunció los labios, observando sus vaqueros ajustados y la camisa marcada. Eso la excitaba. "Estás muy bien."

Lena jugueteaba con sus llaves mientras se dirigían al camino de entrada, aparentemente nerviosa. "Gracias Nat. ¿Te importa si llevamos mi coche?"

UN CAMARERO inmaculadamente vestido las saludó después de que Lena le hubiera dado las llaves de su coche al aparcacoches.

"Bienvenida de nuevo, Lena." Le dio dos besos y parecía familiar con ella.

"Hola Philippe. He reservado una mesa fuera," dijo Lena, poniendo un brazo alrededor de Nathalie. "Para dos."

"Por supuesto, seguidme." Las llevó a través del ruidoso restaurante. Estaba hasta los topes, con gente dándose un festín con platos de mariscos con una pinta excelente, llenos de langostas, ostras, gambas y langostinos. "Después de vosotras." Abrió la puerta de la terraza, las llevó hasta su mesa y apartó las sillas en la superficie de cemento que estaba construida sobre las rocas. Las pantallas de cristal que rodeaban la terraza protegían las mesas de las olas que salpicaban a ambos lados. Todo era blanco. La plataforma de cemento, las mesas, las sillas, las velas... incluso la mayoría de los comensales iban vestidos de blanco, aunque no había un código de etiqueta.

"Un lugar elegante, ¿eh?" dijo Nathalie. "No te tenía por alguien que fuera a restaurantes buenos."

Lena se echó a reír. "Ajá. O sea, paisajistas y buenos restaurantes no van de la mano. ¿Eso es lo que estás diciendo?"

"No, por supuesto que no." Nathalie sacudió la cabeza, horrorizada por el comentario tan estúpido que se le había escapado de la boca una vez más. "Eso no es lo que quería decir. Pero pareces diferente hoy. Cómo vas vestida, tan elegante... y además este sitio." Señaló con la cabeza a un grupo de señoras de mediana edad con sus chihuahuas, brindando con sus copas de champán. "Es muy elegante. No lo esperaba, eso es todo."

"Da la casualidad de que me gusta la buena comida y el buen servicio," dijo Lena. "No me importa que sea un restaurante pequeño, una camioneta de comida o un restaurante de lujo. Pero ya que te invito, pensé que sería una buena forma de presentarte algunos fantásticos mariscos locales. Después de todo estamos en la costa."

"Bueno, desde luego estoy impresionada," dijo Nathalie mirando el menú. "¿Qué deberíamos pedir? Esto parece delicioso."

Lena les sirvió un vaso de agua. "¿Qué te parece un plato de mariscos para dos, pan y mayonesa casera? Y una botella de vino blanco fresco. ¿Qué tal suena eso?"

"Yo no lo habría elegido mejor," dijo Nathalie. Observó las olas chocar contra las paredes de cristal, creando una fuente de espuma a su alrededor. No podía dejar de sonreír. Era un día perfecto, con cielos despejados, y no podría haber deseado una mejor compañía. Lena quitó la correa a Gumbo, puso una manta en el suelo junto a ella y levantó un dedo delante de él.

"Te vas a quedar justo a mi lado, Gumbo. ¿Lo entiendes? Sin deambular por aquí ni tirarte a las señoras." Gumbo la miró, luego a otro perro que había en la mesa de atrás y nuevamente a ella. "Eso no va a pasar, ¿me oyes?" Gumbo resopló como protesta antes de echarse en su manta con la cabeza entre las patas delanteras.

Nathalie frunció los labios. "Parece devastado."

"Sí, bueno, a ver cómo se siente cuando tenga que pagar una pensión alimenticia a una camada de cachorros de chihuahua. Está extremadamente juguetón en esta época del año y no quiero arriesgarme con estos pedigrís. Las razas hembras elegantes a menudo están intactas y él también." Se echó a reír. "Puede jugar con cualquier perro en la playa o en el pueblo pero aquí vigilo de cerca."

Lena pidió y Nathalie se sorprendió al darse cuenta de que entendía la mayor parte de su conversación con el camarero. Había empezado a entender frases familiares y había practicado su francés cuando iba a hacer sus compras. Era emocionante sentir que se estaba convirtiendo en menos forastera.

Lena volvió su atención a Nathalie. "Esto va a ser bueno. Solía venir aquí con mi abuelo y François cuando era más joven. Era un mundo completamente diferente, comparado con el hogar conservador del que venía y me encantaba."

"¿A qué se dedicaba tu abuelo?" le preguntó Nathalie.

"Era arquitecto, tenía su propia firma. Primero en Nueva York y más tarde, cuando se mudó aquí, trabajaba desde casa. Hay unos edificios maravillosos en Niza que él diseñó, pero también trabajaba internacionalmente y logró hacerse un nombre por sí mismo."

Nathalie le dio las gracias al camarero mientras les servía el vino. "Guau, me encantaría ver alguno de sus trabajos. ¿Quizás podríamos hacer un viaje a Niza algún día? ¿Si no estás demasiado ocupada?"

"Claro." Lena se inclinó y apoyó los codos sobre la mesa. "Es curioso que comprara *Villa Provence*, teniendo en cuenta que él era modernista. La finca no es ninguna muestra de su estilo en absoluto. Creo que esa era la influencia de François sobre él. La compraron juntos después de que mi abuelo se mudara a Francia."

"¿Su pareja?" preguntó Nathalie.

"Sí. François era artista. De hecho, él pintó la mayoría de los cuadros que hay en la casa. Mi abuelo y yo buscamos a su familia después de su muerte. Pensamos que los querrían, pero eran unos simples granjeros que se habían distanciado de él porque era gay. No tenían ningún deseo de recoger "su basura explícita" como la llamaban, así que nos los quedamos. Al final, ellos pierden. Valen un montón de dinero ahora." Tomó un sorbo de su vino. "¿Y tus padres? ¿A qué se dedican?"

"Mis padres unos simples granjeros," dijo con una sonrisa en su rostro. "Muy simples." Se rió ante la expresión de sorpresa de Lena. "Ya lo sé. No te lo esperabas, ¿eh?"

Lena negó con la cabeza. "Desde luego que no. Y no pretendía ofender al decir simples. Eso lo sabes, ¿verdad?"

"No lo tomo como ofensa."

Lena le dirigió una sonrisa de disculpa. "Háblame de ellos."

"Bueno, cultivan maíz y patatas, entre otras cosas, y tienen una pequeña granja de pollos. Por los huevos," añadió. "Mi padre quiere más a las gallinas que a la vida misma y nunca podría matarlas. Lo divertido de eso es que su comida

favorita es el pollo frito. En realidad, creo que niega el ingre-
diente principal del plato. Mi madre lo hace una vez a la
semana y lo compra en una de las granjas vecinas. También
tienen una tienda donde venden comida de granja. Ya sabes,
pan casero, huevos, pasteles, verduras, ese tipo de cosas. Se
levantan todos los días a las cinco de la mañana y a las ocho
ya están en la cama. Solía sentir pena por ellos, pero les
encantan lo que hacen y no lo querrían de otra forma. Aparte
de eso, van a la iglesia cada domingo y juegan al bingo en el
centro comunitario dos veces al mes."

"Supongo que es seguro decir que tú resultaste todo lo
contrario a tus padres," dijo Lena.

Nathalie se echó a reír. "Sí. Nunca tuve mucho interés en
la agricultura cuando era niña. Siempre quise marcharme,
vivir en una gran ciudad y hacer algo totalmente diferente
con mi vida. Y supongo que lo hice." Hizo una pausa antes de
continuar. "Y no lo lamento. De hecho, estoy muy orgullosa
de lo que he conseguido. Pero mi perspectiva ha cambiado
con los años. Nunca entendí cómo mis padres podían vivir
de esa manera, pero ahora los entiendo. Entiendo por qué
son felices. Su vida es tranquila, predecible. Disfrutan lo que
hacen y la comunidad los apoya a pesar de los grandes supermercados que se están comiendo a los pequeños comercios y
minoristas hoy en día. Son personas orgullosas. Me ofrecí a
ayudarlos económicamente un par de veces, para que
pudieran disfrutar de una jubilación anticipada, pero todavía
se niegan a coger mi dinero."

"Bien por ellos," dijo Lena. "¿Y tú? ¿Sigues disfrutando de
tu vida simple aquí?"

Nathalie se echó a reír. "Sí. No estoy segura de llamarla
simple porque me estoy quedando en una villa con ocho
habitaciones, pero desde luego no es complicada. Pero no
podría hacerlo para siempre. Con el tiempo necesitaría
trabajar, si no, me volvería loca." Dio un suspiro. "Todavía no

he encontrado una oferta interesante y no estoy segura de estar preparada para volver a Chicago en seis semanas. Me encanta estar aquí. Pero quizás un tiempo en la granja de mis padres me hará bien..."

"¿O podrías extender tu estancia en Francia?" Sugirió Lena. "Tengo un nuevo inquilino pero solo es una reserva de tres semanas, así que la casa estará nuevamente disponible después de eso." Tuvo un momento de duda antes de continuar. "Eres bienvenida a quedarte en el anexo conmigo durante esas semanas."

Nathalie se encontró con los ojos de Lena, que se estaban oscureciendo. "¿Quieres decir que no te importaría que yo viviera en el anexo contigo?" Apretó los labios. "Pero solo tienes una cama, ¿no?"

"Sí." Lena le dirigió una amplia sonrisa, haciendo que el corazón le latiera más deprisa al ver sus hoyuelos. "Es una cama enorme y puedo controlar mis manos, si eso es lo que te preocupa. O una de nosotras podría dormir en el sofá. Es bastante cómodo."

"No me preocupa," balbuceó Nathalie. *Todo lo contrario.* "Es solo que es muy generoso de tu parte. No nos conocemos de tanto tiempo."

"A lo mejor es que tampoco quiero que te vayas tan pronto." La respuesta de Lena era directa y sincera y ahora el deseo en sus ojos era imposible de ignorar.

Nathalie se sonrojó pero no se echó atrás. "Bueno. Me lo pensaré," dijo en un susurro.

CAPÍTULO 26

"¿*T*e apetece dar un paseo antes de volver a casa?" preguntó Lena. "Antibes es preciosa." Cogió los dos cafés para llevar que le daba camarero y le agradeció su servicio, dándole discretamente una propina generosa.

"Creo que alguien está deseando," dijo Nathalie mirando a Gumbo. Empezó a mover la cola cuando se dio cuenta de que no volvían al coche y salió corriendo delante de ellas, siguiendo el camino a lo largo del mar.

PASEARON por el casco antiguo de Antibes, recorriendo el mercado cubierto de granjeros, bonitas boutiques, galerías y librerías de segunda mano. La encantadora mezcla de edificios antiguos construidos contra la colina a lo largo de la costa llevó a Nathalie a hacer fotos cada vez que doblaban una esquina. Se le hacía la boca agua con el olor a pan recién hecho y queso Camembert mientras paseaban por el mercado y compró suficiente queso para pasar el resto del mes.

"Ese es el museo Picasso," dijo Lena señalando una torre

que se elevaba sobre la ciudad. "Solía vivir aquí. Algunos de los restaurantes antiguos todavía tienen sus cuadros originales. Solía intercambiarlos por comida cuando no tenía dinero."

"Guau. Parece que hay una exitante escena artística por aquí. Hay galerías por todas partes."

"Sí." Lena se detuvo delante de la ventana de una galería. "Es una ciudad fantástica para jóvenes artistas que empiezan sus carreras." La tomó de la mano y entraron en el espacio compartido por cuatro graduados, tal como se anunciaba en la puerta. Ya dentro le retiró la mano pero, en un reflejo, Nathalie la apretó. *Mierda. No quise hacer eso.* Lena bajó la mirada a sus manos y sonrió, acercándose a la oreja de Nathalie.

"Lo que te haga feliz, Nat," le susurró.

Nathalie trató de mantener la calma mientras pasaban junto a pinturas y esculturas, pero su corazón latía con fuerza al sentir la mano de Lena envolviendo la suya. Apenas apreció el trabajo que había en las paredes o en el suelo, consumida por la alegría de estar tan cerca de ella.

"¿Cuál es tu favorito?" le preguntó, intentando parecer que estaba realmente interesada en la exposición. Quería estar interesada y lo habría estado cualquier otro día y con cualquier otra compañía. Pero ahora su mente estaba ocupada por Lena y era incapaz de concentrarse en los trabajos.

"Me gusta este," dijo Lena, señalando una estatua de bronce abstracta. "Creo que quedará bien en el jardín, al lado de las rosas." Metió la mano en su bolsillo trasero y le dio su tarjeta a la encargada de la galería. "¿Podría pedirle al artista que se ponga en contacto conmigo, por favor? Me encanta esa estatua pero creo que dos quedarían mejor que una. ¿Quizás podría hacer otra para mí? No tiene que ser igual, por supuesto. Lo que él crea que iría mejor con esta."

"Por supuesto. Se lo haré saber." La mujer les sonrió mientras les mantenía la puerta abierta cuando salían. Nathalie esperaba que Lena le soltaría la mano, pero no lo hizo. Así continuaron paseando juntas hacia la playa, siguiendo a Gumbo por las calles antiguas en un cómodo silencio.

LA PEQUEÑA PLAYA donde se permitían perros estaba llena y Gumbo no se podía creer la suerte que tenía cuando vio a uno de sus mejores amigos en la orilla. Nathalie y Lena se sentaron en un banco y lo observaron perseguir a su amigo por el agua.

"Tienes una vida fantástica, Lena." Dijo Nathalie. "Vives cerca de la playa, haces lo que te da la gana y te encanta tu trabajo." Lena puso un brazo detrás de Nathalie y lo apoyó en el banco.

"Soy bastante feliz," dijo. "Sé que he tenido suerte. Mi vida podría haber sido totalmente diferente si me hubiera quedado en Nueva York." Su mano alcanzó el pelo de Nathalie y enrolló un mechón rubio en su dedo. Nathalie se estremeció y cerró los ojos por un breve momento. El ligero roce era celestial y la cálida sensación que se extendió por su cuerpo la hizo desear más. Lena bajó la mano hacia el hombro de Nathalie y la atrajo hacia sí. "Pero tú tampoco te puedes quejar, Nat."

"Eso es porque no tengo mucho en general," dijo Nathalie con voz temblorosa. "Sin trabajo, sin relación, sin hijos, sin casa." Sentía el cuerpo de Lena cálido y relajante. Suspiró. "Aparte del dinero. Tengo dinero, algo es algo."

"Míralo desde el lado positivo." Lena se volvió hacia ella y la miró a los ojos. "Tienes un lienzo en blanco y puedes pintarlo como quieras. Es empezar de cero, un comienzo totalmente nuevo y no tienes a nadie a quien dar explicaciones, solo a ti misma. Si intentas algo y no te gusta, puedes pintar sobre él, no hay problema. Algunas veces tienes que probar cosas diferentes para descubrir lo que quieres realmente."

Nathalie no pudo evitar preguntarse si Lena se refería a su búsqueda de empleo o a su sexualidad. "Tienes razón," dijo. "No lo había pensado así." Vaciló un momento, bajando su mirada a la boca de Lena. "Supongo que debería abrirme a experiencias nuevas." Se hizo un silencio y, por un momento, Nathalie se olvidó de todo lo que le rodeaba. La playa, la gente, el ruido… todo se fundió en una gran nebulosa mientras ponía toda su atención en la hermosa mujer que tenía a su lado y en sus labios. Y Dios, cómo deseaba esos labios. *¡Bésame, maldita sea! Necesito saber qué se siente.* En ese momento, Gumbo saltó contra sus piernas con un palo en la boca. Se inclinó y cogió el palo, que ahora estaba en la arena delante de ella, liberándose del brazo de Lena.

"Ahí lo tienes, chico." Se levantó y lo lanzó lo más lejos que pudo pero eso no impresionó a Gumbo. Se sentó al lado del palo, esperando que ella fuera y lo lanzara otra vez.

"Ve y juega con tu amigo, Gumbo," gritó Lena. "Déjanos en paz un minuto." Se rieron al ver sus grandes ojos abiertos de par en par y la lengua colgando de su boca, dibujando una loca sonrisa. De mala gana, se levantó también y se acercó a él para jugar.

CAPÍTULO 27

eje que la carne hierva a fuego lento durante unos noventa minutos. Nathalie levantó la tapa de la pesada sartén de hierro fundido mientras leía la receta. Hasta ahora, cocinar había sido mucho más difícil de lo que había pensado y había estado dudando de sí misma a cada paso que daba. Aparte de eso, el desasosiego que le provocaba tratar de hacer cualquier cosa de comida era realmente asombroso. Durante un ataque de pánico a mitad del día, había intentado pedir comida ya hecha para entregar, pero todos los restaurantes locales estaban completamente llenos de pedidos. Por lo que parecía, no era la única que sufría de pánico alimentario. Sacó la masa de pan del frigorífico, le quitó el envoltorio de plástico y la tocó con el dedo. No tenía ni idea de si estaba lista para el horno o no. ¿Por qué siempre lo hacían todo tan complicado en las recetas? ¿Qué quería decir un "ligero rebote"? ¿Por qué no decir simplemente que "la masa debería tener la sensación de las tetas caídas de una mujer mayor"? o ¿"la masa debería sentirse como tu muslo después de una noche de beber mucho"? Por lo menos así sabría que estaba en el camino correcto. Intentó hacer de la masa una forma redonda, la puso en el horno y rezó para que saliera bien. *¿Por qué pensé que cocinar sería una buena idea? Esto va a ser un desastre.* Miró por la cocina, sin estar segura si era demasiado pronto para empezar a preparar la ensalada. Quizás poner la mesa sería mejor. Los resultados instantáneos siempre le hacían sentir mejor. Cubrió la mesa de madera del jardín con un mantel blanco y colocó los platos, cubiertos y vasos. Luego desenvolvió las flores que había comprado en el mercado y las dividió entre tres jarrones que separó uniformemente sobre la mesa. Entre ellos colocó los molinillos de sal y pimienta y cuencos pequeños con aceitunas. Por lo menos había sido lista al comprarlas. *Si hubiera comprado el pan también, o todo lo demás, ya que estamos.* Nathalie no había podido concentrarse en nada en todo el día. Sus conversaciones de flirteo con Lena eran todo en lo que podía pensar. ¿Por qué Lena no la había besado todavía? Estaba segura de que lo deseaba. Sentía que la tensión entre ellas crecía cuanto más tiempo pasaban juntas. ¿Estaba Lena esperando a que ella hiciera el primer movimiento? Dio un paso atrás e inspeccionó la mesa. Parecía presentable pero se le había olvidado comprar más velas después de haber usado las que había en la casa. Buscó en los armarios del pasillo y la sala de estar pero no encontró ninguna. Había un olor extraño que venía de la sartén en el fogón. Quizás era la caramelización que decían en la receta, pensó, aunque técnicamente, eso debería haber pasado en los primeros pasos, mientras doraba las cebollas. Leyó la receta una vez más. *Con la tapa puesta, deje que la carne hierva a fuego lento durante unos noventa minutos.*

¿Eso quiere decir que no puedo quitar la tapa para comprobar que va bien? Por si acaso, la dejó puesta y fue en busca de los ingredientes para la ensalada, preguntándose cómo coño podía cerrar tratos multimillonarios pero era incapaz de cocinar algo tan sencillo.

ena se limpió las manos llenas de barro en su mono de trabajo y se sentó en el borde de la fuente de los Jardines Reales de Mónaco. Calculó el progreso hecho dentro del horario del día, que implicaba volver a organizar los parterres de flores. Había tardado más en hacer el diseño del jardín que crearlo, con tres rechazos en los primeros bocetos. Pero eso no era nada nuevo. Sus clientes siempre tenían una imagen en sus mentes y si quería convencerles de que el suyo era mejor, era un proceso largo de tira y afloja, especialmente con clientes tan importantes como la familia principesca. Pero todo el duro trabajo había merecido la pena y ahora estaban en la fase excitante de darle vida a todo. Le estaba encantando cada minuto. A pesar del retraso por la lluvia durante la noche, y había habido bastante últimamente, todo estaba quedando muy bien. El camino de entrada estaba terminado, la base de la fuente en la pequeña rotonda, que sería el foco principal del jardín, colocada y se habían plantado tres árboles. Todavía quedaba mucho por hacer pero ya podía imaginarse cómo quedaría el día de la gran inauguración. Hacía sol y, a pesar de la brisa marina que corría en Mónaco, había estado sudando toda la tarde. Lena tenía veinte personas en el sitio hoy, solo lo mejor de lo mejor. No había sido difícil encontrar buenos paisajistas. Además de que se pagaba bien, cualquiera aprovecharía la oportunidad de poner los Jardines Reales en su currículum. Técnicamente, ella solo tenía que supervisar el trabajo pero nunca podía evitar formar parte de ello. Había algo en tener tierra en las manos que la hacía sentir genial, pero también parecía ganarse el respeto de sus empleados. El trabajo en el jardín todavía se veía como un trabajo para hombres, incluso en un país tan liberal como Francia y no quería que pensaran que era una diseñadora estirada que nunca se ensuciaba las manos.

"¿Agua, chicos?" gritó. Se acercó a su coche y sacó una nevera del maletero.

"Gracias Lena." Oscar, uno de sus leales autónomos, se acercó a ella y cogió una botella. Se bebió la mitad y se echó por la cabeza la otra mitad, sacudiéndose el agua del pelo. Luego eructó mientras tiraba la botella vacía en el maletero. "¿Te vas temprano hoy? Es la segunda vez esta semana. ¿Algo especial?" le preguntó mientras Lena sacaba unas toallitas húmedas del compartimento delantero. Debido a la falta de duchas en la mayoría de los lugares, siempre las usaba para quitarse lo más sucio antes de subirse al coche al final del día.

"Sí. Nathalie, mi inquilina, tiene una cena esta noche y me ha invitado. ¿Te importa vigilar las cosas y firmar las horas al final del turno?"

"Claro, no hay problema." Oscar cogió la pila de hojas con las plantillas horarias que Lena le dio, la colocó sobre el borde de la fuente y le puso un ladrillo encima. "Bueno, a ver si me aclaro," dijo con una mirada confusa. "¿Tu inquilina va a dar una cena en tu casa y tú estás invitada?"

"Algo así." Dijo, haciendo una mueca. "Hace poco le dije

que era mi casa. Se enteró a través de alguien del pueblo. Hasta entonces creía que yo solo era la cuidadora."

Oscar aulló. "¿Por qué coño le dijiste eso? ¿Y dónde coño estás durmiendo? ¿En una tienda de campaña?"

Lena se encogió de hombros. "Estoy en el anexo. La reformé el año pasado así que tiene las mismas comodidades que la casa principal. Solo que es un poco más pequeña. Los anteriores inquilinos me dijeron que no se sentían cómodos conmigo viviendo en las instalaciones, así que decidí decirle al que vino después que era la cuidadora." Hizo una pausa y se mordió el labio. "Pero no esperaba que congeniaríamos. Así que tuvimos una charla y ahora estamos bien."

"Habéis congeniado ¿eh? ¿Está buena?" le preguntó, moviendo las cejas.

Lena sacó un par de toallitas húmedas del paquete y se limpió las manos.

"Es mi inquilina, Oscar. Da igual si está buena."

Oscar sonrió. "Sí, tú sigue diciéndote eso."

CAPÍTULO 29

"¡*E*h, llegas pronto!" Nathalie miró a Lena de arriba a abajo cuando salió del coche. El coche no parecía pegar con el atuendo que llevaba hoy, pero había algo muy atractivo en eso. "Estás…estás…"

"¿Sucia?" dijo Lena.

Nathalie negó con la cabeza. "No, no quería decir eso. Me gusta. Estás guapa." Se puso las manos sobre las caderas y dejó que sus ojos recorrieran sus brazos y torso tonificados, solo cubiertos por una camiseta blanca manchada. El mono estaba bajado y las mangas atadas a la cintura, manteniéndolo en las caderas.

Lena arqueó una ceja y se quedó mirándola fijamente a los ojos.

"Gracias," dijo, sacudiéndose el mono manchado de barro. "Parece que tienes un gusto ecléctico."

Nathalie la observó mientras se limpiaba la cara, dejándose una marca de suciedad bajo el ojo izquierdo. En un acto reflejo, se chupó el pulgar, dio un paso adelante y se lo limpió.

Los ojos de Lena se oscurecieron con el contacto. Cuando

Nathalie retiró la mano, miró hacia el anexo como buscando una salida. "Necesito una ducha. Seré rápida. ¿Necesitas ayuda con la comida?"

"No, creo que estoy bien." Dijo Nathalie, todavía con la mirada fija en ella. "Pero se me olvidó comprar velas. ¿Tienes alguna?"

"Sí. Dame veinte minutos y te consigo todas las que quieras. Tengo muchas."

"JESÚS, ¿QUÉ HA PASADO AQUÍ?" Lena miró por la cocina, con los ojos muy abiertos. Había una gran pila para fregar en el fregadero, harina por toda la encimera y en el suelo. Un rastro de huellas de zapato mostraba dónde Nathalie había derramado agua y había caminado sobre ella, arriba y abajo hacia el frigorífico. Además de eso, algo se estaba quemando en el horno. Corrió hacia la sartén y levantó la tapa. Salió un humo denso y oscuro que llenó la cocina.

"¡Mierda, está ardiendo!" gritó Nathalie, saltando hacia atrás cuando salió una llama.

"¿Qué esperabas?" Lena quitó la sartén del fogón, la puso sobre una tabla de cortar y cubrió la comida quemada con una toalla húmeda. Abrió la puerta y las ventanas. "Huele a quemado y, por lo que parece, ha estado chisporroteando un rato." Se volvió hacia Nathalie, que parecía estar a punto de llorar.

"Oh Dios. La he jodido y estarán aquí en dos horas." Nathalie miró su reloj. "¿Debería cancelarlo?" Lena negó con la cabeza. Sentía pena por ella, ahí de pie con una mano sobre la boca, con la palabra derrota escrita en su cara.

"Por supuesto que no. Ya haremos algo." Señaló la sartén. "¿Qué estabas intentando hacer?"

"Boeuf bourguignon," dijo Nathalie en voz baja. "La receta

decía que lo cocinara hasta que el color fuera oscuro. Creí que se suponía que tenía que estar así."

"Vale." Lena no pudo evitar reírse. "¿Has cocinado alguna vez?"

Nathalie pensó la pregunta antes de negar lentamente con la cabeza. "No desde hace tiempo. De vez en cuando hacía pasta, cuando estaba en la universidad. Y sé hacer una tortilla. Pero, aparte de eso, ni me he preocupado, más que nada porque no tenía tiempo. Y no es extraño no cocinar nunca si vives en Chicago. Hay buenos restaurantes y lugares de comida para llevar en cada esquina." Suspiró. "Creo que he sobreestimado mis habilidades culinarias."

"Bueno, no te comas la cabeza," dijo Lena abriendo el horno. Sacó el pan que Nathalie había hecho y lo puso sobre otra tabla de cortar. Lo tocó con un dedo, partió un trozo y sonrió. "Sin embargo, tu pan es absolutamente perfecto. ¿Tienes idea de lo difícil que es hacer un buen pan?" Se echó a reír. "Vale, la forma puede parecerse a un pene, así que no necesariamente me parece apetitoso, pero sabe genial." Le guiñó un ojo a Nathalie, que parecía agradecer el cumplido.

"Tienes razón. Parece un pene." Nathalie se unió a ella en la encimera de la cocina. Se inclinó hacia el pan y frunció el ceño. "¿Cómo narices ha pasado eso? Estoy segura que era redondo cuando lo metí en el horno. Le di forma redonda… Bueno, por lo menos huele y sabe a pan," dijo dándole un bocado. "Lo corto y ya está." Levantó la vista hacia Lena. "Bueno, y ahora ¿qué hacemos?"

Lena abrió el frigorífico e inspeccionó los cajones de verduras. Estaban vacíos. Nathalie le señaló con la cabeza el cuenco con la ensalada que había preparado.

A Lena le parecía como si una niña de cinco años simplemente hubiera picado los ingredientes, pero no hizo ningún comentario. Estaría bien como guarnición. "¿Has encendido alguna vez una barbacoa?" le preguntó.

Nathalie movió la cabeza. "No, nunca."

"Vale... Lo hago yo entonces. ¿Sabes usar eso?" Lena le señaló la licuadora en una esquina de la encimera de la cocina.

Nathalie negó con la cabeza otra vez y suspiró. "Solo dime qué tengo que hacer y lo intentaré lo mejor que pueda."

"Vale, espera aquí. No toques nada." Lena salió corriendo y volvió cinco minutos después con ajo, perejil, albahaca, tomillo e hinojo. También tenía una bolsa de patatas bajo el brazo y un calabacín más grande de lo normal con forma de herradura. "Recién salido del jardín," dijo, entregándoselo todo a Nathalie. "Enjuaga las patatas y envuélvelas en papel de aluminio. Luego, pon estas hierbas en la licuadora con aceite de oliva y un poco de sal marina hasta que quede una mezcla semi suave. No demasiado suave," añadió. "Queremos que se vean todos los ingredientes, ¿vale? Solo mantén el dedo en el botón rojo hasta que se mezcle todo. No puedes equivocarte. Después de eso, puedes cortar el calabacín en trozos pequeños, espolvorearlos con sal y dejar que el agua que tiene salga. Voy a buscar pescado de mi congelador."

"Gracias. Creo que puedo hacer eso." Nathalie sonrió, aliviada de que Lena se hubiera hecho cargo. Se volvió hacia el grifo y empezó a enjuagar las patatas.

UNA HORA MÁS TARDE, las patatas estaban en la parrilla junto a un par de doradas rojas rellenas de hierbas y pinchos de calabacín. Lena había añadido copas de cristal, una nevera para vinos con un soporte de mármol y muchas velas altas en candelabros de cristal a la mesa.

"¿Estás segura de que no importa que use todo esto?" le preguntó Nathalie.

"Por supuesto. Para eso está aquí." Lena le dio un empujoncito. "Creo que hemos hecho un trabajo muy bueno las dos, ¿verdad?" Para su sorpresa, Nathalie voló sobre su cuello.

"Gracias, gracias, gracias," dijo, apretándola con fuerza. "Me has salvado la vida."

Lena cerró los ojos ante la cercanía. La cara de Nathalie en su cuello era como si los ángeles estuvieran respirando sobre su piel y se estremeció cuando sus dedos le rozaron la espalda.

"De nada." Se obligó a dar un paso atrás antes de perder todo su auto control. "¿Necesitas prepararte?"

Nathalie se miró el vestido de verano todo cubierto de harina e hizo una mueca. Tenía restos de hierbas en el cuello y todavía quedaba masa de pan bajo las uñas.

"Sí. Creo que sería una buena idea." Se quitó el delantal y lo arrojó al borde de la silla "¿Te importaría dejarlos entrar cuando lleguen?"

CAPÍTULO 30

*N*athalie salió corriendo al oír a alguien gritando, pero se relajó cuando vio que era Brenda expresando su felicidad con el jardín y la disposición de la mesa.

"Hola Brenda, hola Samantha." Las besó a ambas en la mejilla. "Gracias por venir." Señaló a Lena. "Recordáis a Lena de la semana pasada, ¿verdad?"

"Claro." Samantha aceptó la copa de vino blanco helado que Lena le ofreció y cogió también la de Brenda. "¿Mamá? Tu vino." Intentó llamar la atención de su madre, pero ésta se había alejado hacia la piscina.

"Esto es increíble," gritó, mirando el jardín y la piscina. "Debes estar muy orgullosa, Lena."

"Gracias, te lo agradezco. Aunque es mucho trabajo mantener un lugar como este," dijo Lena.

"Sin duda." Brenda estaba jadeando cuando volvió a la terraza. "¿Te importa si echo un vistazo dentro?" Ignoró a su hija, que la empujaba para calmarla, y entró en la cocina. Nathalie miró a Lena y le lanzó una mirada de disculpa.

"Lo siento," susurró. "¿Te importa si le enseño todo esto?"

"Por supuesto que no," dijo Lena. "Adelante, me quedo esperando a los otros. Y ¿Nat?"

"¿Sí?"

"Estás impresionante con ese vestido." Nathalie sonrió, sonrojándose por el cumplido.

"Gracias, tú también estás fantástica." Seguía sonriendo mientras llevaba a Brenda y Samantha hasta la sala de estar. Lena la hacía sentir sensual de una manera que nunca había experimentado y le encantaba sentir sus ojos sobre ella, tanto como mirarla ella misma. Se había comprado un vestido nuevo para esta noche, después de sopesar cuidadosamente cada vestido que se había puesto en el probador, pensando qué pensaría Lena de ellos. El vestido, suelto y de color melocotón, era sexy y bohemio, y se sentía atractiva con él.

"¿Nathalie?" la voz de Samantha por fin logró penetrar en su conciencia. Movió la cabeza a modo de disculpa.

"Perdona, me quedé pensando en mis cosas por un momento. ¿Qué has dicho?"

"Solo me estaba preguntando quién había pintado esos cuadros tan encantadores," dijo Samantha.

"Esos son de François. Era la pareja del abuelo de Lena." Nathalie miró el paisaje sobre la chimenea, que solo consistía en rayas horizontales de color; verde para los campos y azul para el cielo. A pesar de su simplicidad, había algo muy complejo en la profundidad de los tonos que la atraía cada vez que lo miraba.

"Son preciosos," dijo Brenda. "¡Oh, mira esto, Samantha! ¿No es precioso este jarrón?" Brenda daba vueltas como un cachorro lleno de proteína, tocando cada mueble y pieza de arte de la casa.

"Mamá, no estamos en un museo," dijo Samantha bajando la voz. "Esta es la casa de Lena, ten un poco de respeto."

"No pasa nada, no te preocupes." Nathalie se volvió cuando oyó voces detrás de ella.

"¡Hola chicas!" Graham y su esposa Sally estaban en la puerta, saludándolas con la mano.

"Hola chicos. Me alegro que hayáis venido." Nathalie saludó a Graham y se presentó a Sally antes de llevarlos a todos a la terraza. Allí estaba ya Marie-Louise, que acababa de llegar también. Estaba hablando con Lena, admirando el jardín.

La noche estaba siendo agradable, con muchas risas e historias interesantes. Lena se ocupaba de la comida mientras Nathalie la ayudaba y rellenaba sus copas. Trabajaron juntas sin problemas y Nathalie lo estaba disfrutando muchísimo. Todo se sentía muy natural con Lena, incluso organizar una cena juntas.

Alain llegó más tarde, después de haber cerrado su café. Le dió a Nathalie el champán y el mousse de chocolate que había traído e inmediatamente se sentó al lado de Samantha.

"¡Oh! Si es la rosa inglesa que estaba sentada en mi terraza." Dijo antes de besarle la mano. "Me alegro de que volvamos a vernos." Alain estaba lanzado, intentando claramente encantar a Samantha. Se acercó más a ella, ignorando las miradas de advertencia de Lena.

"Bueno, háblame de ti Samantha. Pareces inteligente, pero también eres hermosa. Esos ojos verdes luminosos y ese pelo rubio es una combinación con mucho poder." Hizo una pausa para darle un efecto teatral. "Estoy intrigado." Se acercó aún más, fingiendo con maestría un verdadero interés mientras intentaba no quedarse mirando su amplio escote.

Samantha puso los ojos en blanco. "Ya me han advertido sobre ti," dijo. "Y desde luego, eres un embaucador. Pero no puedes saber si soy inteligente o no porque nunca hemos cruzado una palabra." Se volvió hacia su comida, con una sonrisita juguetona en su boca.

"Solo tengo curiosidad," dijo Alain, poniéndose una mano

sobre el pecho con una sonrisa de lo más enigmática. "¿Cómo no voy a tenerla? O sea, mírate. Eres impresionante."

"Que alguien lo pare," murmuró Lena en el oído de Nathalie.

Nathalie se rió y le cogió la mano bajo la mesa. "Parece que a Samantha no le importa," susurró. "Mírala, está radiante."

Después de un par de copas, alguien por fin reunió el coraje para preguntarle a Marie-Louise sobre los periquitos que llevaba sobre su pelo. Esta noche tenía tres en el moño superior, uno amarillo y dos verdes, haciendo juego con su vestido verde y su chal amarillo. Había pegado hojas de parra alrededor de los pájaros, dando la impresión de que estaban sentados en un árbol.

"¿Cuál es la historia con los pájaros?" le preguntó Samantha señalando su cabeza. "¿Son de verdad? Parecen reales…"

Marie-Louise se llevó una mano a la cabeza, acarició a uno de ellos y se santiguó. "Eran mis mascotas," dijo mirando hacia arriba, como esperando que, de repente, iban a salir volando. "Mis amigos. El amarillo era Dillon. Fue el primero. Lo tuve en una jaula en mi habitación durante un año, fue un regalo de mi primo de Lyon. Pero me dio pena y decidí liberarlo. Pero no se fue, como harían normalmente los pájaros. Se quedó en el jardín y se volvió más domesticado incluso. Le daba de comer de mi mano todas las mañanas y todas las noches." Marie-Louise sonrió, tomando un sorbo de su vino. "Me preocupaba que se sintiera solo, así que le conseguí dos amigas." Señaló su cabeza de nuevo. "Dorine y Jaqueline se fueron un par de semanas pero las dos volvieron. Fue como un milagro, estos pájaros viviendo en mi jardín y eligiendo vivir allí. Los pinté durante años, sobre todo a Dillon. Se sentaba en la misma rama durante horas, parloteando como si me estuviera hablando a mí." Dio un suspiró. "Se me partió el corazón cuando murió. Quería mantener viva su memoria, así que di un curso de taxidermia e intenté rellenarlo, pero no tenía el talento de mi maestro y perdí uno de sus ojos." Se inclinó para que todos vieran la cara desaliñada con un ojo de Dillon. Nathalie miró a Samantha, que hacía todo lo posible por no reírse.

"No pasa nada porque te rías," dijo Marie-Louise con una sonrisa. "Ya sé que parece divertido. ¿Quién no lo haría? Bueno, después de Dillon, rellené todos mis pájaros cuando murieron y mejoré en eso." Miró por la mesa. "Así que, en caso de que os estéis preguntando si los maté para hacerme adornos para el pelo, os tengo que decir que no. Tengo veintidós periquitos preparados y amé a cada uno de ellos. Me los pongo sobre la cabeza para sentirme más cerca de ellos." Extendió sus brazos al grupo. "Debéis pensar que estoy loca, pero me da igual."

"No creemos que estés loca," dijo Brenda moviendo la cabeza. "Un poquito excéntrica quizás. Pero, desde luego, loca no."

"Pues yo creo que es adorable," dijo Lena. Dirigió su mirada a Gumbo. "Dios sabe que yo podría hacer lo mismo si él…" Movió la cabeza. "No importa, no quiero ni pensar en eso."

Sally parecía sorprendida. Su peinado alto rubio de bote se movía mientras observaba los periquitos.

"Bueno, Sally, ¿estás disfrutando de tu estancia en Francia?" le preguntó Nathalie en un intento por hacerla sentir más cómoda.

"Mucho," dijo Sally, todavía un poco desconcertada por la historia de la taxidermia. "Estoy pensando en unirme a un club de tenis por un par de meses ya que Graham tiene sus clases de arte dos veces a la semana. No he jugado en quince años, pero estoy dispuesta a intentarlo de nuevo." Miró a Graham y arqueó una ceja. "Graham dice que quiere que conozca gente pero tengo la sensación de que lo que quiere es distraerme de las compras."

Brenda rió. "Sí, Graham nos dijo que te encantaban las tiendas de Cannes. ¿Hay rebajas? No me importaría hacer un viaje hasta allí."

Ese comentario llamó la atención de Sally. "Oh sí. Siempre hay una rebaja en alguna esquina." Los ojos de Sally se iluminaron mientras sacaba su bolso de debajo de su silla. "De hecho, esta mañana me compré un bolso nuevo." Se inclinó sobre la mesa y bajó la voz. "Cincuenta por ciento de descuento, Brenda. Aprovecha tu oportunidad ahora o vuelan."

Graham le cogió el bolso y lo examinó. Estaba hecho de piel de cocodrilo rosa y tenía un ribete de piel rosa alrededor de los bordes. "¿Y cuánto pagaste por esta monstruosidad de un cadáver después del descuento del cincuenta por ciento, Sally?" Nathalie notó que el ojo izquierdo de Graham le temblaba.

"Y en vez de eso, ¿por qué no me preguntas cuánto ahorré?" respondió ella con una sonrisa orgullosa.

Graham miró de su esposa al grupo, claramente lamentando haber empezado una discusión en público con su esposa. Se aclaró la garganta y se volvió hacia Sally.

"Vale, Sally. ¿Cuánto has ahorrado hoy?"

"Cuatrocientos euros." Sonrió radiante. "Es una ganga, ¿verdad? Imagínate si hubiera pagado el precio completo" Le guiñó un ojo. "Pero no lo hice, así que, básicamente, nos he ahorrado cuatrocientos euros, Graham. Con ese dinero podríamos alquilar un barco." Brenda y Samantha se quedaron mirando a Sally, sin poder creérselo.

Graham se mantuvo en silencio durante un momento, intentando recomponerse.

"Ya hablaremos de esto cuando lleguemos a casa," dijo, dejando pasar el tema.

Sally puso los ojos en blanco y dirigió su atención hacia Nathalie y Lena, que estaban sentadas frente a ella. "Bueno, ¿cuánto tiempo lleváis vosotras juntas?" les preguntó.

Nathalie y Lena soltaron una risita, las dos un poco achispadas por el vino.

"No somos pareja," dijo Nathalie. "Estoy en la casa de alquiler. Lena es la dueña."

"¡Ah!" Sally parecía perpleja. "Lo siento, creía que érais…"

"No pasa nada," saltó Lena. "Me puedo imaginar lo que parece cuando te invitan a una cena organizada por dos mujeres juntas." Hizo una pausa. "Pero no, Nathalie y yo solo somos amigas. Bueno, en realidad, es su cena pero ha liado un desastre en la cocina así que decidí intervenir." Dirigió una mirada burlona a Nathalie y le apretó la mano bajo la mesa. "Deberías haberla visto cuando llegué a casa, estaba cubierta de harina y la carne estaba en llamas."

Nathalie le dio un empujón.

"Tranquila listilla. Te olvidaste decir que me las apañé para hacer mi propio pan sin ninguna experiencia en la cocina. Creo que me merezco al menos unos puntos por eso." Se sonrojó cuando Lena la rodeó con un brazo.

"El mérito hay que darlo donde se merece. Tu pan es fantástico." Para demostrarlo, Lena dio un mordisco al pan que tenía al lado de su plato y se echó a reír.

Marie-Louise las observaba en silencio, sonriendo con un brillo en sus ojos. "Bueno chicas, puede que vosotras no seáis pareja, pero esta casa tiene un historial de parejas homosexuales," dijo Marie-Louise. "El abuelo de Lena se la compró a otra pareja masculina antes de mudarse con su pareja François, que era también uno de mis mejores amigos." Levantó su copa para que Lena la volviera a llenar. "Lo recuerdo como si fuera ayer, sentada aquí, en esta misma silla, junto con otras diez personas, incluidos tu abuelo, François y tú." Miró a Lena. "Acababas de llevar y eras terriblemente tímida, no hablabas una sola palabra de francés. Todos nos esforzamos muchísimo para hacerte sentir que eras bienvenida."

Nathalie sintió una punzada de pena por Lena. Se la podía imaginar porque ella misma acababa de llegar a un sitio donde no conocía a nadie ni tampoco el idioma. Sin pensárselo, puso su mano sobre el muslo de Lena bajo la mesa y se lo apretó. Lena puso su mano sobre la de ella y la mantuvo allí.

"Fue la noche más surrealista de mi vida," dijo Lena mirando a los demás. "Todo el mundo pensaba que yo era tímida pero era simplemente que estaba intentando procesar la escena a la que me habían arrojado. Allí estaba mi abuelo, abiertamente cogido de la mano de su pareja. Y luego estabas tú, Marie-Louise. Llevabas puesto una especie de capa de vampiro y tu pelo estaba recogido en forma de cuerno de unicornio." Levantó una mano. "Sin intención de ofenderte, estabas increíble, pero en aquella época, nunca había visto nada igual. Recuerdo también que había un hombre vestido con caftán blanco y un turbante, creo que era un sij blanco. También había una pareja más joven que había traído cinco caniches. Era un caos." Se echó a reír. "Y a eso le añadimos que todo el mundo estaba fumando yerba y bebiendo alcohol después de la cena y que yo venía de una casa extremadamente estricta y protegida, donde cualquier tipo de diversión era pecado. Bueno, digamos que solo necesitaba tiempo para adaptarme."

"Pero te adaptaste rápido," dijo Marie-Louise. Se giró hacia Nathalie. "A las dos semanas ya mantenía conversaciones básicas en francés con todos nosotros e incluso flirteaba con las niñeras de la vecina."

Nathalie se echó a reír. "No me sorprende," dijo, moviendo su mano más arriba del muslo de Lena. Se sentía más valiente con cada copa de vino y no podía resistirse a tocarla.

"Oye, no era tan mala," dijo Lena en su defensa. "Solo estaba experimentando, tratando de encontrar mi camino en un mundo nuevo de posibilidades infinitas."

"¿Y cómo es vivir aquí ahora?" le preguntó Graham.

Lena dio un largo trago a su vino e hizo una pausa para pensar. "Está bien," dijo. "Muy diferente, pero bien. No soy mi abuelo. No necesito muchas personas en mi vida." Miró a Nathalie. "Pero ha sido increíble tener a Nathalie aquí y es genial tener a gente alrededor de la mesa otra vez." Levantó la vista hacia las estrellas. "No me sorprendería que mi abuelo estuviera mirándonos desde ahí arriba esta noche, sonriendo con aprobación."

"Amén," dijo Graham, sosteniendo su copa de vino. "Por vosotras, señoritas. Muchas gracias por vuestra hospitalidad."

CAPÍTULO 31

"Ha sido divertido," dijo Nathalie después de que todos se hubieran ido. "Muchas gracias por todo Lena. No habría habido cena sin tu ayuda."

"De nada, yo también me lo he pasado bien," dijo Lena mientras apilaba los platos. "Tus amigos son encantadores y ha sido fantástico pasar tiempo de nuevo con Marie-Louise. Es una pena que hayamos perdido el contacto con los años." Llevó los platos a la cocina y los puso al lado del resto, que habían estado allí durante toda la noche. "¿Por qué no nos olvidamos de esto por ahora, eh?" Señaló el desastre. "Vamos a tomarnos una copa junto a la piscina y te ayudo mañana a limpiar."

"Claro." Nathalie dobló el mantel y lo puso en la encimera de la cocina. "Me encantaría." Estaba nerviosa pero trataba de no mostrarlo. El vino se le había subido a la cabeza y se sentía como una adolescente en su primera cita. No tenía sentido negar la tensión que había habido entre ellas durante toda la noche y Nathalie estaba muy alejada de querer romper esa tensión ahora. Si Lena la besaba esta noche, ella también lo haría. Y si no la besaba, bueno, probablemente pasaría la noche despierta fantaseando con ello.

"¿Pastis?" le preguntó Lena, levantando una botella con un líquido amarillo.

Nathalie miró la etiqueta. "Nunca lo he tomado, pero probaré cualquier cosa una vez."

"¿Cualquier cosa?" Lena sirvió dos vasos con una sonrisa en su cara.

Nathalie no contestó. Cogió el vaso que Lena le daba, que lo sostuvo una fracción de segundo más de lo necesario.

"Vamos," dijo, haciendo señas a Nathalie para que la siguiera hasta la piscina.

Se sentaron en el borde de la piscina y metieron los pies en el agua. Nathalie sintió una sensación cálida en su garganta, extendiéndose hasta los dedos de los pies mientras bebía su Pastis. Era fuerte pero agradable.

"Está bueno. ¿Anís?"

Lena asintió. La luz de la piscina le iluminaba la cara. Hacía destacar sus ojos oscuros y, cuando sonreía, Nathalie sentía que se debilitaba. No podía soportar mucho más.

"Estoy muy contenta de que estés aquí, Nat."

"Yo también," susurró ella. *Bésame. Por favor, bésame.*

"¿Quieres que nos metamos en la piscina un rato?" le preguntó Lena.

Nathalie miró la piscina poco iluminada ahora y con el jardín a oscuras y volvió a mirar a Lena. Había algo en sus ojos que la hacían temblar de anticipación. Lena tenía hambre de ella y lo sabía.

"Sí." Vaciló. "Voy a ponerme el bikini. Ahora vuelvo."

Lena la cogió de la muñeca cuando estaba a punto de levantarse. "No hace falta." Sonrió, mordiéndose el labio. "Podríamos bañarnos desnudas. No es que nadie nos vaya a ver aquí."

"Ah...Vale." Nathalie asintió lentamente. Intentaba

mantener la calma, pero su cuerpo iba por otro lado. La propuesta de Lena le llenó la cabeza de pensamientos que no estaba segura de poder manejar.

Se levantaron en silencio, ambas muy conscientes de lo que estaba pensando la otra. Lena se pasó la camisa por la cabeza y se quitó los pantalones cortos y los bóxers. Los tiró sobre una de las tumbonas y se zambulló en el agua. La mandíbula de Nathalie se desencajó al verla reaparecer, impresionada al ver los pechos, pequeños pero exuberantes, brillantes con la tenue luz que había. Desnuda, en la piscina, estaba más hermosa de lo que Nathalie podría haber imaginado jamás.

"¡Venga, métete! ¡Está estupenda!" Le decía Lena desde el lado más lejano y menos profundo de la piscina.

Nathalie decidió no pensarlo demasiado. Se quitó el vestido y se desabrochó el sujetador por la espalda. Sentía los ojos de Lena fijos en ella mientras lo dejaba caer en el suelo. Se quitó las bragas y se zambulló en el agua también. Cuando resurgió, Lena estaba justo frente a ella. Se produjo un silencio que pareció durar una eternidad, pero a Nathalie no le importó. Necesitaba tiempo para procesar lo que estaba ocurriendo y para lidiar con todos los sentimientos que se mezclaban en su interior.

"Eres perfecta," dijo Lena por fin. Sus ojos la miraban con intensidad. No había un atisbo de sonrisa en su cara y Nathalie se dio cuenta de que nunca la había visto tan seria. Observó cómo el pecho de Lena se movía con agitación, provocando pequeñas ondas en la superficie del agua. Tenía el pelo mojado hacia atrás, el agua cayéndole por la cara y la luz de la piscina parecía hacerla brillar.

"Tú eres perfecta," le susurró Nathalie. No había viento ni ruido alguno y podía oír la respiración agitada de Lena, sabiendo que la deseaba.

Lena avanzó un poco, acercando su cara a la de Nathalie.

"No perdamos más tiempo entonces." La empujó con cuidado hacia la esquina. Nathalie respiró hondo cuando sintió el cuerpo desnudo de Lena contra ella y un muslo entre sus piernas. Lena la rodeó con los brazos y se agarró al borde. Se acercó aún más.

"Oh Dios," susurró Nathalie, con la boca cerca de la de Lena. "No estoy segura de poder controlar esto." Lena inclinó la cabeza y rozó sus labios. Los mantuvo ahí, jugueteando con ella. Nathalie cerró los ojos y gimió en silencio, saboreando el momento. Sentía los pechos de Lena apretados contra los de ella. El corazón le latía peligrosamente rápido y estaba hambrienta, cada célula de su cuerpo deseaba a Lena, rogando porque la tocara. Separó los labios y sintió una sacudida de puro placer atravesarle el cuerpo cuando la boca de Lena tomó la suya con un beso posesivo, su lengua bailando alrededor de la de Nathalie. Cerró los ojos y sintió que se mojaba. Si quedaba alguna reserva en ella, ésta se derritió al oír el gemido de Lena. Su cuerpo se convulsionó y bajó las manos al agua, explorando los hombros y la espalda de Lena. Aferrándose a ella con fuerza, envolvió su cintura con sus piernas, besándola como nunca antes había besado a nadie. Fue espectacular. La excitación y emoción corrían por sus venas y le daban vida. Lena se apartó ligeramente y la miró con expresión perpleja.

"Guau," dijo, incapaz de apartar sus ojos de la boca de Nathalie.

"Sí." Susurró Nathalie. Todavía tenía los brazos y piernas alrededor de Lena y no tenía intención de moverse. "Hazlo otra vez, por favor. Bésame como acabas de hacer."

"¿Estás segura?" le preguntó Lena con voz temblorosa. "Porque por mucho que me encantaría tenerte de manera que ni puedes imaginar…" hizo una pausa. "No quiero que te arrepientas de nada por la mañana."

Nathalie negó con la cabeza. "Sin arrepentimientos. Te lo prometo."

Una pequeña sonrisa se dibujó en la boca de Lena mientras cerraba la distancia entre ambas y la besó de nuevo y, esta vez, sin contenerse. Sus manos pasaron del borde de la piscina al pelo de Nathalie, peinándolo con los dedos mientras hacía el beso más profundo. Trazó con sus dedos su cara y mandíbula, los bajó hasta su cuello y sus hombros hasta que Nathalie gimió más fuerte, apretando su centro contra el estómago de Lena. Bajó sus manos hacia la cintura de Nathalie y la rodeó por el trasero. Lo apretó con las dos manos y la levantó un poco, exponiendo sus pequeños pechos sobre la superficie del agua. Nathalie se apoyó en el borde de la piscina con los codos.

"Dios, qué bien sabes," susurró Lena, acabando el beso. Bajó la cabeza para meterse un pezón erecto en la boca. Lo mordió suavemente y provocó un grito de la boca de Nathalie. Nathalie se había rendido. Estaba indefensa, más allá del punto de no retorno y estaba lista para entregarse a Lena con cada fibra de su ser. Echó la cabeza hacia atrás cuando Lena tomó el otro pezón en su boca y pasó la lengua a su alrededor.

"No tienes ni idea de lo que me estás haciendo," jadeó Nathalie. "Te deseo, Lena." La superficie rugosa de la piedra detrás de ella le arañaba la piel pero no sentía ningún dolor, distraída por el latido que sentía entre las piernas. Nathalie contuvo el aliento cuando Lena retiró una mano de su trasero y recorrió el interior de su muslo, con la lengua todavía acariciando sus senos. Sintió los dedos de Lena moverse más arriba, dudando antes de tocarla suavemente entre las piernas.

Nathalie gritó, sorprendida por el impacto que le causó el roce de Lena sobre ella. "Oh, dios mío. Sí."

Lena se mordió el labio y sonrió, explorando el centro de

Nathalie. Suavemente al principio, haciendo sus movimientos más firmes después, mientras acercaba su boca a la de ella de nuevo, amortiguando sus gemidos con su beso. Nathalie empujó contra su mano cuando entró en ella. Se apartó del beso y enterró la cara en el cuello de Lena, aferrándose a ella mientras su cuerpo se ponía tenso. Respiró profundamente, percibiendo el aroma de Lena y gimió mientras soltaba el aire. Lena empujó más y más rápido, tomándola de manera posesiva. Nathalie dejó a un lado todas sus reservas y gimió más fuerte cuando sintió una cálida y deliciosa sensación extenderse por todo su cuerpo. Se entregó completamente a Lena, la dejó que la poseyera, que devorara sus pechos, su cuello y, finalmente, su boca, donde la besó con tal seguridad y convicción que Nathalie se olvidó de respirar. No podía hacer nada más que cerrar los ojos y rendirse ante las oleadas de éxtasis que la atravesaron como fuegos artificiales. Todo el cuerpo le temblaba mientras clavaba sus uñas en la espalda de Lena y la atraía hacia ella.

Lena la abrazaba con fuerza y la besaba mientras Nathalie resistía su orgasmo y, finalmente, se relajaba.

Nathalie abrió los ojos y suspiró asombrada al ver a la mujer con la que acababa de tener el mejor sexo de su vida.

Lena sonreía y la miraba con tal intensidad que Nathalie inmediatamente sintió otra oleada de excitación. "¿Te gustaría ver mi habitación?" le susurró mientras le acariciaba la mejilla.

"Sí." Nathalie se estremeció con el roce de sus dedos. "Me encantaría ver tu habitación." Cogió la mano de Lena y la siguió hasta los escalones, donde salieron y compartieron una toalla. No hablaron mientras se secaban lentamente la una a la otra, besándose y explorándose en el proceso. Nathalie por fin se decidió a pasar sus dedos por los pechos de Lena, bajar hasta su cintura y su estómago, maravillándose de su piel suave y sus pezones duros bajo sus dedos. Le besó el cuello, sintió las curvas de sus caderas y la tensión muscular de su centro mientras dejaba que sus manos vagaran sobre su cuerpo con una curiosidad que apenas podía comprender. Era femenino, fuerte y suave. Y se sentía muy bien.

Lena se liberó de ella, el pecho subía y bajaba con su respiración mientras la miraba, excitada y apabullada. "Vamos," dijo.

Su habitación en el anexo era práctica y simple, decorada con un armario de madera encalada, una cama king size con ropa de cama blanca y una mesita de noche a cada lado. En la esquina había un sofá con un montón de ropa encima. Había un cuadro grande con un paisaje encima de la cama, con el azul que predominaba en él haciendo juego con las cortinas. Lena buscó un mechero y encendió las velas de las mesitas de noche. Tenía el pelo húmedo y peinado hacia atrás. Nathalie estaba fascinada por su cuerpo desnudo mientras se acercaba a ella.

"¿Estás segura de que estás bien?" le preguntó Lena.

Nathalie asintió. "Nunca he estado mejor."

"Estupendo." Lena le quitó la toalla que tenía alrededor de su cuerpo y la tiró al suelo. "Porque todavía no he acabado contigo." Hizo un gesto hacia la cama. Nathalie se dejó caer sobre las sábanas y hundió la cabeza en las almohadas. Temblaba de anticipación cuando Lena se arrastró sobre la cama y se puso sobre ella, con un muslo entre sus piernas.

Nathalie jadeó ante el contacto. "Qué maravilla," susurró. "Quiero…"

Lena la besó de nuevo, duro y profundamente, haciéndola callar mientras enganchaba su brazo bajo la pierna de Nathalie y la abría. Nathalie gimió y cerró los ojos cuando Lena empujó contra ella. Sintió la humedad de Lena contra la suya. Era increíble, liberador. La cálida sensación entre sus piernas la hizo desear más y abrió aún más las piernas, empujando, siguiendo su ritmo. Nathalie nunca había imaginado que otra mujer fuera capaz de tenerla así, de poseerla y de mandarla a lugares completamente nuevos para ella. Lena era sexy y estaba segura de sí misma. Tomó el control y consiguió lo que quería, moviéndose más rápido mientras se retiraba del beso, mirándola. Nathalie sabía que estaba cerca por la forma en que se aceleraba su respiración. Tenía las pupilas dilatadas y los labios separados. Gimió suavemente.

"No pares, Lena," suplicó Nathalie, rogándole con los ojos. Lena era muy intuitiva, como si supiera exactamente lo que Nathalie quería. Sintió crecer otro orgasmo, conteniéndose dentro de ella hasta que ya no pudo soportarlo más. Lena empujó fuerte, frotando sus centros juntos mientras ambas llegaban al clímax. Nathalie cerró los ojos y se dejó llevar cuando su cuerpo explotó en un millón de pequeños destellos de felicidad celestial. Se quedaron quietas, respirando fuerte y rápido. Nathalie se quedó mirando el techo, con los ojos muy abiertos.

"¿Estás bien?" le preguntó Lena. Retiró el pelo de la frente de Nathalie y la besó suavemente entre las cejas. Nathalie asintió, todavía aferrada a ella. Sus piernas y brazos enredados, para Nathalie era como si sus almas también lo estuvieran. Como si todo hubiera encontrado su sitio y cada decisión que había tomado en su vida, buena o mala, fuera la correcta, porque la había traído hasta aquí, a este momento, con Lena. ¿Cómo podía sentirse tan cerca de alguien a quien solo había conocido durante un par de semanas? ¿Y cómo podía sentir como si nada más importara, como si estar aquí acostada con Lena lo era todo y más?

"¿Tienes que preguntar?" Le bajó la cara y la besó con nostalgia. "¿Por qué no hemos hecho esto antes?"

"Porque eras hetero," dijo Lena sonriendo. "Quizás no tan hetero como tú creías, pero aún así…"

"Supongo que tienes razón."

Se pusieron de lado, una frente a la otra. Nathalie se sentía relajada y estaba cansada por primera vez en semanas. Se acurrucó contra Lena, con un brazo y una pierna sobre ella. Cuando Lena la tomó entre sus brazos, algo se rompió dentro de ella. La ternura con la que Lena la sostenía. Las emociones, la conexión y la pasión. Era algo que no había sentido en mucho tiempo, de hecho, nunca hasta este punto y, de repente, le sorprendió cuánto había echado de menos el contacto íntimo, lo sola que había estado. Intentó evitar llorar pero fue demasiado tarde. Una lágrima le bajó por la mejilla, aterrizando en la muñeca de Lena.

"Eh, no llores," dijo Lena, acariciando su rostro. "¿He dicho algo malo?"

Nathalie negó con la cabeza. "No, perdona, no quería llorar." Resopló y se secó los ojos. "Es solo felicidad, supongo. Dios, debes pensar que soy idiota."

"No." Lena sonrió y le besó la frente. "Creo que eres increíble." Nathalie enterró la cara en su cuello. Sentía el latir fuerte y constante de su corazón. Era reconfortante y la hizo adormecerse. El sonido de las gotas de lluvia que habían empezado a caer sobre el tejado se hizo más fuerte y frecuente, hasta que empezó a caer con fuerza. Nathalie siempre había odiado la lluvia pero, esta noche, el sonido era relajante.

"¿Lena?" murmuró.

"¿Sí?"

"¿Me puedo quedar aquí esta noche?"

CAPÍTULO 32

"Gumbo, deja de lamerme la cara," murmuró Lena, todavía medio dormida. Gumbo paró un segundo y decidió que nadie le iba a decir lo que podía o no podía hacer. "En serio, Gumbo, ya vale. Vas a despertarla." Abrió los ojos y le dirigió a Gumbo una mirada de advertencia. Nathalie dormía encima de ella. Se sentía bien y no quería que se fuera. Hacía años que Lena se había despertado con alguien con quien quería estar y casi había olvidado lo fantástico que era. El peso de Nathalie sobre ella parecía tener algún tipo de efecto calmante, como si estuviera drogada con oxitocina y muy posiblemente enganchada. Se sentía inmensamente feliz y no quería levantarse, ni siquiera para tomarse un café. Estar en la cama con Nathalie era demasiado bueno como para dejarlo ir todavía. Empujó a Gumbo y suspiró mientras rodeaba con sus brazos a la mujer dormida que tenía encima. Nathalie se movió y le pasó la mano sobre el pelo, enterrando la cara en su cuello, como había hecho tantas veces la noche anterior.

"Shhh… No pasa nada, vuélvete a dormir," le susurró.

Nathalie se rió bajo la manta. "Solo fingía estar dormida,"

dijo con voz ronca. "Llevo despierta un buen rato pero si quieres que me mueva, me muevo." Dijo bostezando. "Pero se está tan bien aquí."

Lena sonrió y la sujetó con más fuerza. "No, no quiero que te muevas."

Pero Gumbo tenía otras ideas. En cuanto se dio cuenta de que Nathalie estaba despierta, saltó sobre ella y empezó a lamerle la cara también.

Nathalie se echó a reír. "Madre mía, ¿así es como te despiertas todos los días?" Giró la cabeza para mirarlo y, antes de darse cuenta, su lengua ya estaba subiendo por sus fosas nasales. "¡Vale ya, tonto!" Se apartó de Lena y se sentó a su lado en la cama, intentando cerrar el paso al terrier sobre-excitado. "Creo que quiere salir al jardín. ¿Puedo dejarlo salir?"

"Claro" Dijo Lena. "Mientras tú vuelvas." La observó saltar de la cama y dirigirse a la cocina para abrirle la puerta a Gumbo. Aún estaba desnuda y era todavía más impresionante a la luz del día. Su cara adormilada, la forma en que movía las caderas al caminar, el sonido de la risa que venía de la cocina... *Estoy loca por ella. ¿Cómo coño ha pasado esto?*

"¿Quieres café?" Gritó Nathalie desde la puerta.

"Vale. ¿Necesitas ayuda?" Lena oía armarios que se abrían y cerraban.

"No, estoy bien. Creo que me las puedo apañar."

Poco después Nathalie volvió con dos capuchinos. "Bueno, cogiste la cafetera buena y dejaste la vieja en la casa principal, ¿eh?"

Lena sonrió. "¿Quieres decir que cogí *mi* cafetera nueva?"

"Vale, es lo justo." Nathalie le dio una taza y volvió a la cama. "Bueno..." dijo. "Aquí estamos."

Lena asintió y le lanzó una mirada divertida. "Sip. Aquí

estamos. Y eso es lo que dice la gente cuando se siente incómoda."

"No estoy incómoda," se recostó sobre las almohadas y tomó un sorbo de su café. "De hecho, estaba más cómoda que nunca hasta que Gumbo empezó a meter la lengua en sitios donde no debía."

Lena se echó a reír. "Me alegra oírlo," dijo. "Porque yo estaba más cómoda que nunca también." Vaciló un momento. "Así que ¿no te arrepientes?"

Nathalie negó con la cabeza. "No me arrepiento de nada, pero eso ya te lo dije anoche, antes de que me hicieras todas esas cosas increíbles." Sonrió, puso la taza de café sobre la mesita de noche y enterró la cabeza entre sus manos. "Dios mío, no puedo dejar de sonreír. Ni siquiera me reconozco."

"No necesitas dejar de sonreír. Tu sonrisa es preciosa," dijo Lena bajando la voz. "Te voy a contar un secretito. Yo tampoco puedo dejar de sonreír."

Nathalie se volvió a recostar sobre Lena y la miró. "Sí, ya me he dado cuenta. Me gustan tus hoyuelos. Me han estado haciendo dudar de mi lugar en el espectro desde que te vi por primera vez."

Lena se rió entre dientes. "¿Ah, sí?" La rodeó con un brazo y se la acercó un poco más. "¿Y has descubierto ya dónde estás en el espectro?"

"Estoy bastante segura de que ahora estoy en tu lado," dijo Nathalie. Presionó sus labios contra los de Lena y todo lo que había sentido la noche anterior estaba de vuelta, haciéndola desear a Lena de nuevo. Lena profundizó el beso, pasando sus dedos por la espalda de Nathalie, bajando hasta su trasero.

Nathalie vaciló un momento cuando se apartó del beso y se quedó mirando fijamente sus ojos oscuros. "Quiero que me enseñes cómo tocarte," dijo ruborizándose. Había permanecido despierta durante horas, preguntándose cómo abordar el tema.

"Te estás poniendo colorada," bromeó Lena.

"Por supuesto que me estoy poniendo colorada. Esto no es fácil para mí." Nathalie le dio un empujón juguetón. "Pero quiero saber. Así que, por favor, enséñame."

"Vale." La cara de Lena se puso más seria. "Si insistes. Pero te puedo asegurar que me toques de la forma que me toques, me vas a llevar al límite." Cogió la mano de Nathalie y la colocó entre ambas, antes de bajarla lentamente hacia la línea de pelo entre sus piernas.

Con mano temblorosa, Nathalie dejó que sus dedos recorrieran los suaves rizos. Cuando le dirigió su mano más abajo, respiró rápidamente al sentir la humedad que Lena tenía entre las piernas. Era una sensación sedosa y cálida mientras deslizaba un dedo cuidadosamente arriba y abajo, trazando su centro. *Me desea. Dios, me desea.* Lena jadeó cuando sus dedos tocaron su punto más sensible y empujó su mano hacia abajo, con movimientos circulares. Nathalie la observó suspirar de placer cuando retiró la mano, dejando solo los dedos de Nathalie. No podía dejar de mirar la cara de Lena mientras seguía con los movimientos circulares, lentos y constantes. La forma en que Lena se movía debajo de ella, echaba la cabeza hacia atrás, cerraba los ojos y se lamía los labios... Era una vista preciosa.

"Sí, así," gimió Lena, arqueando la espalda. Nathalie se colocó encima de su mano, que seguía entre ellas, y la besó con suavidad. Cuando Lena gimió más fuerte, hizo el beso más profundo, vencida de repente por una sensación de poder. Darle placer era una sensación increíble que la envió a alturas completamente nuevas. Lena respiraba rápido ahora, levantando sus caderas mientras Nathalie bajaba los dedos. Dudó, sin estar segura de lo que Lena quería que hiciera.

Lena giró la cabeza y puso la boca contra la oreja de Nathalie. "Fóllame, Nathalie," susurró.

Los labios de Nathalie se separaron y cerró los ojos ante esas palabras, con un gemido silencioso en sus labios. Sintió el calor húmedo de Lena en sus dedos cuando entró en ella. La penetró, profunda y lentamente, perdiéndose mientras escuchaba los sonidos que le debilitaban cada miembro. Prestando mucha atención a la reacción de Lena, puso la palma de la mano sobre su clítoris mientras entraba y salía de ella.

Lena la atrajo hacia ella y rodeó su cintura con sus piernas, rogando más.

"Oh, Dios, sí. Eso es…" Lena tomó aire y lo contuvo hasta que llegó al clímax. Nathalie podía sentir su orgasmo mientras mantenía los dedos dentro de ella, maravillada por la sensación reveladora de complacer a otra mujer. Sonrió cuando Lena abrió los ojos y dejó escapar un profundo suspiro.

"¿Ha estado bien?" preguntó, antes de besarla.

Lena la miró y se echó a reír. "¿En serio me estás preguntando eso?" Las hizo girar y quedó encima de ella, trazó con los dedos la mandíbula de Nathalie con una enorme sonrisa en su cara. "Tú, Nathalie Kingston, tienes mucho, mucho talento."

CAPÍTULO 33

*N*athalie se inclinó sobre la puerta del coche y le dio otro beso largo. Lena había estado intentando ir a trabajar toda la mañana pero cada vez que empezaban a besarse, eran incapaces de parar e ir más allá.

Hizo un puchero mientras arrancaba el coche. "No me quiero ir ahora mismo, pero es mejor si estoy presente mientras están plantando," dijo. "Es una etapa crucial y no quiero que nadie cometa errores."

"Por supuesto." Nathalie retrocedió un paso, dejando que Lena diera marcha atrás. "Te veo en un par de días." Le lanzó un beso y se despidió con la mano, recordándose a sí misma mantener la boca cerrada para no dejar que se escapara una cursilería.

Lena esperó a que las puertas se abrieran y la miró por encima del hombro.

"Oye, Nat."

"¿Sí?"

"¿Te puedo llevar a comer cuando vuelva?"

La cara de Nathalie esbozó una enorme sonrisa mientras se protegía los ojos del sol con la mano. "Me encantaría."

"Genial. No puedo esperar." Lena hizo sonar la bocina del coche antes de irse, con Gumbo en su regazo.

Nathalie permaneció en la entrada hasta que la cancela se cerró, ya la echaba de menos. La cabeza le daba vueltas por las veces que habían hecho el amor la noche anterior y esa mañana. Las piernas le temblaban todavía y su cuerpo inquieto le recordaba que ahora todo era diferente. Todavía era temprano pero la sobrecarga de sentimientos completamente nuevos la obligó a abrir una botella de vino para calmarse. Se echó una copa de Chablis y se dirigió a la piscina, se sentó en el borde y metió los pies en el agua. No tenía ni idea de qué hacer consigo misma. ¿Ir a la ciudad en coche? ¿Leer? ¿Pintar? La verdad es que no se sentía con ganas de hacer nada y era feliz simplemente estando aquí sentada, reviviendo su encuentro tórrido con Lena en la piscina. Su primer beso había sido alucinante, como cualquiera de los besos que habían venido después. El roce de Lena había sido electrizante, su voz suave y sexy. Cerró los ojos y se estremeció al recordar el cuerpo desnudo de Lena contra el suyo en la piscina. Tomó un trago largo de vino, se levantó y se quitó la ropa. Era sensual, de pie allí con la suave brisa acariciando su cuerpo. Se dirigió al otro lado, dejando que el sol calentara su cuerpo desnudo y se estiró antes de sumergirse en la piscina.

Más tarde en el día, su teléfono sonó por primera vez en semanas. A regañadientes se acercó, hurgando en su bolso. Dudó al ver el nombre en la pantalla, pero sabía que Jack seguiría llamando. No era de los que dejaban las cosas para más tarde.

"¿Jack?"

"Hola Nathalie." Hubo una pausa. "¿Cómo estás?"

"Estoy bien." Nathalie tragó saliva al oír su voz. No era

que lo echara de menos o se arrepintiera del divorcio. Lo difícil era el recordatorio de todos los años que había malgastado. Había invertido su tiempo, su energía y su amor en algo que se iba a reducir a nada más que al montón de dinero que estaban a punto de discutir y eso era triste de pensar. *Cambia tu matrimonio y el trabajo de tu vida y obtén dinero en efectivo a cambio.* Al final del día, tendría mucho.

"¿Llamas para hablar sobre la transferencia de la compra?" Jack se mantuvo en silencio, pero Nathalie sabía que, al otro lado del la línea, estaba asintiendo.

"Sí. Ya está todo hecho. Tu dinero debería estar en tu cuenta al final del día." Rió entre dientes. "Serás multimillonaria sobre las cinco en punto."

"Ya." Dijo Nathalie. Esa idea no la animaba mucho. "¿Estará bien la compañía?" Sabía que no tenía ni que preguntar. Greentech estaría bien, había pasado semanas esclavizada y trabajando sobre pronósticos y posibles escenarios para asegurarse de que todos los accionistas estuvieran cómodos con el acuerdo.

"Sí. Creo que sí," murmuró. "Todo el mundo te echa de menos aquí. Estoy a punto de contratar a un nuevo director financiero. A la junta le preocupa que sea un blando." Rió entre dientes. "Pero parece el adecuado para el trabajo."

"¿Y Darla?" Nathalie todavía se sentía mal al decir el nombre de su nueva novia en voz alta. "¿Estáis juntos todavía?"

"Sí, estamos bien." Hizo una pausa. "Oye Nathalie. Lo siento, por todo. Lo eché todo a perder y todavía me despierto todos los días con la sensación de culpa, sabiendo cuánto daño te hice."

Nathalie cerró los ojos, agradeciendo una de las pocas veces en que se había disculpado con ella. Pero eso era solo porque rara vez se había equivocado. Jack era uno de los hombres más amables que había conocido y, a pesar de que había arruinado su matrimonio, todavía le gustaba como persona.

"Pero eres feliz, ¿verdad?" le preguntó ella.

"Sí, sí que lo soy."

"Bueno, entonces no la fastidiaste. Hiciste lo correcto." Se aclaró la garganta. "¿Alguna noticia más sobre el apartamento?"

"Tenemos una oferta," dijo Jack. "Esa es otra razón por la que te llamo. Te mandé un email pero no estaba seguro si lo estabas revisando a diario, con eso de que estás en Francia y todo eso." Nathalie escuchó el ruido del papeleo al otro lado de la línea. "Un millón doscientos mil. Es su última oferta." Jack esperó una respuesta pero sabía que Nathalie necesitaba tiempo para pensar. Se conocían muy bien. "Sé que no es el millón trescientos mil que pedimos," continuó, "pero es más de lo que esperábamos obtener en tan poco tiempo."

"De acuerdo. Acéptalo, estoy de acuerdo." Dijo Nathalie.

"¿Estás segura?" Jack pareció sorprenderse.

"Sí, estoy segura. Acéptalo. Confío en ti para lidiar con eso." Hubo un silencio incómodo.

"¿Cómo es Francia?" le preguntó Jack por fin. "¿Qué estás haciendo allí? ¿Entrevistas?"

"No. Tengo alquilado un lugar en el sur, cerca de Cannes. Paso la mayor parte del tiempo leyendo y pintando. Estoy haciendo un curso de acuarela. Es relajante."

Jack se echó a reír. "¿Tú? ¿Leyendo y pintando? ¿Qué va a ser lo siguiente? ¿Estás pensando en unirte a la comunidad del surf? ¿Qué le has hecho a mi esposa?"

Nathalie sacudió la cabeza, poniendo los ojos en blanco ante su comentario. "Ya no soy tu esposa, Jack." Hizo una pausa, temblando al pensar en lo que estaba a punto de decir en voz alta. "También he pasado tiempo haciendo el amor con una mujer preciosa." Esperó una respuesta pero Jack guardó silencio. Era una pulla, claro. Pero quería que supiera que ella también había salido adelante, que no estaba simplemente sentada, sintiéndose desgraciada echándolo de menos. "Jack, ¿estás ahí?"

"Aquí estoy," dijo en voz baja. "¿Hablas en serio, Nathalie?"

"Ajá." Sentía una gran alegría al haber sonado casual, a pesar de estar temblando al teléfono. Era la primera vez que lo verbalizaba. La primera vez que admitía que le gustaban las mujeres o, por lo menos, Lena. Y la persona a la que acababa de admitírselo no era otro que su ex marido. No pudo evitar sonreír porque se sentía muy bien.

"¿Qué me estás diciendo Nathalie? ¿Que de la noche a la mañana te has vuelto gay? ¿Tienes algún tipo de crisis?" Hizo una pausa. "¿Debería estar preocupado?"

"No, Jack. Estoy bien. De hecho, estoy mejor que nunca." Nathalie decidió que ya era hora de terminar con la llamada. Lo dejaría colgado con toneladas de preguntas sin responder para que las meditara. No porque quisiera venganza, pero no podía negar que su infidelidad había dañado su confianza y que no había nada de malo en rodearse de un poco de misterio. "Me tengo que ir ahora," dijo. "Llámame si hay más novedades sobre el apartamento, ¿quieres? Adiós." Había colgado antes de que él tuviera oportunidad de decir una palabra más.

CAPÍTULO 34

"*V*amos a instalarnos aquí, chicos." Marie-Louise aparcó su furgoneta Volkswagen a un lado de la carretera, junto a un campo violeta a las afueras de Tourret-tes-sur-Loup. La furgoneta parecía un autobús hippie viejo, con flores pintadas por todos los lados y rodeando el logo de *Galerie Valbonne*. "Espero que no os hayáis olvidado de traer vuestra pintura azul."

"Esto parece una excursión escolar," dijo Brenda mientras saltaba de la furgoneta con bolsas llenas de utensilios. "Pero mucho más divertido."

Nathalie siguió a sus compañeros hasta el campo azul. Era temprano y, aunque la mayoría se había quejado de la hora tan intempestiva, había merecido la pena el viaje. Habían preparado también un picnic, preparados para el largo día que tenían por delante. Marie-Louise les había dicho que se trajeran protector solar y gorras o sombreros para protegerlos del sol en los campos abiertos. Brenda y Samantha habían llevado el código de vestimenta a un nivel completamente nuevo, con grandes sombreros flexibles de verano, decorados con hojas y flores frescas. Se veían geniales juntas, caminando hacia el sol que estaba apareciendo. Nathalie había visto un cambio en ellas a medida que pasaban las semanas. Habían empezado a vestir de manera diferente. Quizás llamarlo estilo bohemio era una buena manera de describir su recién descubierto aspecto, pensó Nathalie. Los vestidos de verano con flores estaban a la venta en todas las boutiques de la zona y habían adoptado el estilo, haciendo alarde de sus morenos y sus nuevos flequillos después de una reciente visita a la peluquería. Graham llevaba una gorra de los LA Lakers y una camiseta morada a juego. Sus brazos estaban blancos por la gruesa capa de protector solar que se había puesto en la furgoneta. Cherie estaba callada como siempre, vestida de manera informal con una gorra negra y un chándal gris.

Aunque el grupo no podría haber sido más diferente a ella, Nathalie había disfrutado conocerlos más y mejor. Cherie todavía no decía mucho, pero siempre era dulce y ayudaba durante las clases.

El sol bajo rozaba el techo de las flores violetas, creando la escena perfecta para una pintura. Nathalie respiró hondo, contemplando los campos que parecían extenderse en un mar infinito de azules y morados.

"El papel higiénico está en la furgoneta," gritó Marie-Louise, rompiendo el momento mágico para todos los que estaban allí centrados en la escena que tenían delante. "Si necesitáis ir, corred al bosque." Señaló en su dirección, que estaba al menos a unos diez minutos a pie de donde ellos se encontraban.

Se posicionaron en un semicírculo, como siempre hacían en el jardín de la galería. Marie-Louise se puso en medio, un poco más al frente, para que pudieran ver lo que ella hacía.

"Hoy estamos en armonía con la naturaleza," dijo, extendiendo los brazos. "No hay mejor lugar para pintar que en los campos franceses, ¿non?" Se había puesto un vestido azul para la ocasión, mezclándose con el paisaje. Llevaba el pelo recogido en una trenza gruesa, esta vez rematado con dos periquitos azules, Adele y Fleur. Les contó que Adele había muerto de vejez y eso quedaba claro. Pero Graham especuló con la idea de que Fleur había tenido una muerte más violenta, por los numerosos puntos que tenía en el pecho, pero nadie preguntó.

Nathalie mezcló ultramarino francés y azul croma con agua en un plato de picnic de papel, sumergió el pincel en él y puso las primeras manchas de color en el papel. No solo había mejorado su técnica sino que había crecido en confianza también. Ahora se sentía relajada frente a la pintura, en vez de sentirse frustrada con sus errores, y era capaz de corregir cosas que no le gustaban en vez de empezar de nuevo con todo.

"¿No es un día encantador para pintar en el campo?" dijo. "Tengo la sensación de que va a ser una clase fantástica hoy."

"Alguien está alegre hoy," comentó Graham mirando a Nathalie.

Se volvió hacia él, no muy segura de lo que quería decir, cuando, de repente, se dio cuenta de que tenía una gran sonrisa en su cara. *Madre mía, debo haber tenido esta sonrisa cursi en la cara toda la mañana.*

"Solo estoy feliz," dijo. "El sol brilla y estamos en este precioso campo… ¿qué más se puede pedir?"

El grupo la miró con recelo.

"¿Estás segura de que es solo eso?" preguntó Brenda. "Graham tiene razón. Pareces feliz. Estás radiante, como se suele decir." Ladeó la cabeza. "¿Has conocido a alguien?"

Nathalie no pudo evitar reírse. Brenda era la persona más intrusiva que conocía pero siempre en el buen sentido. "No.

¿Por qué piensas eso? ¿No puedo estar de buen humor?" Se acercó a su caballete, tratando de ocultar su sonrojo.

"Mira esa cara," bromeó Graham. "*Has* conocido a alguien." Todos se echaron a reír, incluida Cherie, que la miraba con curiosidad.

"¿Lena?" preguntó.

Los ojos de Nathalie se abrieron de par en par por la pregunta de Cherie. No había dicho mucho en las semanas que habían estado pintando juntos. Como un ratón, venía, hacía lo suyo y se iba con un gesto educado. ¿Y ahora esto? ¿Cómo podría saberlo?

Cherie le dijo algo a Marie-Louise para que lo tradujera y la hizo reír. "Conoce a Lena a través de su padre, Bernie," explicó. "Trabaja para ella. Cherie dice que no le sorprendería que Lena lograra seducirte. Por lo que parece, tiene sus métodos."

Eso trajo otra ola de risas del grupo. Nathalie sentía cómo gotas de sudor le bajaban por la espalda. *¿Es tan obvio?* No era que se avergonzara de lo que había hecho. Al contrario. Había estado pensando en Lena y en la noche que habían pasado juntas cada segundo desde que Lena se había ido a Mónaco. Visiones de su hermosa sonrisa y su cuerpo tonificado estaban permanentemente en su mente y le encantaba disfrutar de ellas. Pero Nathalie nunca había estado con una mujer y todavía sentía extraño admitirlo, decirlo en voz alta a personas a las que no conocía muy bien. Además, no tenía ni idea de lo que su aventura había significado para Lena. Quizás fuera algo que sucedió una sola vez para ella y cabía la posibilidad de que nunca llegara a ser más de lo que fue. Nathalie no estaba preparada para todas las preguntas para las que no tenía respuestas. Enderezó la espalda y movió la cabeza.

"Siento decepcionaros," dijo, volviendo a centrarse en su

pintura. "Como ya he dicho, simplemente estoy de buen humor."

Marie-Louise le dirigió una mirada divertida por encima del marco de sus gafas y sonrió cuando sus ojos se encontraron.

CAPÍTULO 35

*L*ena se sentó a probar uno de los bancos de mármol que acababan de entregar y miró el teléfono. No había sabido nada de Nathalie en los últimos dos días, pero ella tampoco había contactado. Desde que había llegado a Mónaco había estado preocupada por ella, preguntándose si estaría arrepentida de la noche que habían pasado juntas, ahora que había tenido tiempo de pensarlo. Gumbo le ladraba desde el jardincito que le había preparado con una verja plegable, una sombrilla que daba sombra y una manta donde echarse. Nathalie se había ofrecido para cuidarlo pero seguía siendo su inquilina y a Lena no le gustaba apoyarse en nadie cuando se trataba de favores.

"¿Qué pasa, chico?" le gritó. Gumbo le dirigió una mirada que encogía el corazón desde debajo de la sombrilla. "Ya lo sé," dijo con una sonrisa. "Quieres ir a casa, ¿verdad?" *Yo también, Gumbo, yo también.* Si todo iba según lo previsto, y creía que sí por lo que veía, podrían empezar temprano por la mañana y estar de vuelta en casa a mediodía. Los árboles estaban perfectamente alineados a lo largo del camino de entrada, con el mismo espacio entre ellos y cortados a la misma altura. Empezaba a verse bien y Lena estaba orgullosa del trabajo que habían realizado en tan corto espacio de tiempo. Sus trabajadores estaban de buen humor y todo se debía a la meticulosa planificación. No había ni un solo jardinero al que hubiera empleado que no apreciara terminar pronto, sin tener que perder dinero por ello. Volvió a desbloquear el teléfono y buscó el número de Nathalie. Esta no era la forma que se suponía que tenía que ser. La noche alucinante y la apasionada mañana de después... No había planeado nada de eso. ¿O sí? Lena ya no estaba segura de nada, aparte de una cosa, echaba de menos a Nathalie y necesitaba estar cerca de ella. Era la primera vez desde que Selma había roto con ella que pensaba en una mujer de esta manera. Sexo casual era una cosa pero esto ya no era solo casual. Era demasiado tarde para eso porque Lena se estaba enamorando de Nathalie como una niña de doce años. Empezó a escribir, decidiendo si mandar el mensaje o no.

Hola Nat. Lo pasé muy bien la otra noche. ¿Todavía quieres que vayamos a comer? Me gustaría llevarte a Italia. Estaré de vuelta mañana alrededor del mediodía para recogerte si estás disponible. Dímelo. X Lena.

Lo leyó tres veces antes de mandarlo y enterrar muy hondo el teléfono en su bolsillo. Se dirigió a los parterres de flores, donde tres de sus hombres estaban asegurando la cuerda sobre la tierra suave y mullida, marcando los puntos centrales y laterales del escudo de armas que iban a recrear con flores.

CAPÍTULO 36

*N*athalie se sobresaltó cuando oyó el sonido del mensaje. *Lena.* Con manos temblorosas cogió el teléfono y lo leyó, sonriendo de oreja a oreja. Ella no había enviado nada. Lena estaba trabajando en su proyecto más importante hasta el momento y había asumido que estaría demasiado ocupada. Aún así, había estado esperando un mensaje. Pensó un momento en qué decir y le escribió un mensaje de respuesta.

Hola Lena. Yo también me lo pasé muy bien y parece que no puedo dejar de pensar en ti. Espero que todo esté yendo bien. Me encantaría ir a Italia contigo y no puedo esperar para verte de nuevo. XXX Nat.

Lo envió antes de tener tiempo para pensar demasiado en lo que había mandado, luego volvió su atención a su portátil en la mesa de la terraza. Delante de ella tenía un email de un cazatalentos, preguntándole si estaría interesada en una oferta de trabajo. Estaba en Singapur. Realmente no había considerado Singapur antes, pero el trabajo era interesante y todo un reto. Envió una respuesta breve, aceptando una entrevista inicial. No había nada malo en hablar, ¿no? Luego cambió a otra pestaña que estaba abierta y miró todas las oficinas disponibles para alquilar en Mónaco. La tercera en la parte de abajo le llamó la atención. Era pequeña pero estaba en un edificio de primer nivel que albergaba otras compañías financieras. Nathalie no tenía intención de volver a crear una empresa desde cero pero la idea de ser consultora le había pasado por la cabeza en varias ocasiones. El concepto le parecía perfecto. Podría trabajar desde cualquier sitio, siempre que tuviera a alguien ocupándose de la oficina. Un código postal exclusivo era importante cuando se trataba de multinacionales o grandes nombres, así que necesitaría un lugar donde recibir a sus clientes para las reuniones. Pero, aparte de eso, a nadie le importaría si estaba allí o no. *No seas tonta.* Cerró el portátil y se levantó de la mesa, frustrada consigo misma por dejarse llevar. *Piensa Nathalie. ¿Solo has pasado una noche con Lena y ahora quieres mudarte aquí? Eso es ridículo.* Sí, era ridículo. Le gustaba a Lena, de eso estaba segura. Pero el hecho de ser una turista y, por tanto, no estar disponible para una relación larga, probablemente también había jugado un papel importante. E incluso si Lena era real, ¿de verdad podría pasar el resto de su vida con una mujer? ¿Qué les diría a sus padres? Ellos nunca lo entenderían. ¿Y si no funcionaba, como su matrimonio? ¿Tiraría a la basura una carrera estable? ¿Para qué? ¿Un flechazo? No, no podía hacer eso. *Ahora tienes que pensar en ti. Sigue adelante y encuentra un trabajo decente. Cíñete al plan.*

Se había levantado viento, haciendo volar todos los papeles de la mesa. Nathalie salió corriendo para recoger las páginas del acuerdo de venta que había imprimido. Jack había sido minucioso. Lo había leído y no veía ninguna razón para no vender el apartamento. La única condición del comprador era que se quería mudar en dos meses. Muy pronto no tendría obligaciones financieras y nada que la atara.

CAPÍTULO 37

"*E*ntonces, ¿esto es una cita? ¿O tienes la costumbre de hacer tus compras en Italia?" preguntó Nathalie mirando por encima de sus gafas de sol. Tiró de la palanca de su asiento y lo echó para atrás, poniéndose cómoda con Gumbo sobre sus piernas. Conducían a lo largo de la costa por la ruta turística, pasando por Mónaco. Los paisajes de la Riviera francesa en Èze y Villefranche-Sur-Mer habían sido deslumbrantes y ahora era la extravagancia de Montecarlo lo que la sorprendía mientras pasaban yates en el puerto y las escandalosamente ricas villas que se alineaban a lo largo de la carretera costera que llevaba a Italia.

"En realidad, suelo ir una o dos veces al mes," dijo Lena. "Pero hoy es, definitivamente, una cita." Le dirigió una mirada de flirteo mientras pisaba el acelerador, aumentando la velocidad cuando pasaban por un túnel.

"Qué presumida eres." Nathalie se echó a reír. No podía estar más feliz, con la costa a su derecha y la mujer más impresionante a su izquierda. Lena llevaba una camisa blanca, pantalones vaqueros y mocasines de ante azul marino.

Parecía que acababa de salir de un club náutico, con sus gafas de sol oscuras y su elegante reloj plateado completando su atuendo. Nathalie no había podido comer en dos días. El estómago hacía cosas raras cada vez que Lena estaba cerca, e incluso cuando no estaba. Pensaba en ella constantemente, reviviendo la noche apasionada que habían tenido una y otra vez. Todavía se sentía extraña teniendo una cita con una mujer. Probablemente tendría que acostumbrarse a ello. Pero el placer de la presencia de Lena, su tacto y su compañía hacía que esos pensamientos se desvanecieran tan pronto como aparecían. No quería pensar en que el tiempo pasaba volando y que pronto tendría que volver a casa. Porque cuando Lena había aparcado en el camino de entrada esa tarde, Nathalie sintió una felicidad que no podía comprender del todo.

A medida que se acercaban a Italia, el paisaje cambió bastante. Las palmeras que bordeaban la carretera fueron sustituidas por cactus, rosas y claveles. Las casas de piedra eran más pequeñas, con huertos frutales y cenadores, donde los propietarios vendían frutas de su propio patio delantero. Incluso el tráfico cambió después de pasar la frontera italiana. A diferencia de Francia, donde las carreteras secundarias eran bastante tranquilas, las carreteras italianas estaban llenas y eran caóticas, especialmente cerca de la costa. Nathalie hizo una mueca al oír los pitidos de los coches cuando entraron al centro de la ciudad de San Remo. Lena era buena conductora y parecía adaptarse con naturalidad al tráfico de alrededor mientras se deslizaba por un callejón y aparcaba el coche en un espacio estrecho entre otros dos coches.

"¿Tienes hambre?" preguntó después de apagar el motor del coche.

"Ahora sí," dijo Nathalie, buscando la correa de Gumbo entre sus pies en el suelo. "No he podido comer mucho."

Sonrió. "Digamos que he estado distraída, pero mi cuerpo por fin está pidiendo comida."

"Distraída, ¿eh?" Lena la miró arqueando una ceja. Iba a abrir la puerta del coche para salir pero cambió de idea, agarró a Nathalie del brazo y la atrajo hacia ella. Pasó la mano por su pelo mientras la besaba con fuerza, profundizando el beso aún más cuando Nathalie gimió suavemente. La cabeza empezó a darle vueltas mientras se hundía en los brazos de Lena, el deseo atravesándola como un rayo. Se sentía como una adolescente, besándose en el coche en un callejón oscuro, pero no le importaba.

Lena se apartó, se lamió los labios y sonrió. "He querido hacer esto desde hace días."

"Esperaba que lo hicieras." Se derritió cuando miró a Lena a los ojos. Estaban llenos de deseo y promesas de lo que quedaba por venir.

Lena sostuvo su mirada, se echó a reír y sacudió la cabeza. "Voy a salir del coche ahora, antes de intentar devorarte en el asiento delantero." Salió y abrió la puerta para que Nathalie y Gumbo salieran. Tiraba de la correa, desesperado por llegar al lugar más cercano donde poder hacer pis.

Nathalie estaba ruborizada, recuperándose todavía del impresionante beso que acababan de compartir mientras dejaba que la arrastrara con él. "No estoy acostumbrada a que me abran las puertas, me lleven a sitios en coche y tener citas, Lena." Esperó a que Gumbo vaciara su vejiga.

"¿Jack no hacía eso por ti?" Lena la rodeó con un brazo mientras caminaban hacia la plaza de la ciudad.

"No era eso. No quería, supongo. Siempre me ha gustado estar a cargo de las cosas, tomar las decisiones."

Lena le dirigió una mirada divertida. "¿Te gustaría conducir? Te dejaré que me abras las puertas si eso te hace feliz."

Nathalie se echó a reír. "No, es agradable. Me gusta. Me siento mujer cuando estoy contigo y abrumada cuando haces esas cosas por mí." Apoyó la cabeza en el hombro de Lena. "Es extraño lo mucho que he empezado a dudar de quién he sido todos esos años y quién soy ahora. Pero no en el mal sentido," añadió. "Es solo que las últimas semanas han sido muy esclarecedoras, eso es todo." Lena la acercó y le dio un beso en la sien.

"¿Algo en concreto?" preguntó. Nathalie ponía sus pensamientos en orden mientras subían una colina hacia una serie de calles estrechas. No había tráfico, así que dejó a Gumbo ir suelto.

"Supongo que mi lugar en el espectro sería el más grande." Sonrió. "Pero eso ya lo has notado tú. Y el control es otro. No he tenido que gestionar nada aquí aparte de mi tiempo, así que me he centrado en el aquí y el ahora, sin planificar mucho a posteriori. Y tengo que admitir que ha sido liberador."

"Sí que pareces liberada," comentó Lena. "Se te ve diferente a cuando llegaste. Es como si tuvieras más energía y sonríes mucho más." Se rió entre dientes, señalando la sonrisa permanente de Nathalie. "De hecho, ahora sonríes todo el tiempo."

"Creo que tú podrías tener algo que ver con eso," dijo Nathalie, apretando su brazo. "Y esto…" Miró a su alrededor mientras la calle desaparecía en un pasaje. "Esta es una elección de lugar excepcionalmente romántica para una cita. Estoy impresionada." Los edificios antiguos y los túneles estrechos le recordaban la arquitectura árabe. La red de escalones y callejones era como un laberinto, subiendo la colina en espiral.

"Sí. Es bonito, ¿verdad?" Lena giró a la derecha a mitad de la colina. "Perdona la escalada, pero te merecerá la pena."

Dos chicos jóvenes pasaron a su lado y se quedaron mirando sus manos entrelazadas. Uno de ellos gritó algo en italiano y le lanzó un beso a Nathalie.

"No les hagas caso," dijo Lena. "Los hombres italianos tienden a ponerse nerviosos cuando ven a dos mujeres cogidas de la mano." Se volvió hacia Nathalie, cuyas mejillas se habían puesto completamente rojas. "No tienes que cogerme de la mano si te hace sentir incómoda, ¿sabes? No me voy a ofender."

Nathalie le apretó la mano y la agarró con más fuerza. "No, no pasa nada. Me da igual lo que piensen de mí. Es que nunca se me ocurrió que…"

"¿Que la gente podía darse cuenta?"

"Sí." Nathalie se mordió el labio, mirando a Lena. "¿Te pasa esto mucho?"

Lena se encogió de hombros. "En realidad no. Pero es que tampoco suelo cogerme de la mano con mujeres."

"Ah. ¿No? ¿Nunca?"

"Nunca. No tengo citas y a Selma no le gustaba que nos cogiéramos de la mano en público, así que tendremos que acostumbrarnos a esto juntas." Lena levantó sus manos entrelazadas y plantó un beso en los nudillos de Nathalie. "Pero, como te digo, si te sientes incómoda, podemos…"

"No," la interrumpió Nathalie. "Me siento halagada." Sonrió. "No estoy incómoda, Lena. Estoy feliz."

ENTRARON en un patio pequeño y pintoresco. Estaba fresquito, con la sombra que daban los edificios a ambos lados. Las persianas de los apartamentos residenciales estaban pintadas de rojo, realzando las flores que colgaban de los alféizares de las ventanas de las fachadas de ladrillo. La mitad del patio estaba ocupado por la terraza del restaurante, marcando su espacio con una reja de hierro fundido que rodeaba las mesas y sillas.

"¿Cómo demonios encontraste este sitio?" preguntó Nathalie. "Siento como si hubiera retrocedido en el tiempo."

"Fue por casualidad," dijo Lena. "Estaba un día haciendo unas compras por la parte baja de estas calles y Gumbo decidió perseguir a otro perro colina arriba. Lo seguí hasta aquí y lo encontré haciéndose amigo de su nueva novia." Se rió y miró a Gumbo, que estaba olfateando por los alrededores de la verja. Un camarero les dio la bienvenida y las llevó hasta su mesa. Sin comprobarlo antes, colocó una jarra de vino tinto y una botella de agua entre ellas antes de entregarles los menús.

Lena le dio las gracias y le dijo algo que Nathalie no entendió.

"¿Hablas italiano?" le preguntó.

"Un poco." Lena les sirvió una copa de vino. "He estado comprando árboles a algunos granjeros de aquí y la mayoría de ellos no hablan ni una palabra de inglés ni francés, así que tuve que aprender lo más básico."

"Bueno, sea lo que sea que acabas de decirle, ha sonado muy sexy." Nathalie ocultó su sonrojo detrás del menú. Parecía no tener filtro cuando se trataba de Lena. Las cosas se le seguían escapando de la boca.

"Ah, ¿sí?" Lena se quitó el zapato y pasó su pie por el interior de sus pantorrillas. "Te hablaré en italiano si eso te excita."

Nathalie le dirigió una mirada seductora. El patio, el vino, el pie de Lena contra su piel... Si Lena estaba intentando llevársela a su terreno, desde luego que lo estaba consiguiendo. "Tienes una labia...," le dijo. "¿Te lo han dicho alguna vez?"

Lena se rió. "No con esas palabras, no." Ladeó la cabeza y añadió. "No quiero que pienses que soy así con todo el mundo, Nat. Porque no lo soy."

"Sí, claro." Nathalie puso los ojos en blanco. "Seguro que le dices eso a todas las chicas."

"No, de verdad. Lo digo en serio." Lena pareció desconcertada por el comentario de Nathalie. Extendió la mano sobre la mesa y cubrió la mano de Nathalie. "Contigo es diferente. Estoy…" Hizo una pausa. *No le digas que estás loca por ella. La vas a asustar.* "Me gustas de verdad."

"Tú también me gustas mucho." Nathalie tomó un sorbo de su vino y la miró con intensidad. "No tienes ni idea, Lena…" Deseaba decirle mucho más pero no podía. Se iba a ir pronto y no tenía sentido decirle cómo se sentía y que estaba empezando a enamorarse de ella. Porque eso sonaría como una completa locura. Además, necesitaba tiempo para procesar el hecho de que tenía sentimientos por una mujer. Era todo tan nuevo y, sin embargo, era mucho mejor de lo que había experimentado antes. Abrió la boca para continuar hablando pero decidió no hacerlo cuando el camarero vino a tomar sus pedidos.

"*Signore.*" Miró de una a la otra, como si pudiera sentir la tensión entre las dos mujeres. Nathalie bajó la mirada a su menú y se dio cuenta de que estaba en italiano.

"¿Puedes pedir por mí, Lena?" se rió impotente.

"Claro. ¿De qué tienes ganas?" Los ojos oscuros de Lena se le quedaron mirando fijamente y Nathalie olvidó la pregunta de inmediato. Destellos de su noche juntas se le vinieron a la mente. Lena besándola en la piscina, Lena encima de ella en la cama…

"¿Nat?" le preguntó Lena otra vez.

"Perdona. Ah sí, la comida…" Movió la cabeza y sonrió. "Lo que quieras. No me importa compartir."

Lena habló con el camarero, quien sugirió lo que sonó como una comida de diez platos. Se echó a reír, moviendo las manos mientras hablaba, rellenó sus copas y desapareció de nuevo dentro.

"¿Estás bien?" le preguntó Lena cuando volvieron a estar solas.

"Estoy bien." Dijo moviéndose inquieta en su silla. "Discúlpame si estoy rara, pero ¿cómo esperas que me concentre en algo cuando estás ahí sentada, así como estás? Eres tú, Lena." Suspiró frustrada, pero con una sonrisa. "Me confundes muchísimo. Cuando me miras, pierdo mi capacidad para pensar, mi sentido de la dirección, por no decir mi habilidad para formar una frase decente. ¿No te has dado cuenta?"

"Vale…" Lena parecía divertida. "Bueno, solo para que lo sepas, tú me confundes mucho también."

"¿Yo?"

"Sí. Quizá yo lo esconda mejor que tú, pero no puedo ni empezar a describir la agitación que siento en mi interior y que nubla mi mente cuando estoy contigo. No esperaba que esto fuera tan… no sé." Hizo una pausa, jugueteando con su servilleta. "Todo cambió después de pasar la noche juntas. Todo es diferente ahora. Para mí por lo menos."

Nathalie asintió. "Sí, sé lo que quieres decir." Se produjo un silencio.

Lena cogió una aceituna roja del cuenco que había entre ellas, la volvió a dejar en su sitio y cogió una negra. "No estoy segura de hacia dónde va esto," dijo por fin, "pero no podemos dejarnos arrastrar demasiado. O sea, estás buscando un trabajo nuevo y…" Sus ojos se encontraron. "¿Cómo va esa búsqueda, por cierto?"

Nathalie se encogió de hombros. "Va. He encontrado algunos puestos disponibles."

"¿Algo interesante?"

"Hay uno en Singapur que parece perfecto y tienen un gran interés en hacerme una entrevista." *No menciones la oficina.*

"Eso es fantástico." Lena hizo todo lo posible por sonar alegre, ignorando la punzada que sintió al pensar que Nathalie estaría tan lejos. "Bueno, ¿y vas a hacerla? La entrevista quiero decir."

"Creo que sí." Nathalie no quería hablar de eso. Solo le recordaría el poco tiempo que les quedaba de estar juntas. "No sé, ya veré. Creo que tengo que aprovechar las oportunidades según vayan surgiendo y esta es una gran oportunidad."

"¿Has estado en Singapur antes?" le preguntó.

"No. Pero como ya te he dicho alguna vez, nunca me he sentido muy apegada a un lugar y dudo que alguna vez lo haga, así que no me importa donde viva mientras tenga un trabajo que disfrute."

"¿En serio? Eso es triste." Lena se echó hacia atrás, permitiendo que el camarero pusiera los aperitivos sobre la mesa. "¿No hay un solo lugar al que quieras llamar hogar? ¿Ni siquiera un lugar donde te sientas bien y a gusto?"

"No realmente." Nathalie cogió un trozo de mozzarella marinada. "Tengo que admitir que me siento bien aquí. Me encanta Francia, pero estoy de vacaciones y eso es siempre mejor que la vida real, ¿no? El sol, el ambiente, la comida…" levantó la mirada hacia Lena. "Tú."

"Quizás." Lena cogió algunas verduras asadas y las puso sobre su plato. *Nunca lo sabrás si no lo intentas, Nat.* "¿Has pensado en quedarte más tiempo? ¿En el anexo, conmigo?"

"Sí que lo he pensado." Vaciló. "Por supuesto que he pensado en ello y me encantaría aceptar tu oferta pero es muy difícil planificar por anticipado ahora mismo. No sé hacia dónde me dirijo. Si consigo llegar a las entrevistas finales para este trabajo, no van a ser aquí y, tarde o temprano, tendré que recoger mis cosas en Chicago también porque la venta de nuestro apartamento ha ido más rápido de lo que pensábamos. Los compradores quieren hacer el intercambio en dos meses."

"Claro." Lena logró ocultar su decepción. "Tienes que hacer lo que tienes que hacer. Lo entiendo."

"No es que no quiera, es…"

"No tienes que explicarte, Nat," dijo Lena. "Las dos sabíamos que esto no iba a durar siempre. Y me parece bien, así que, por favor, no te sientas como que tienes que disculparte." Puso una cara alegre. "Oye, no nos preocupemos de eso ahora, ¿vale? Esto es solo nuestra primera cita."

"Vale." Nathalie apretó la mano de Lena. "Supongo que cuando lo pones así…" Sonrió y dejó escapar un suspiro. "Y qué fantástica primera cita."

CAPÍTULO 38

"¿*T*e importa si hacemos una parada en un vivero de árboles de camino a casa?" preguntó Lena. "Hay un lugar del que alguien me ha hablado. No les he comprado nunca pero hablé por teléfono ayer con el dueño y parece que hacen un buen precio con los olivos. Necesito pedir un par para un cliente privado."

"Claro, me encantaría." Nathalie se mantenía ocupada haciendo fotos con el móvil mientras regresaban. "Cualquier cosa nueva es emocionante y, además, no sé mucho de lo que haces. Estoy como intrigada."

"Vale, bueno, no te emociones demasiado," se rió Lena. "Es solo un vivero." Giró hacia la carretera costera y la siguió en dirección a la frontera francesa, hasta que entraron en la última franja de la Italia rural. El maletero del coche iba lleno de productos frescos italianos y un par de recuerdos que Nathalie había comprado después de comer. Habían explorado tiendas y mercados, pasearon por parques y barrios residenciales, charlaron y rieron, cogidas de la mano como si se hubieran conocido de siempre. Nathalie estaba sorprendida de lo fácil que resultaba todo entre ellas. Lena la había

llevado hasta un callejón tranquilo y allí la besó posesiva-
mente hasta que sintió que iba a estallar por la necesidad de
arrancarle la ropa. Ese mismo deseo todavía estaba dentro de
ella, sin signos de disminuir pronto. No había sentido esto
antes. Ni de cerca. Su cuerpo parecía clamar porque Lena la
tocara, por su atención, y una sola mirada era suficiente para
que su corazón le diera un vuelco. Lena se detuvo en el
camino fangoso de entrada al vivero y buscó en su cuaderno
el nombre del hombre con el que había hablado.

"SOLO VOY A PREGUNTAR si puedo usar el aseo," dijo Nathalie
mientras salía del coche. Cruzó el aparcamiento, junto a
hileras de camiones y contenedores llenos de abono. Un
hombre hablaba por teléfono detrás del mostrador cuando
entró en la oficina.

"¿Podría usar su baño, por favor?" preguntó, agitando la
mano para llamar su atención. Señaló la puerta del aseo. El
hombre asintió, buscó bajo el mostrador mientras conti-
nuaba su conversación en un inglés entrecortado y le lanzó la
llave que colgaba de una enorme rama de olivo.

"Gracias," dijo Nathalie, haciendo una mueca cuando se
arañó la mano al cogerla. Cerró la puerta con llave, se lavó las
manos y estudió su reflejo en el espejo. Era inusual que se
revisara durante el día pero, desde que había conocido a
Lena, hacía muchas cosas que normalmente no había hecho
antes. Se pasó una mano por el pelo y decidió que le gustaba
su aspecto. Su cara y su cuello habían adquirido un excelente
bronceado y el cansancio alrededor de sus ojos había desaparecido por completo. Parecía sana y fresca, quizá incluso un
poco más joven de cuando llegó. Se había deshecho del moño
serio que siempre había llevado y ahora sus mechones rubios
colgaban sueltos sobre sus hombros, todavía revueltos por el
camino.

. . .

Mientras tanto fuera Lena estaba mirando los árboles del huerto.

"¿Sabes algo de olivos?" le preguntó cuando llegó hasta ella.

Nathalie se echó a reír y negó con la cabeza. "Nunca había visto uno de cerca hasta que llegué a Francia, así que no."

"Por supuesto. No los tenéis en Chicago, ¿no?" Lena bajó una rama e inspeccionó las flores. "¿Quieres que te aburra con algunas cosas sobre ellos?"

Nathalie se acercó e inclinándose hacia ella le susurró "no me aburrirías aunque lo intentaras."

"Vale...bueno, estas flores amarillas son la parte masculina. Producen polen. Sabes lo que es el polen, ¿no?"

"Creo que sí." Aunque no parecía muy segura. "¿No es el polvo amarillo ese que las abejas llevan de un lado a otro? ¿Lo llevan de árbol en árbol o de flor en flor, se quedan embarazadas y nacen frutos?"

Lena se echó a reír. "¿No me dijiste que creciste en una granja o me lo he imaginado?"

Lena levantó una mano en su defensa. "Oye, nunca estuve muy interesada en la agricultura cuando era una niña, así que la información no se me quedó en la cabeza."

"Bueno." Lena bajó una rama. "No te has equivocado. Es algo parecido." Señaló las flores verdosas más pequeñas. "Estas son las flores hermafroditas. Tienen partes masculinas y femeninas y estas son las que se convierten en frutos." Hizo un gesto hacia los diferentes tipos de árboles que había en el huerto. Algunos de ellos ya tenían aceitunas. "Estos árboles son polinizados por el viento y para tener los mejores olivos, necesitas tener una variedad de ellos para mezclarlos con árboles compatibles." Miró al hombre que salía de la oficina y se dirigía hacia ellas.

"Estos árboles," continuó Lena, "serán una combinación perfecta con otro lote que ya compré en un vivero a las afueras de Marsella, así que creo que los voy a pedir." Estrechó la mano del hombre. "¿Barto?" preguntó.

Barto asintió con la cabeza.

"Lena." Nathalie escuchaba a Lena presentarse en italiano mientras señalaba los árboles. El hombre echó un vistazo al Porsche que había al lado de su oficina, luego el reloj de Lena y levantó cinco dedos.

"*Cinquanta euros*," dijo con una expresión seria de acero.

"¿Cincuenta euros?" Lena frunció el ceño, levantó dos dedos y le ladró algo en italiano. Sacó su móvil del bolsillo, abrió el sitio web del vivero y señaló el precio de un árbol, anunciado en la primera página. La conversación se fue calentando, con Barto moviendo los brazos mientras repetía lo mismo, aunque Nathalie no tenía ni idea de lo que estaba diciendo.

Al final, Lena movió la cabeza. "Vámonos Nat. No voy a dejar que me arruine el día."

"Espera, ¿qué pasa?" le preguntó antes de que Lena se alejara de allí.

"Déjalo Nat. Está intentando cobrarme más del doble del precio que debería pagar." Lanzó un suspiro. "Creo que me quedaré con mis proveedores habituales en el futuro."

Nathalie desvió la mirada de Lena a Barto y de nuevo a Lena, repentinamente llena de ira.

"¡Oye!" le gritó a Barto, que ya les había dado la espalda. "Vuelve aquí, pequeño calvo aceitunero. Escucha, mi amiga te llamó antes y llegásteis a un acuerdo verbal. Sabes lo que es un acuerdo verbal, ¿verdad?" Barto la miraba simulando no entender lo que decía. "¿Y ahora ella aparece con un coche de lujo y de repente decides doblarle el precio? ¿Qué tipo de estrategia de ventas es esa? ¿Eh?" Nathalie no esperó una respuesta. Sus ojos estaban enfurecidos mientras lo señalaba directamente. "Sé que hablas inglés y sé que me entiendes perfectamente porque te oí hablar antes en la oficina. Y ahora te sugiero que le des a mi amiga el lote de árboles al precio acordado o llevaremos nuestro negocio a otro sitio. Estoy segura de que hay muchos otros productores de árboles a quienes les encantaría poder decir que han vendido sus árboles a la arquitecta de los jardines de Grimaldi." Nathalie clavó su mirada en él, enderezó la espalda y se cruzó de brazos. Barto estaba aturdido. Parpadeó en silencio, procesando la última información que Nathalie le había lanzado. Nathalie arqueó una ceja. "¿Y? Te voy a dar diez segundos para que te lo pienses. Diez, nueve, ocho..."

"Vale, vale," dijo el hombre en voz baja. "Los puede comprar por..."

"Excelente," lo interrumpió Nathalie, con una sonrisita formándose alrededor de su boca. Cogió el teléfono de Lena y se desplazó por la página web. "Esperamos que se entreguen gratis, como dice su página web." Leyó la última frase en voz alta y señalándola con el dedo. "Gratis. Y ahora vete a buscar la documentación que sea necesaria."

"Vaya, chica. ¿Qué ha sido eso?" Lena se giró hacia ella cuando regresaron al coche. "Si no te conociera, estaría aterrorizada."

Nathalie movió la cabeza y levantó una mano a modo de disculpa. "Lo siento, no debería haber interferido pero la gente como él me pone de los nervios. Es la peor forma de hacer negocios."

"Ya..." hizo una pausa. "Bueno, gracias. Desde luego que has sido de gran ayuda." Se echó a reír. "Creía que se iba a mear en los pantalones. No sabía que tuvieras eso en ti."

Nathalie se reclinó en el asiento y se puso el cinturón. "Sí, bueno, se lo merecía."

Lena esperó a que Gumbo entrara antes de arrancar el

coche. "¿Así eres en el trabajo?" le preguntó mientras hacía maniobras para salir del aparcamiento.

"¿Qué quieres decir?" le preguntó Nathalie frunciendo el ceño.

"¿Qué quiero decir?" repitió Lena. "¿No está claro a qué me refiero? Eras una persona completamente diferente ahí."

"Ah, sí, eso." Dijo encogiéndose de hombros. "Sé cómo lidiar con los listillos, eso es todo. De todas formas, creo que fui bastante amable con él." Soltó una risita al ver la expresión perpleja de Lena. "Oye, no puedes hacer que una empresa mundial crezca siendo amable con la gente todo el tiempo. Además, eso no me convierte en un monstruo. Mi yo de trabajo no es el mismo que mi yo personal."

"Por supuesto, eso lo entiendo," dijo Lena. "Solo que me sorprende que los dos puedan ser tan completamente diferentes, eso es todo." Trató de concentrarse mientras conducía, todavía pensando sobre el repentino cambio de personalidad de Nathalie. "Pero tengo que admitir que es muy sexy."

CAPÍTULO 39

"*G*racias por el día de hoy," dijo Nathalie cuando llegaron a casa. "Lo he pasado genial." Se sentó en la encimera de la cocina del anexo mientras Lena hacía café para las dos. No podía apartar los ojos de ella ni un segundo. Todo lo que deseaba era besarla y arrancarle la ropa, pero no estaba segura de si Lena quería lo mismo. Había pasado mucho tiempo desde la última vez que había tenido una cita. De hecho, ni siquiera recordaba su primera cita con Jack. Habían sido amigos mucho antes de que él la invitara a salir por primera vez y nunca había sentido esos nervios memorables con él. Nada parecido a lo que sentía ahora.

"Me alegro de que lo hayas pasado bien." Lena le dio el café. Se la quedó mirando un poco más antes de poner espuma en su taza. Luego se acercó a ella y acomodó sus caderas entre sus piernas. "Por alguna razón, ya no estoy segura de cómo comportarme contigo, Nat… Y normalmente no tengo ese problema." Miró a los ojos de Nathalie. "En caso de que te estés preguntado si quiero saltar encima de ti o no, te puedo asegurar que sí." Con una sonrisa juguetona en su boca, continuó. "Pero la pelota está en tu tejado ahora. Me imagino que todo esto es muy nuevo para ti e incluso un poco extraño…"

Nathalie movió la cabeza lentamente, disfrutando de la profundidad de los ojos de Lena. "Creo que sabes lo que deseo, Lena." Puso la taza de café a un lado, agarró su muñeca y la atrajo hacia sí.

Lena se inclinó y rozó sus labios con los de ella. "Ahora sí," dijo, bajando la voz. Deslizó su mano bajo el vestido y apretó su muslo mientras sus bocas chocaban entre sí. El beso de Lena era tan intenso que Nathalie sintió cómo se mojaba en segundos. Lena la tomó del cuello con la otra mano y la acercó aún más. Nathalie dejó escapar un suspiro cuando la mano de Lena subió hacia su cadera y por su espalda, subiéndole el vestido.

"Te deseo," susurró, alejándose un poco de su boca. "Joder, Lena. Te deseo tanto."

La mirada hambrienta de Lena viajó hasta su boca y volvió a subir, clavando sus ojos en los de ella mientras le desabrochaba el vestido por delante. Era un proceso dolorosamente lento pero Lena parecía disfrutar del juego. Nathalie se estremeció cuando le abrió el vestido, sus ojos oscureciéndose al ver que no llevaba sujetador. Apenas podía creerse que estaba sentada sobre la encimera de una cocina en Francia, siendo desnudada por una hermosa mujer con la que estaba a punto de hacer el amor. Lena sonreía mientras la miraba de arriba a abajo. Llevó sus labios a sus pechos, tomando un pezón en su boca. Nathalie gritó de placer cuando lo mordió suavemente y lo rodeó con la lengua. Lena clavó las uñas en su espalda y se la acercó más mientras exploraba el otro pecho con su boca, antes de dejar un rastro de besos hasta su vientre.

"Esto tiene que desaparecer," dijo Lena en tono burlón tirando de las bragas de encaje. Nathalie se movió en la encimera para que Lena pudiera quitárselas. Se sentía expuesta, desnuda a plena luz del día, pero también había algo increíblemente excitante en eso. Lena tiró las bragas al suelo y la besó con fuerza mientras deslizaba la mano entre sus piernas. Lentamente deslizó un dedo sobre el centro de Nathalie, haciéndola gemir en el beso. Le encantaba jugar con Nathalie, le encantaba hacerla esperar. Podía sentir su deseo y saber cuánto la deseaba a ella, le hacía excitarse como ninguna otra cosa. Lena se apartó y observó la expresión de Nathalie, mostrando puro placer mientras rodeaba su clítoris con la punta de su dedo. Era preciosa, con el pelo despeinado, los ojos cerrados y los labios entreabiertos.

"Estás muy mojada," le susurró al oído. "Quiero que te entregues a mí. No retengas nada." Acercó la mano a su centro y la abrió, penetrándola con dos dedos.

"¡Oh Dios!" Nathalie se apoyó en sus manos detrás de ella, echó la cabeza hacia atrás y se movió hacia adelante, empujando lentamente contra la mano de Lena, que se encontraba entre sus muslos. Cada vez que empujaba sentía que los dedos de Lena entraban más profundamente, llenándola. Era sexy, excitante y emocionante ser tomada por una mujer que sabía exactamente qué hacer. No creía que pudiera aguantar mucho más, hasta que Lena se apartó y bajó, besando sus pechos y su vientre de nuevo, tomándose su tiempo para asegurarse de no perder ni un centímetro de su piel antes de arrodillarse delante de ella con la cara entre sus piernas. Lena las puso sobre sus hombros y las abrió más. Deslizó las manos bajo la parte trasera del vestido, sujetándola con fuerza mientras recorría su sexo con la lengua, arriba y abajo, aplicando más y más presión con cada recorrido, hasta que Nathalie empezó a apretarse contra ella, rogando que la liberara. Nathalie jadeó. Sintió que el cuerpo convulsionaba cuando Lena la penetró con la lengua. El cálido resplandor que se extendió por todo su centro se fue directo a la cabeza, obligándola a cerrar los ojos ante la intensidad de su orgasmo. Se removió y gritó, apretando las piernas alrededor de los hombros de Lena. Cuando finalmente recuperó el sentido, Lena todavía estaba entre sus piernas con la boca contra su sexo, lamiéndola lentamente.

"Jesús, Lena," dijo Nathalie jadeando. Lena levantó la mirada con una sonrisa arrogante en sus labios, volvió a ponerse de pie y la miró de nuevo. Tomó el labio inferior entre sus dientes y lo mordió con suavidad antes de separar sus labios y hundirse en su boca. Nathalie se saboreó a sí misma mientras se besaban y se sintió con la necesidad de saborear a Lena también. "¿Podemos ir a tu habitación?" susurró.

"Una cama estaría bien." La voz de Lena era baja y ronca y Nathalie podía sentir su deseo mientras hablaba. Se bajó de la encimera de la cocina y la cogió de la mano mientras la seguía a su habitación. Nathalie se quitó el vestido que aún colgaba de ella abierto, se volvió hacia Lena y le pasó la camisa por la cabeza. Lena se desabrochó el sujetador por la espalda y dejó que los tirantes se deslizaran por sus hombros.

Nathalie suspiró. Lena era incluso más hermosa a la luz del día y ver los pezones duros en sus pechos pequeños la hizo mojarse y estar lista de nuevo. Le desabrochó los vaqueros y se los bajó junto con sus bóxers, dejando que se deshiciera de ellos. Bajó la mano sobre su costado, trazando la pequeña curva desde su cintura hasta sus caderas. Tenía líneas bronceadas en los muslos, del bajo de los pantalones cortos, y en los hombros, de las camisetas que se ponía para trabajar. Nathalie dio un paso hacia adelante y presionó su cuerpo contra el suyo mientras la besaba. Suspiró de placer por la suave calidez de su piel. Lena gimió durante el beso cuando sintió que Nathalie se apretaba más contra ella. El sonido hizo que sus rodillas se debilitaran. No podía esperar más y dirigió a Lena hacia la cama, sorprendiéndose de estar tomando el mando mientras se arrastraba sobre ella. Solo ver la excitación en los ojos de Lena fue suficiente para llevarla al límite de nuevo. Se puso sobre ella y jadeó por el contacto de piel con piel mientras se hundía en su cuerpo. Empujó su muslo entre las piernas de Lena mientras la besaba, deleitándose con los sonidos de placer que escapaban de la boca de su amante. Sintió su humedad cuando le separó las piernas. Una chispa de alegría la atravesó al saber que ella era la causa de la excitación de Lena. Nathalie besó el camino hasta el vientre de Lena. Se tomó su tiempo para explorarla, para apreciar su piel contra sus labios. Cuando alcanzó la franja de cabello oscuro entre sus piernas, no hubo duda. Quería saborearla, necesitaba saborearla. Posó un beso suave sobre el cabello oscuro y se movió más hacia abajo hasta que sus labios encontraron su centro húmedo. Lo besó, abrió la boca para explorarla, trazándolo con su lengua lentamente. Lena se rindió y dejó escapar un fuerte gemido, enviando oleadas de placer al centro de Nathalie. Tenía sus manos agarradas a las caderas de Lena y la atrajo hacia sí, mientras la lamía lentamente con movimientos burlones. Sintió las manos de Lena en su pelo mientras escuchaba su respiración entrecortada. Nathalie se sentía superada por el deseo de su sabor dulce y los sonidos que estaba haciendo. Continuó haciéndola esperar, escuchando los tímidos gemidos que se hicieron más fuertes cuando se movió hacia su clítoris.

"No pares," le rogó Lena. "Eres increíble, Nat." Luego respiró profundamente. "Justo ahí."

Nathalie rodeó el lugar con su lengua, aplicando más presión, hasta que Lena empezó a temblar bajo ella. Agarró con más fuerza el cabello de Nathalie, la presionó contra su boca y levantó las caderas del colchón mientras llegaba al clímax. Nathalie sonrió al escuchar la liberación de Lena. Le dio una satisfacción tan inmesa que no podía ni describir. Era todo tan nuevo y tan extraño y tan maravilloso.

"Guau, podría estar haciendo esto todo el día." Susurró Nathalie, mientras subía hasta la cabecera de la cama y enterraba la cara en el cuello de Lena.

Lena se echó a reír y la rodeó con un brazo. "No me importaría si lo hicieras."

CAPÍTULO 40

"¡*M*ira Gumbo, ahí está tu amigo!" Lena señaló a Bouche, un dóberman que era por lo menos seis veces el tamaño de Gumbo. Gumbo salió corriendo en cuanto vio al perro más grande que había a tamaño natural y que venía bajando los escalones hasta la playa. Bouche también lo vio y galopó para saludarlo antes de hacerlo rodar por la arena. Lena saludó a su dueña, que se sentó a su lado en el banco de madera.

"Hola Lena. Ya hace tiempo que no nos vemos." La mujer la besó en ambas mejillas, sacó un paquete de cigarrillos de su bolsillo y encendió uno.

"Delphine. Siempre un placer." Lena negó con la cabeza cuando le ofreció un cigarrillo. Rara vez fumaba, aparte de las pocas veces que había terminado en la cama con la mujer que estaba sentada junto a ella ahora. Delphine era una abogada de Niza y era visitante habitual de la playa para perros que Lena visitaba dos veces a la semana con Gumbo. No la consideraba una amiga. Se veían pocas veces fuera de la playa, aparte de unas pocas noches en verano del año anterior, cuando se habían tomado más de un par de copas después de pasear a los perros y habían acabado juntas en la cama. Se habían sentido atraídas la una por la otra y el sexo había sido bueno, pero nunca hubo esa chispa que las hiciera coger el teléfono para concertar una cita. Además, eran demasiado parecidas, sobre todo en asuntos de mujeres. A las dos les gustaba la caza demasiado.

"¿Cómo has estado?" le preguntó Delphine. Lena la observó mientras daba una profunda calada a su cigarrillo y echaba el humo hacia el cielo. Notó que había ganado algo de peso por la forma en que su cara se había rellenado y le quedaba bien. Llevaba puestos unas mallas y un suéter y su melena rubia la llevaba atada en un nudo desordenado encima de la cabeza. Lena siempre se había preguntado qué aspecto tendría en la sala de juicios porque nunca la había visto en otra cosa que no fuera su atuendo informal para pasear a un perro.

"No me puedo quejar." Lena sonrió al ver cómo el dóberman perseguía a Gumbo por la playa, tratando de seguirle el ritmo. "El negocio va bien. He estado alquilando la casa. Aparte de eso, no hay mucho más que contar." Se volvió a Delphine y apoyó un pie en el banco. "Y tú, ¿qué tal? Te veo bien."

"Gracias," sonrió Delphine poniendo los ojos en blanco. "He conocido a alguien. Se llama Alice. Llevamos juntas tres meses." Sus mejillas se sonrojaron. "Es dueña de una panadería en Niza. Seguro que piensas que tengo una nueva pasión por la pastelería." Se echó a reír y se dio una palmada en el muslo. "Pero estoy feliz. Me hace feliz."

"Eso es fantástico. Así que alguien ha logrado domesticarte por fin, ¿eh?"

Delphine le dio un empujón juguetón. "Venga, no era tan mala, ¿no?" Ladeó la cabeza y le preguntó. "Y tú, ¿qué? ¿Soltera todavía?"

Lena se encogió de hombros. "Sí. Creo que sí." Movió la

cabeza. "O sea, sí, estoy soltera." No hacía falta decirle a una antigua conquista su enamoramiento con su inquilina, quien, de todas formas, se iría pronto. "Pero me viene bien."

"Por supuesto que te viene bien. Nunca te he conocido de otra manera." Delphine vaciló un momento antes de continuar. "Pero si alguna vez piensas en tener una cita en serio, Alice tiene un par de amigas solteras. Estoy segura de que le encantaría presentártelas." Sonrió. "Resulta que tener una relación de verdad y comprometida no es tan malo. Incluso podría gustarte."

Lena se echó a reír y movió la cabeza. "Vaya, Delphine, la de la Playa para Perros, está enamorada. ¿Quién lo habría pensado? Pero a pesar de lo bien que me estás vendiendo esta relación, creo que estoy bien. Pero gracias, es muy amable de tu parte hacerme ese ofrecimiento."

"¿Delphine, la de la Playa para Perros? ¿Así me llamabas cuando hablabas de mí con tus amigos?"

"Nunca hablé de ti, Delphine. Lo que ocurrió entre nosotras era privado."

Delphine le dirigió una mirada burlona. "Sí, claro. Los apodos no aparecen así como así."

Lena levantó una mano. "Vale, vale. Puede que te haya llamado así una o dos veces tomando una copa. Pero te puedo asegurar que nunca he tenido una mala palabra para ti." Miró hacia adelante y frunció el ceño. "Un momento... ¿tenías un apodo para mí también?"

Delphine le lanzó una mirada divertida. "Por supuesto que tenía un apodo para ti, tonta. Todos necesitamos un poco de material para alardear con nuestros amigos un viernes por la noche, ¿no? Además, sin apodos, habría sido terriblemente confuso porque, como sabes, no eras la única mujer con la que andaba en ese tiempo." Y añadió riéndose. "Así que solía referirme a ti como "La jardinera"."

Los ojos de Lena se abrieron de par en par. "¿"La jardinera"? ¿No se te ocurrió nada más original? Venga Delphine, me merezco más que eso. Hace poco he descubierto que mis trabajadores me llaman "Mágica Lena" a mis espaldas. O sea, no me hace gracia, pero por lo menos suena un poco más intrigante que "La jardinera"."

"Ah, ¿y yo no me merezco algo mejor que "Delphine, la de la Playa para Perros"?" Se echaron a reír. "Bueno, ¿y de dónde viene lo de "Mágica"?" le preguntó Delphine todavía entre risas. "¿Es por lo que haces con la lengua cuando…"

"No," la interrumpió Lena, moviendo la cabeza con una sonrisa divertida. "Madre mía, no. Es un poco más complicado que eso y preferiría no hablar de ello." Rascó a Bouche detrás de las orejas y le lanzó el palo grande que acababa de dejar a sus pies. El dóberman salió corriendo en un intento por ganar a Gumbo y dejó un rastro de arena sobre las piernas de Lena. Gumbo lo cogió justo antes que él y dio una vuelta pequeña de victoria, tratando de mantener la cabeza en alto mientras apretaba el pesado palo entre sus dientes. "¡Ese es mi chico! ¡Bien hecho, has ganado Gumbo!"

"Venga ya, no es justo," protestó Delphine. "Las piernas de Bouche se enredan cuando intenta correr. Tienes que darle una ventaja inicial."

"No hay excusas Delphine. Gumbo es el campeón de coger palos hoy." Le guiñó un ojo de manera juguetona. "Bueno, dejando a un lado todos los apodos, me alegra saber que eres feliz con tu nueva amiga. Estoy segura de que tiene un par de apodos para ti también." De pronto se dio cuenta de que se sentía mucho más relajada hablando con Delphine ahora que sabía que no iban a terminar juntas en la cama. De hecho, estaba disfrutando de verdad verla de nuevo. Estaba a punto de invitarla a un café cuando Delphine miró su reloj y se levantó.

"Será mejor que me ponga en marcha. Me dirigía a Antibes cuando vi tu coche aparcado y pensé que a Bouche le encantaría saludar a su amigo." Se llevó dos dedos a la boca, silbó con fuerza y Bouche volvió corriendo hacia ella. "Siento que haya sido tan corto pero tengo prisa. ¿Quizás una copa la próxima vez?" Tiró la colilla del cigarrillo a la arena y lo enterró con el pie. "¿Para ponernos al día en condiciones?"

"Claro, estaría bien. Ya sabes dónde vivo. Pasa cuando quieras con Bouche si estás cerca y trae a Alice si quieres también." Delphine sonrió al escuchar el nombre de su novia nueva.

"¿En serio? ¿No te importaría?"

"Por supuesto que no. Me encantaría conocerla." Y añadió, guiñándole un ojo. "Mientras traiga pasteles."

LENA SE QUEDÓ un rato más, esperando que Gumbo se agotara con otros dos perros que acababan de llegar. Deseó haberle pedido a Nathalie que hubiera venido con ella pero quería tener cuidado en no parecer demasiado necesitada. Porque la verdad era que se sentía un poco necesitada. Le encantaba tener a Nathalie cerca y ya estaba temiendo el día en que se iría. Nathalie era algo completamente distinto. Era especial, diferente a todas las otras mujeres con las que había estado. Le había gustado desde el momento en que se conocieron y ahora, con cada día que pasaban juntas, la estaba empezando a conocer a otros niveles. A pesar de que Nathalie acababa de pasar por un divorcio y había abandonado el trabajo de su vida, era hermosa, divertida, inteligente, astuta y no rehuía un poco de autocrítica. Verla discutir el otro día con el dueño del vivero de olivos le había mostrado un lado completamente diferente. Nathalie no necesitaba protección. No necesitaba que Lena le ayudara a curarse o a encontrar su camino. Era fuerte e independiente y la admiraba por ello. Pero también le hizo darse cuenta de que Nathalie encontraría un trabajo nuevo muy pronto y la dejaría sin mirar atrás. Tendría que cuidarse ella misma y tener cuidado de no apegarse demasiado, porque Nathalie era alguien que posiblemente podría hacer que su mundo se derrumbara de nuevo. Y eso era algo que no podría soportar. Esta vez no. No con Nathalie.

CAPÍTULO 41

"¿*N*at?" llamó Lena entrando en la cocina.

"¡Estoy aquí!" gritó Nathalie desde su habitación. "Me estoy cambiando. Enseguida salgo."

Lena vio el portátil sobre la mesa. Se auto convenció de que no estaba cotilleando. Nat sabía que estaba aquí. La página que tenía abierta era de un anuncio de una oferta de trabajo como Jefe de Finanzas en Nueva York. Las pestañas superiores mostraban más puestos disponibles, todos con agencias de búsqueda de personal y todos en Estados Unidos o el sudeste asiático. Sintió un nudo en el estómago. *¿Qué esperabas? ¿Que se quedaría aquí contigo sin hacer nada para siempre?*

"Eh, tú." Nathalie entró en la cocina y se lanzó a su cuello.

"Hola preciosa." Lena aspiró el aroma de su pelo recién lavado y dejó un rastro de besos desde su frente hasta sus labios. "¿Cómo te ha ido el día?"

Nathalie sonrió y cerró los ojos mientras deslizaba una mano bajo la camiseta de Lena, acariciando su espalda.

"Nada importante. Simplemente he estado buscando ofertas de trabajo."

"¿Y?"

"Pues para serte sincera, creo que estoy en una buena posición. Hay varias opciones para considerar. No tenía ni idea de que se interesarían por mí tantas compañías." Nathalie echó un vistazo a la lista de puestos vacantes que había guardado en el portátil y suspiró antes de cerrarlo. "No estoy segura de querer hacer algo en el sector empresarial, pero tampoco creo que tenga la energía de volver a montar una empresa propia. Sinceramente, temo volver al trabajo. En realidad, cualquier tipo de trabajo." Se encogió de hombros. "Pero bueno, tendré que volver a analizarlo en algún momento o mi currículum estará tan actualizado como esos plátanos." Señaló el frutero que había llenado la semana anterior con la intención de empezar una dieta más saludable.

"¿En serio? ¿Así es como funciona esto?" Lena cogió uno de los plátanos ya negros, lo estrujó y lo tiró a la basura. "Creía que tomarse un año sabático estaba de moda hoy en día."

"No en mi mundo." Nathalie se sentó a la mesa. "Si estoy solicitando un puesto de director, sospecharán si ven un vacío en el tiempo, sobre todo si ese vacío es superior a seis o siete meses. Podrían asumir que me he agotado y no podría manejar otra posición de líder."

"Pero puedes explicarlo," dijo Lena. "Te han comprado el negocio y has pasado por un divorcio. Seguro que la gente se merece un tiempo libre después de un divorcio."

"Ya, lo sé." Nathalie levantó la mirada hacia ella, palmeando la silla que tenía al lado. "Aún así, es mejor si muestro interés y me presento ahora, mientras haya muchas oportunidades. ¿Quién sabe cómo estará el mercado laboral el año que viene?"

Lena se sentó. "Claro. ¿Pero eso es lo que quieres?"

"No lo sé," negó con la cabeza. "¿Pero podemos, por favor,

hablar de esto en otro momento? No estoy de humor para eso y me encantaría invitarte a cenar."

Y ahí estaba. Nathalie se había puesto en el papel de directora, cambiando de conversación para que no estuviera centrada en ella y en sus planes. La hizo sentir incómoda, recordándole que Nathalie tenía otro lado que rara vez veía. Que siempre tendría otro lado y que necesitaba más de la vida que una simple existencia en un pueblecito de Francia. Decidió dejarlo ir. No merecía la pena discutir por eso.

"Vale, jefa. Desconectamos."

CAPÍTULO 42

"¿*C*ómo va todo con tu nueva amiga sexy?" le preguntó Alain moviendo las cejas con burla.

"Está buscando trabajo," contestó Lena recostándose en la silla. "Está pensándose aceptar un trabajo de alto nivel con un fabricante en Singapur. Es ridículo." Alain la miró como si no entendiera el problema.

"¿Por qué ridículo? Es lo que hace. Y siempre supiste que se iba a ir ¿no? Está de vacaciones. Siempre iba a ser así."

"Lo sé." Se quedó mirando su cerveza. "Tienes razón. Lo sé, no pasa nada."

"Entonces ¿cuál es el problema? No estás enamorada de ella ¿verdad?" Suspiró y entrecerró los ojos al ver el rostro sonrojado de Lena. "Oh, Dios mío, estás enamorada. Jesús, Lena. ¿Has logrado mantenerte lo más lejos posible de algo serio en los últimos tres años y ahora decides enamorarte de tu inquilina americana?"

"Yo no he decidido nada," dijo Lena en su defensa. "Simplemente pasó. Creía que lo tenía bajo control."

"¿Cuándo se va?" La voz de Alain se suavizó cuando por fin se dio cuenta de la desesperación de Lena.

"En tres semanas." Suspiró Lena. "Quizás sea mejor si me voy por un tiempo y contratar otro cuidador de momento. Me siento como si se estuviera repitiendo la historia de Selma otra vez. No," se corrigió. "Es peor."

"Hagas lo que hagas, no puedes echarle la culpa a ella Lena." Alain se inclinó hacia ella y bajó la voz para asegurarse de que sus colegas masculinos no escucharan una conversación tan poco masculina. "Ella no te ha engañado en esto. De hecho, apostaría cien euros a que fuiste tú la que empezó este lío. ¿Le has preguntado lo que siente ella al irse?"

Lena negó con la cabeza. "Cada vez que lo menciono me interrumpe y cambia de tema. Ya le ofrecí quedarse conmigo en el anexo si quería extender sus vacaciones, pero ahora no puede comprometerse con nada. A lo mejor es solo una excusa y lo que soy para ella realmente es una aventura de vacaciones."

Alain puso los ojos en blanco. "Vosotras la mujeres… Siempre andando por las ramas y pensando las cosas una y otra vez hasta que estáis tan confundidas que empezáis a inventar cosas. ¿Por qué no os decís simplemente lo que tenéis en la cabeza?"

"¿Eso no es lo que se supone que hacen los hombres?" Le preguntó Lena con sarcasmo. "¿No sois vosotros los que nunca expresáis vuestros sentimientos?"

"Eso es lo que pensáis las mujeres. Pero, de hecho, no tenemos mucho aquí arriba, así que no hay de qué preocuparse," dijo Alain señalándose la cabeza. Rió entre dientes. "Nuestras prioridades son diferentes. Las mujeres, por otra parte, piensan demasiado las cosas. ¡Imagínate dos mujeres!"

"No es tan simple, Alain. No importa cuánto hablemos, nada va a cambiar el hecho de que se irá a finales de mes y si no mantengo mis distancias ahora, volveré a ser un desastre. Joder, ya soy un desastre."

"No eres un desastre." Dijo dándole una palmada en el hombro. "Eres fuerte y atractiva y un buen partido. Todo el mundo te quiere, Lena. Te olvidarás de Nathalie en poco tiempo y dentro de un año ni siquiera te acordarás de su nombre."

"No sé. Tal vez tengas razón, tal vez no." Esbozó una sonrisa. "Bueno, hablemos de ti. ¿Qué pasa con mi gilipollas favorito?"

"Esta noche tengo una cita." Alain parecía contento consigo mismo mientras se bebía la cerveza en tiempo récord.

"Tú siempre tienes citas," dijo Lena. "¿Qué tiene esta de especial? Y además, ¿no deberías tomarte con calma beber tanto alcohol si tienes en mente tener una conversación civilizada mientras tomas unas copas esta noche? ¿O te saltas ese paso por completo ahora?"

"Estaré bien." Dijo Alain apartando el vaso. "Y no, no voy a saltarme el paso de conocerla. Voy a llevar a mi cita a cenar porque esta es especial. Pero probablemente tengas razón, dejo de beber ya."

"Bueno, ¿y quién es la afortunada?" Hizo una mueca. "Aunque no estoy segura de si afortunada es la palabra corr…"

"Samantha," la interrumpió Alain. "La mujer de la clase de arte de Nathalie."

Los ojos de Lena se abrieron de par en par. "Dime que no es verdad, Alain. Por favor, me prometiste que lo mantendrías en tus pantalones con gente que conozco."

"Venga, Lena. Técnicamente, no es *tu* amiga, es amiga de Nathalie. Así que no creo que eso cuente como romper el trato." Sonrió. "Siempre me han gustado las pelirrojas."

"Bueno. Será mejor que te comportes como un caballero. Es una chica agradable." Lena hizo un gesto para pedir la cuenta y dejó dinero sobre la mesa antes de levantarse. "Pórtate bien, Alain." Se volvió mientras se alejaba. "Ah, y no te olvides de ducharte. Puedo olerte desde aquí."

CAPÍTULO 43

"*N*athalie, tenemos que hablar." Empezó a decir Lena cuando se sentaron a cenar juntas. Había elegido un lugar muy concurrido en la plaza Valbonne para que la conversación no estuviera demasiado tensa. Estaban frente al café de Alain, en un restaurante italiano. Estaba lleno de gente, en su mayoría grupos de mujeres con montones de bolsas de compras debajo de sus mesas.

"¿Hablar?" preguntó Nathalie frunciendo el ceño. Levantó una mano al camarero y pidió una botella de vino blanco en francés, orgullosa de cómo habían mejorado sus habilidades básicas de conversación.

"Sí, hablar." Lena empezaba a sentirse algo irritada por cómo Nathalie seguía evitando el tema tabú. "Ya sabes, eso en lo que una persona dice lo que piensa y la otra reacciona y viceversa."

Nathalie se estremeció, sorprendida por el repentino cambio de humor de Lena. Sabía que su charla se debería haber producido mucho antes pero le aterrorizaba estropear lo que había entre ellas por analizar cosas que no se podían cambiar.

"Vale, supongo que tienes razón." Dijo suspirando. "Iba a meter la cabeza en un agujero y seguir la corriente hasta que se acabara mi tiempo aquí, pero eso ha sido egoísta por mi parte. Lo siento. Sé que somos dos en esta situación pero estoy muy feliz, Lena, y no quiero que nada cambie entre nosotras."

"No te disculpes," dijo Lena y su expresión se suavizó. "He estado tratando de hacer lo mismo pero no estoy segura de que eso siga siendo lo apropiado."

"¿Qué ha cambiado?" preguntó Nathalie, que jugaba con el pie de su copa vacía, haciéndola girar en su mano.

Lena se encogió de hombros. "No puedo seguir haciendo esto Nat." Sus ojos se encontraron con la mirada preocupada de Nathalie. "Estoy demasiado metida en esto. Tengo... tengo sentimientos por ti. Se suponía que no debía pasar, no sé en qué estaba pensando. Siendo tú quien eres y todo eso..."

Nathalie dejó la copa y esperó a que el camarero sirviera el vino. Incapaz de ocultar su sorpresa por la confesión de Lena, se reclinó en la silla y se la quedó mirando lo que pareció una eternidad.

"Por favor, di algo," dijo Lena. "Me ha costado mucho decirte esto."

"¿Tienes sentimientos por mí?" fue todo lo que se le ocurrió decir.

Lena asintió. "Sí." Lo dijo con tanta facilidad y certeza que parecía que estaba hablando del tiempo.

Nathalie abrió su menú, dándose cuenta de lo ridículo que era hacer eso en medio de la conversación, lo volvió a cerrar y lo puso a un lado. *Oh Dios mío. Tiene sentimientos por mí de verdad.* Bajó la vista hacia sus manos, apoyadas en la mesa, tratando de encontrar las palabras.

"Supongo que ya somos dos entonces." Dijo por fin. "Yo también tengo sentimientos por ti." Sus ojos nerviosos se encontraron con los de Lena. "No soy buena hablando de mis sentimientos. No es algo a lo que esté acostumbrada."

Lena pareció aliviada por la confesión de Nathalie. Le dedicó una suave sonrisa. "No estaba segura de si tú también los tenías. Pensé que quizás solo estuvieras buscando una distracción después de tu divorcio o que me necesitabas para alimentar tu curiosidad. Y ya eso me venía bien. Pero ahora... tengo esa sensación de pavor cada vez que pienso en que te vas a ir y necesito protegerme, Nat. No puedo volver a tener una situación como la que tuve con Selma. He tardado tres años en ser capaz de abrirme por fin a otra persona. A veces desearía que no fueras tú."

"No digas eso." Nathalie apoyó los codos en la mesa y se inclinó, bajando la voz. "Me alegro de haber sido yo. Y me alegro de que hayas sido tú quien me haya hecho darme cuenta de que existe algo que se llama pasión. De que es posible desear a alguien tanto que todo lo demás parezca insignificante. Nadie más que tú podría haberme enseñado eso." Suspiró. "No me puedo creer que esté diciendo esto pero te necesito, Lena."

"Yo también te necesito," dijo Lena. "Te deseo y te necesito y por eso tenemos que terminar esto. Va a ser un gran desastre si no lo hacemos." Rozó el dorso de la mano de Nathalie con las yemas de los dedos. "Estoy pensando en quedarme en otro sitio durante un tiempo. Seguiré viniendo para cuidar el jardín y limpiar la piscina, o quizás contratar a otra persona. Pero creo que es mejor si no duermo más en el anexo."

"¡No! No me puedes hacer eso." Dijo levantando la voz. "Quiero pasar el mayor tiempo posible contigo antes de irme. Me encanta estar contigo." Parpadeó para quitarse una lágrima. "Nunca he sido tan feliz."

"¿Pero de qué sirve cuando de todas formas se va a terminar? ¿Eh?" dijo retirando la mano. "¿Has pensado en eso alguna vez? ¿Que tendremos que decirnos adiós y que no nos volveremos a ver? ¿Nunca? Decirnos adiós solo va a ser más difícil si seguimos haciendo lo que estamos haciendo, Nat."

"Pero no tiene por qué terminarse." Nathalie se sonrojó. No se podía creer que estuviera sentada aquí, rogándole a Lena que se quedara. Pero era la verdad. No quería que se terminara. Simplemente eso no era una opción. "Podríamos seguir viéndonos. Tampoco es que nos falte el dinero. Yo podría volar aquí, tú podrías visitarme donde estuviera en ese momento. Podemos hacerlo, Lena. Sé que podemos."

Lena negó con la cabeza. "Ya he intentado eso antes y no funciona. Te habrás olvidado de mí en nada de tiempo, una vez que empieces un trabajo nuevo y una vida nueva en otro lugar. Sé cómo van estas cosas. He estado ahí, ya lo he hecho antes. Además, no te olvides de que esto es diferente para ti. Es todo nuevo y excitante porque soy tu primera mujer."

"Eso no tiene nada que ver." Dijo en tono defensivo. "¿Quién te crees que eres para seducirme, hacer que me enamore perdidamente de ti y luego lanzarme una bomba así?"

"Tienes razón." Asintió Lena lentamente. "No debería haber coqueteado contigo y no debería haberte besado esa noche en la piscina. Y, desde luego, no debería haber llegado más lejos. Todo es culpa mía y tienes todo el derecho a estar enfadada conmigo."

"No es culpa tuya," dijo Nathalie. "Se necesitan dos personas para hacer lo que hemos hecho nosotras. Estoy enamorada de ti, Lena." *Ya está. Ya lo has dicho.* "No es un flechazo o un estúpido enamoramiento. No soy una adolescente. Puede que seas la primera mujer con la que he estado pero me gusta pensar que estoy en un momento de mi vida donde sé lo que quiero y lo que quiero es estar contigo."

Lena bebió de su vino, procesando en silencio lo que Nathalie acababa de confesarle. Tenía la mente llena de pensamientos contradictorios. *Está enamorada de mí. No funcionará. Podría funcionar. No puedo hacer esto otra vez. Quizás esta vez sea diferente...*

"Yo siento lo mismo," dijo. "Yo también estoy enamorada de ti y ese es el problema." Hizo una pausa antes de continuar. "Va a doler demasiado."

El camarero se acercó a tomar sus pedidos.

"¿Todavía quieres comer?" Lena parecía estar lista para irse, sacando su monedero del bolsillo trasero.

"Por supuesto que quiero comer." Nathalie volvió a abrir el menú. "De hecho, tengo bastante hambre ahora. Creo que me voy a tomar seis platos." Miró a Lena por encima de la carpeta de cuero. "Si eso me da más tiempo para convencerte de que no te vayas." Lena no pudo evitar sonreír cuando Nathalie empezó a señalar muchos platos al azar al camarero, explicándole torpemente en francés que no los quería todos a la vez, sino cada media hora. La miró desconcertado, se encogió de hombros y se volvió hacia Lena, que suspiró y puso los ojos en blanco.

"Lo mismo para mí."

CAPÍTULO 44

"Bueno, aquí estoy todavía. Conseguiste lo que querías," dijo Lena mientras esperaban a que se abriera la cancela. Ambas habían bebido demasiado mientras recorrían el menú completo del restaurante y tuvieron la suerte de poder volver a casa con uno de los vecinos que había estado cenando en el mismo lugar.

"Solo quiero esto si tú también lo quieres." Nathalie la tomó de la mano mientras se dirigían a la casa. "Pero sé que también lo deseas, lo veo cuando me miras." Se volvió hacia Lena. "No tengas miedo Lena. Hagamos esto y ya veremos hacia dónde nos lleva." Lena se mantuvo en silencio mientras seguía a Nathalie hasta su habitación, preguntándose cómo demonios se había metido en la misma situación otra vez. Nathalie era una fantástica negociadora y con argumentos convincentes. Cada vez que Lena había saltado con alguna excusa, se las había tirado por tierra. Tanto si hablaba de la distancia, de las diferentes franjas horarias, de que Nathalie tendría que trabajar todo el día en su nuevo trabajo... Nathalie tenía una solución para todo. Por supuesto el vino también tuvo algo que ver para que Lena se rindiera al final.

Y que Nathalie estuviera tan deslumbrante como siempre tampoco ayudó mucho. Llevaba el pelo recogido de manera informal en una cola y llevaba un vestido veraniego azul que hacía que sus pechos parecieran exquisitos. Y así, antes de que se diera cuenta, Lena se vio desnuda, acostada en la cama de Nathalie, besándola.

"Hazme el amor," susurró Nathalie mientras las cubría con las mantas. Lena sonrió, acariciándole la mejilla con los dedos. Había algo en la forma en que lo dijo que hizo que todo pareciera diferente ahora. Pero quizás todo era diferente ahora que las dos sabían que había sentimientos de por medio. Sentimientos profundos. Miró los ojos azules de Nathalie y de repente se sintió abrumada por algo mucho más que lujuria. La besó de nuevo, lentamente, y sintió recorrer una chispa por todo su cuerpo al tocar los labios de Nathalie. Sus suaves gemidos sonaban como a una dulce canción y sentía su piel como terciopelo bajo sus dedos mientras recorría su cuello y hombros. Sus pestañas revoloteaban con cada roce, por suave que fuera.

"Hazme al amor Lena," susurró de nuevo.

CAPÍTULO 45

"¿*P*or qué estamos aquí?" preguntó Marie-Louise volviéndose hacia sus alumnos.

"¿Para pintar?" contestó Graham riéndose de su propio chiste.

Marie-Louise puso los ojos en blanco. "Sí, por supuesto que estamos aquí para pintar, Graham. Esto es un curso de pintura, ¿no? Pero me refiero a por qué aquí, en una playa tan llena de gente. ¿Por qué no en una tranquila, donde tendríamos todo el espacio del mundo?" Nathalie dirigió su vista hacia la Croisette, el principal paseo marítimo de Cannes. Así como la furgoneta de Marie-Louise parecía muy apropiada para el campo, aquí estaba, definitivamente, fuera de lugar. Toda la zona olía a dinero, con coches llamativos pasando a toda velocidad, grandes yates anclados no lejos de la costa y mujeres con dinero presumiendo de sus enormes gafas de sol y bolsos de diseño en el tramo de dos kilómetros de playa, bordeado de altas palmeras, hoteles caros, tiendas y restaurantes. Pero Cannes también era claramente una ciudad artística, con muchas galerías y artistas callejeros que vendían sus obras por el paseo marítimo o pintaban retratos de turistas. Ellos se habían instalado detrás del muro del paseo marítimo, frente a la playa, que empezaba a llenarse de gente a pesar de lo temprano que era.

"¿Vamos a pintar personas?" preguntó Nathalie.

"¡*Exactement*!" contestó Marie-Louise levantando la voz y haciendo un gesto teatral, como si Nathalie acabara de clasificarse para la siguiente ronda de un concurso. "Se han pintado muchas escenas de playas famosas a lo largo de la historia. Renoir, Picasso, Van Gogh, Dalí, Monet,... ¿Conocéis a Henri Matisse?"

El grupo asintió.

"Bueno pues dejadme que os diga que nadie pintaba personas como Matisse. Cuando miráis la mayoría de sus pinturas de playa desde una distancia razonable, podéis ver personas que están realizando actividades. Ya sean pescadores, gente nadando o niños jugando, se ve claramente que están ahí. Pero cuando os acercáis, os dais cuenta de que son solamente manchas de color. Quiero decir, brillantes manchas de color, sin ofender a Matisse." Sostuvo como ejemplo, para que todos lo vieran, una copia impresa de una de sus pinturas, *La Playa Roja*, y, al lado, un primer plano de la misma obra. "¿Veis? No son realistas en el sentido de que se parecen a la forma humana exacta pero nuestra imaginación termina el trabajo *por* él." Volvió a guardar las hojas en su bolso e hizo una demostración, pintando a un grupo de personas que estaban bajo ellos en la playa. Nathalie la observó mientras pintaba una escena de playa en menos de tres minutos. *Dios, tiene talento.* La demostración atrajo un montón de turistas que admiraban sus habilidades. Marie-Louise se apartó un poco de su caballete y les sonrió, antes de volverse hacia sus alumnos.

"Lo que estoy tratando de decir es que no lo penséis demasiado. Que no os sintáis intimidados porque ahora vayáis a pintar personas. Trabajadlos de la misma manera que trabajáis los árboles o las flores, o incluso el agua. Es solo color, forma y luz. Es todo lo que hay en esto."

A medida que el grupo se puso a trabajar, la playa se fue llenando más de gente. Era mucho más difícil pintar una escena en movimiento que pintar un campo, pensó Nathalie, pero intentó alejarse de los detalles y capturar la esencia del panorama general. Graham les habló de todos los excelentes restaurantes a los que él y su esposa habían ido y señaló un grupo de calles que quedaba a sus espaldas a la que se refirió como *La villa de Satán,* la zona comercial favorita de su mujer.

"Os lo digo, esa mujer se está puliendo sus ahorros y su pensión y ya mismo va a empezar a hacer lo mismo con los míos," dijo.

Marie-Louise, que también estaba muy familiarizada con Cannes, les dio consejos sobre lugares fantásticos donde pintar por si querían practicar. Todo el mundo estaba de buen humor pero Samantha estaba especialmente contenta. Tarareaba la música que venía de uno de los cafés de la playa y estaba impresionante con un vestido verde que entonaba con su pelo rojo.

"Samantha no vino a casa anoche," anunció Brenda al grupo guiñando un ojo.

"Jesús, mamá. Eso es privado." Le dijo a su madre, lanzándole una mirada de enfado.

"Pero no estaba preocupada porque me mandó un mensaje, así que sabía que estaba bien," continuó Brenda ignorando a su hija. "Tenía una cita con ese amigo guapo tuyo," dijo, volviéndose hacia Nathalie.

"¿Mi amigo guapo?" Nathalie frunció el ceño y miró a ambas hasta que por fin algo hizo clic. "¿Alain?"

Samantha intentaba mantener la cara seria pero no pudo reprimir una sonrisa mientras asentía. "Sí, Alain." Dijo, susurrando su nombre.

"¿Y cómo fue la cita?" le preguntó Nathalie. "Supongo que lo pasaste bien, ¿no? Si no volviste a casa…" No le iba a estropear todo diciéndole que Alain era un don Juan. No era asunto suyo así que Samantha tendría que averiguarlo por sí misma, si es que no lo había hecho ya.

"Pues la verdad es que estuvo genial." Dijo mostrando una gran sonrisa. "Al principio no estaba muy interesada. Conozco a los de su clase pero siguió rogándome que saliera con él hasta que al final cedí. Me llevó a cenar a un restaurante elegante y pidió champán. Nadie ha hecho eso por mí antes. Y esta noche hemos quedado otra vez."

"Guau, eso es…genial." Nathalie miró a Cherie, que se reía en silencio detrás de su obra maestra. *Entiende mucho más de lo que aparenta.*

"Me encanta cuando mis alumnos se enamoran." Dijo Marie-Louise con un suspiro. "No hay nada más inspirador en la vida que el arte y el romance francés." Le dirigió una mirada de reojo a Nathalie mientras mezclaba colores en su paleta.

Nathalie se echó a reír, rindiéndose al fin a la curiosidad de Marie-Louise.

"Qué razón tienes," dijo.

CAPÍTULO 46

"*B*ueno, ¿quién es tu nueva inquilina?" preguntó Nathalie en tono de broma. "¿Es guapa? ¿Debería estar celosa?" Iban paseando por el paseo marítimo de Niza con Gumbo atado a la correa. Ya había recibido dos advertencias en su primera hora de libertad, pero parecía no poder evitar perseguir a los patinadores que pasaban a toda velocidad junto a ellas.

Lena se echó a reír y negó con la cabeza. "¿Crees que tengo la costumbre de dormir con mis inquilinos o de pedirles una foto antes de aceptar su reserva? ¿Y por qué asumes que es *una mujer*?" Dijo dirigiéndole una coqueta sonrisa.

"Venga, dímelo." Nathalie hizo una mueca. "No quiero saberlo, pero necesito saberlo." Se cubrió la cara con las manos. "Oh dios, creo que estoy celosa. Esto es ridículo."

"Vale, vale." Dijo Lena, riendo entre dientes. "Este *inquilino* se llama Marcus Obermeier. Está en el sector inmobiliario y es de Austria y actualmente está construyendo oficinas en Mónaco. Esa es toda la información que tengo de él, pero ha pagado por adelantado, así que ¿qué más da?"

"Gracias a Dios." Dijo Nathalie alzando las manos al aire. "Por Marcus Obermeier. No estoy segura de haber podido soportar que otra mujer se quedara en mi cama, porque ahora la siento como mi cama. ¿Suena raro que diga eso?"

Lena se rió. "Un poco tal vez. Pero me gusta tu pizca de celos. Es mono." Se mordió el labio y miró a Nathalie con adoración. "Estás preciosa hoy."

"Gracias." Sonrió Nathalie. "Tú también. O sea, tú siempre estás despampanante." Bajó la vista hacia sus manos entrelazadas. Sentía de lo más natural coger de la mano a Lena en público ahora y estaba orgullosa de estar a su lado. "A mis padres les daría un infarto si me vieran así, agarrada de la mano de una mujer."

"Sí, bueno, a los míos también." Dijo, dejando escapar un suspiro. "¿Crees que se lo dirás alguna vez? Que te gustan las mujeres quiero decir."

"No lo sé." Contestó Nathalie pensando la pregunta. "No estoy segura de si vale la pena estropear su tranquilidad. No pronto, de todas formas. Solo les haría daño y no creo que yo gane nada diciéndoselo. En realidad no hablamos mucho cuando estamos juntos. No de cosas realmente importantes."

"¿Y de qué *hablas* con tus padres?" no lo preguntaba de manera acusatoria, era simplemente curiosidad.

"De nada en particular. Las gallinas, el tiempo, los vecinos, las familias nuevas que se han mudado a la ciudad, la iglesia,…" dijo mirándola. "Tengo la sensación de que sabes a qué me refiero."

"Sí. Tampoco hablábamos de nada importante."

"No has mencionado a tu familia mucho," dijo Nathalie. "¿Tienes hermanos?"

"No, soy hija única, como tú. Aparte de su retorcido punto de vista sobre la sexualidad y otro millón de cosas más, no eran malos padres. Pero eran muy estrictos y fue difícil crecer así, porque no tenía a nadie con quien rebelarme o con quien hablar en casa."

"¿Tenías amigos con los que hablar? ¿Sobre tu sexualidad?"

"La verdad es que no. Yo era la niña rara, la hija de un pastor y una madre convertida al cristianismo. Supongo que el que fuera Nueva York lo hacía peor. En una ciudad tan liberal, venir de una familia extremadamente conservadora no ayudaba para nada a tener popularidad en el colegio. No teníamos televisión y no me dejaban escuchar la música que escuchaban todos. Mientras mis compañeros quedaban en el centro comercial o en el parque de patinaje, yo pasaba todas las tardes libres en un grupo de estudio de la biblia. Odiaba los vestidos, como te puedes imaginar, pero mi madre todavía me elegía la ropa incluso a los dieciséis años. Me veía tan fuera de lugar que te reirías si vieras las fotos."

"Eso es muy extremo. Debió ser muy duro para ti" le dijo Nathalie.

Lena la rodeó con el brazo. "No sientas pena por mí. Salí de mi caparazón cuando me mudé aquí y compensé mi falta de diversión por diez en poco tiempo."

"¿Qué te hizo decírselo a tus padres?" Nathalie le tomó la mano y la bajó más por el hombro.

"Un día vi un folleto de un club social cristiano LGBT. Estaba clavado en el tablón de anuncios de la comunidad en la piscina local donde solía ir a nadar. No podía dejar de mirar y, por fin, un día, después de un par de semanas, logré reunir el valor para ir. Fue revelador. La gente hablaba sobre salir del closet en una familia cristiana y había muchas historias positivas. Me dio fuerza e hice amigos que eran como yo y me aceptaban por lo que yo era. Al poco tiempo sentí un flechazo por una chica que conocí allí. Se llamaba Delilah. Estaba tan enamorada de ella que decidí contárselo a mis padres."

"Y no salió como tú esperabas." Dijo Nathalie apoyando la cabeza en su hombro mientras caminaban.

"No, para nada. Pero, de alguna manera, me alegro de que las cosas pasaran como pasaron. Si no, hoy no estaría aquí."

Habían llegado al final del muelle y cruzado la calle hasta entrar en la ciudad, pasando por museos, cines art decó y heladerías tradicionales. Lena las llevó por la concurrida calle principal hasta llegar a una calle lateral, donde miró hacia un edificio grande y blanco que parecía la forma de un huevo. Era liso, solo roto por cinco ventanas largas y curvas que se extendían por el frente de cada piso.

"Esta es una de las creaciones de mi abuelo," dijo. "Una de las obras de las que estaba más orgulloso en realidad. Las ventanas fueron una pesadilla, hicieron varios intentos hasta que lograron colocarlas bien."

"Guau, no he visto nunca nada igual." Nathalie observó el edificio post moderno, que ahora albergaba un puñado de agencias de diseño. "No es convencional, pero tampoco se ve fuera de lugar." El edificio era el único independiente en la calle, rodeado de un muro blanco con esquinas redondeadas que parecía que estaba allí para evitar que el huevo se cayera. Trazó con sus dedos la superficie lisa de la pared y apretó la mano de Lena.

"Debes estar orgullosa de ser su nieta. Pero él también habría estado orgulloso de ti, por todo lo que has logrado. Seguro que heredaste tu talento creativo de él."

Lena negó con la cabeza y se rió. "No me podría comparar con él. Jamás. Lo que yo hago no se acerca ni de lejos a su trabajo, pero me resulta inspirador." Se volvió hacia Nathalie. "Es una pena que no puedas asistir a la inauguración de mi proyecto en Mónaco. Me encantaría que lo vieras."

"Sí." Una triste sonrisa se deslizó por los labios de Nathalie. "Siento no poder hacer ninguna promesa. Pero tal vez podría venir. Depende de cómo salgan las cosas." Se mordió el labio. "Esto no se va a terminar, Lena. Simplemente las cosas serán un poco diferente."

CAPÍTULO 47

"*M*arcus Obermeier." Nathalie dijo el nombre en voz alta mientras lo tecleaba en el buscador. No tenía idea de por qué lo estaba buscando, pero las palabras *oficinas* y *Mónaco* se le habían quedado grabadas en la cabeza. Enseguida hubo un resultado, incluyendo una foto de él. Era un hombre de aspecto serio, con ojos grises fríos y cabello rubio peinado con una raya al lado y que mantenía en su sitio con generosas cantidades de gel. Cuando hizo clic en su foto de relaciones públicas, vio que su traje y su reloj parecían caros. Encontró el enlace a su compañía e hizo clic en la sucursal de Mónaco. Aparecieron imágenes representativas de las oficinas aún sin terminar, mostrando lujosos interiores y magníficas vistas. *Muy bonito esto, Marcus.* Nathalie se desplazó a través de las imágenes, intrigada por los espacios de alquiler pequeños, pero extremadamente elegantes, que aún estaban disponibles. El contrato de arrendamiento era muy caro pero, teniendo en cuenta la ubicación, se podía perdonar. Hizo clic sobre una de las oficinas que hacían esquina y se quedó mirando las fotos fijamente, asombrada de lo perfecto que parecía. Había una ventana en la esquina que daba al océano y un balcón pequeño con puertas correderas que daba al sur. Cada oficina tenía dos áreas de escritorio, un rincón para reuniones con capacidad para seis personas, una cocina moderna y un baño. El anuncio decía que la oficina también contaba con electrodomésticos básicos como una impresora, una televisión inteligente e internet de alta velocidad. Había un gimnasio en el piso superior y un departamento de informática en el sótano que prestaba servicio a todas las oficinas de forma gratuita. Desde luego Marcus sabía cómo entusiasmar a la gente.

Sin pensarlo, Nathalie hizo clic en el enlace de contacto con uno de los representantes. *¿Qué estás haciendo? Esto es una locura.* Apareció un mensaje, informándole de que las listas de espera estaban llenas pero que podía llamar a su oficina si quería información sobre proyectos futuros. *¿Lo ves? No es para ti. Haz lo sensato.* Suspiró, se desplazó por su calendario e hizo clic en la invitación a la reunión para la entrevista por Skype en la que había estado pensando toda la tarde. La había aceptado y todo estaba listo. Lena estaba en Mónaco así que decidió acostarse pronto. Mañana iba a ser un día importante.

CAPÍTULO 48

Una gaviota se posó sobre la manta de picnic de Lena. Se acercó de un salto y cogió una miga de pan. Lena lanzó una ojeada a Gumbo para asegurarse de que estaba dormido, arrancó una esquina de su sándwich y lo tiró en dirección al pájaro. Gumbo levantó la vista cuando el pájaro grande saltó hacia ellos y cogió su almuerzo. Hizo un análisis de riesgo rápido antes de decidir que el pájaro era demasiado grande y que el peligro de ser humillado por él superaba las posibles recompensas. Apoyó de nuevo la cabeza entre sus patas delanteras, fingiendo no preocuparse por el intruso. Lena se había detenido en su camino de regreso de Mónaco, cansada de los atascos de tráfico y había encontrado un sitio fantástico en una carretera secundaria que daba a la costa. El sol se estaba poniendo y la marea estaba alta, dejando solo una pequeña línea de playa en las afueras de Juan-les-Pins, una ciudad encantadora y turística en la Riviera francesa. No podía esperar a volver a estar con Nathalie pero, estar atrapada en un coche durante horas, tampoco era la idea que tenía de divertirse. Tenía entre sus manos la invitación a la inauguración del nuevo jardín y la

entrada al Palacio del Príncipe en el que había estado trabajando durante meses. Era en cinco semanas y parecía que iba
a ser un gran acontecimiento. Tenía la opción de llevar un
invitado, que esperaba ser señalada y enviada al organizador.
Si todo iba según lo planeado, pronto tendría gente haciendo
cola para trabajar con ella. Podría hacer proyectos comerciales o jardines de museos, trabajar con artistas famosos o
botánicos consagrados, sin mencionar a los famosos que
estarían dispuestos a pagar grandes sumas de dinero para
que les diseñara sus jardines. Era un pensamiento emocionante pero no estaba especialmente encantada por ello.
Nathalie ya se habrá ido para entonces. No habían hablado más
sobre ampliar sus vacaciones y Lena no iba a volver a
mencionarlo. Por ahora iba a apreciar cada momento que
pasara con ella y cada día en que abriera sus ojos para encon-
trarla entre sus brazos lo sentiría como una bendición. De
momento, vivían juntas como si fuera la cosa más natural del
mundo. Simplemente encajaban. Hablaban de todo y de
nada, se reían y socializaban juntas. La casa había vuelto a la
vida y todo era gracias a ella. Iba a ser difícil cuando se fuera
pero tal vez el dolor valiera la pena.

CAPÍTULO 49

*N*athalie cerró el ordenador portátil y dejó escapar un suspiro de alivio. Miró el reloj, eran las cuatro de la tarde. Había estado contestando preguntas y vendiéndose en las últimas dos horas. La entrevista por Skype había ido mejor de lo que había esperado. Los casos hipotéticos que los representantes de recursos humanos y finanzas habían presentado no eran ciencia espacial y ella había estado hábil, aguda y precisa con sus escenarios de resolución de problemas. Al final, le dijeron que estaban interesados en ella como candidata, pero que tendrían que hablar con el director ejecutivo antes de confirmar una segunda entrevista. Estaba un poco excitada después de poder usar su cerebro de nuevo y tenía ganas de celebrarlo. Su atuendo para la entrevista era poco convencional y se rió cuando vio su reflejo en el espejo mientras se levantaba del escritorio de la sala de estar. De cintura para arriba estaba vestida de manera impecable con una camisa blanca, rematada con un collar de perlas. De cintura para abajo solo llevaba puesto unas braguitas de bikini y un par de chanclas baratas. Se quitó el lápiz de labios y se deshizo el cabello, sacudiéndolo hasta que le cayó sobre los hombros. Lena estaba todavía en Mónaco así que cambió la camisa por un top de crochet y unos pantalones cortos y decidió ir andando hasta el pueblo para comer algo y tomar una copa de champán.

EL SOL todavía estaba alto cuando por fin llegó a la plaza de Valbonne. Se sentó en su lugar habitual y saludó a Alain, que estaba a punto de tomar el pedido de una de las mesas vecinas.

"¡Nathalie!" Gritó mientras caminaba hacia ella. "Mi americana favorita."

Nathalie puso los ojos en blanco por el chiste habitual. "Hola Alain. ¿Cómo estás?"

"No me puedo quejar." Dijo sonriendo. "El amor es maravilloso, la vida es buena y los días son largos."

"Guau, estás poético hoy." Dijo riendo. "¿Qué ha pasado? ¿Es Samantha?" Dijo su nombre en tono de broma.

"Podría ser." Alain buscó un bolígrafo en su bolsillo. "Pero un caballero nunca besa y luego lo cuenta." Trató de borrar la sonrisa de su boca pero sin éxito. "¿Qué puedo hacer por ti?"

"Me gustaría tomar una ensalada de queso de cabra y una copa de champán, por favor."

"¿Champán?" preguntó frunciendo el ceño. "Pero estás aquí sola. No deberías beber champán sola nunca. ¿Dónde está Lena?"

"Está en Mónaco, trabajando. Vuelve mañana."

Un hombre de la mesa de al lado se volvió al oír el nombre de Lena. Estaba con una mujer y, por lo que parecía, ya habían bebido bastante.

"¿Tú eres Nathalie?" le preguntó. "¿La Nathalie de la Mágica Lena?"

Alain le dirigió una mirada nerviosa. "Sí, es la inquilina de

Lena. Nathalie, te presento a Bernie y a su esposa Gladys. Bernie trabaja para Lena."

Nathalie les sonrió. "Encantada de conoceros." Frunció el ceño pero algo hizo clic de repente. "¿Sois los padres de Cherie?"

"Sí. Vais a la misma clase, ¿verdad?" le preguntó Gladys.

"Sí." Hizo una pausa antes de continuar. "Pero no entiendo... los dos sois ingleses."

Bernie se echó a reír. "Sí, pero nos mudamos aquí cuando Cherie tenía cinco años así que, en realidad, es más francesa que inglesa. Aquí va al colegio y todos sus amigos son franceses." Movió la cabeza. "Siempre la hemos animado a que mantenga sus raíces inglesas pero esa chica es más terca que una mula. Se niega a hablar una palabra de inglés, incluso con nosotros."

Nathalie se echó a reír. "Bueno, lo que le falta en inglés lo compensa completamente con su talento artístico. Todos estamos asombrados de sus habilidades." Señaló con la cabeza la botella de champán vacía que tenían sobre la mesa. "¿Estáis de celebración?"

"Es nuestro aniversario," dijo Gladys con acento del norte de Inglaterra. "Hacemos ahora veinticinco años. ¿Te lo puedes creer?"

"Guau. ¡Veinticinco años!" Nathalie se volvió hacia Alain. "En ese caso, ¿puedes traer una botella mejor, por favor? Y dale también a ellos una copa." Dijo sonriendo. "¿Ves? Ya no voy a beber sola así que no tienes de qué preocuparte."

Alain se encogió de hombros. "Muy bien. Te traigo una botella." Le dirigió una mirada de advertencia a Bernie, pero éste estaba demasiado borracho como para darse cuenta de otra cosa que no fuera su copa vacía.

"Y otra botella para nosotros también, por favor," gritó.

Nathalie se sorprendió de su repentina sociabilidad. *¿Invitando a beber a extraños? ¿Charlando con ellos?* A lo mejor estaba

empezando a actuar como un ser humano normal. Cruzó las
piernas y se giró de cara a ellos.

"No os preocupéis," dijo. "No os voy a molestar en vuestro
aniversario. Pero tengo una curiosidad. ¿Por qué la llamas
Mágica Lena?"

CAPÍTULO 50

"*L*ena, ¿puedo hablar contigo?" Lena levantó la vista del rosal que estaba cortando y se secó el sudor de la frente. Una sensación desalentadora comenzó a extenderse por su estómago. Según su experiencia, una charla nunca eran buenas noticias.

"Claro," dijo, tratando de sonar tranquila. Enderezó la espalda, dejó las tijeras de jardín y se volvió hacia Nathalie.

"Aquí no." Nathalie señaló la terraza. "¿Nos podemos sentar, por favor?" Lena asintió. *Definitivamente no son buenas noticias.*

"¿Qué pasa?" preguntó mientras se sentaba frente a la taza de café que Nathalie les había preparado antes.

"Me han ofrecido una segunda entrevista para el trabajo que solicité en la firma de Singapur" dijo Nathalie. "Tuve la primera entrevista ayer por Skype y fue bien. Me acaban de llamar para informarme de que la pasé y que el director ejecutivo se encuentra en Nueva York en este momento. Quiere verme." Hizo una pausa y respiró hondo. "Así que estoy pensando en coger un vuelo mañana. Será mucho más fácil si puedo hacer la entrevista allí y luego ir a Chicago inmediatamente después para recoger mis cosas y cerrar la venta del apartamento. Pensé que podría matar dos pájaros de un tiro." Sus ojos buscaban los de Lena pero ella evitaba su mirada.

Lena se había imaginado este momento muchas veces pero vivirlo era mucho peor. De repente sintió el peso de un ladrillo en el estómago que la hizo ponerse enferma mientras tragaba el nudo que se le había formado en la garganta. Intentó calmarse pero no pudo reprimir la ira que nació en su interior.

"No digas que estás *pensando* en ir, Nat. No necesitas mi aprobación para nada, es tu vida. Dime simplemente que te vas mañana, no tiene sentido andarse con rodeos." Su expresión era fría, sus manos apretadas debajo de la mesa. Siempre supo que el día llegaría pronto pero nunca pensó que tan pronto como mañana. Le dolió más de lo que había anticipado. *Se acabó.*

"Pero voy a volver," dijo Nathalie en tono defensivo. "Hemos hablado ya de esto, ¿no? Incluso si me ofrecieran el trabajo allí mismo, que es muy poco probable por cierto, dudo que esperen que me mude allí de inmediato. Siempre hay mucho papeleo en una reubicación. Tendría como mínimo otras cuatro semanas más aquí antes de que tuviera que mudarme."

"Y luego, ¿qué?" Lena la miró por fin y le lanzó una mirada furiosa. "Luego te irías otra vez y yo me quedaré aquí recuperándome. No funciona así, Nat. No estoy aquí solo para tu conveniencia."

Nathalie parpadeó y la miró sorprendida. "No lo entiendo. Creía que habíamos hablado claramente sobre esto. O sea, sé que suponíamos que no me iría en otras tres semanas pero ¿qué son tres semanas en el gran esquema de las cosas? Sé que podemos hacer que esto funcione, Lena."

Lena negó con la cabeza. ¿A quién había estado engañando? Esto no iba a funcionar nunca. Nathalie no se había ido todavía y la punzada por la pérdida ya se estaba extendiendo por sus entrañas. Reconocía el dolor porque ya había pasado por esto antes y sabía que no tenía sentido intentarlo. Seguro, era feliz con Nathalie, quizás más feliz de lo que había sido nunca. Pero también había sido feliz con Selma y mira a dónde la había llevado eso. Tres años de su vida desperdiciados tratando de superarlo.

"Tienes razón, ya hablamos de esto, pero hablar sobre ello y la realidad son dos cosas diferentes." Dijo mientras se levantaba. "No puedo hacerlo."

"¡No!" gritó Nathalie golpeando la mesa. "No puedes irte así sin más, Lena. Tienes que intentarlo por lo menos. Yo estoy dispuesta a hacerlo."

"¿Cómo sé que no vas a joderme y huir con otra persona? ¿Que no vas a conocer a alguien más adecuado para ti?" Lena la miró como si ya fuera culpable de haberlo hecho.

"No soy Selma, Lena." Nathalie intentaba mantener la calma pero era difícil cuando Lena la estaba acusando de engañarla cuando ni siquiera se había ido todavía.

"No, no lo eres. Pero la situación es la misma. Antes de que te des cuenta, nuestro contacto se reducirá a una mera llamada de teléfono a la semana y te estarás acurrucando con uno de tus nuevos colegas, preguntándote cómo demonios me vas a dejar de una manera suave."

Nathalie arqueó una ceja. "¿Yo? ¿Cómo sé que no te vas a meter en la cama con tu próxima clienta? ¿No eres tú la experta en eso?" Se cruzó de brazos. "La Mágica Lena."

"¿Quién te ha dicho eso?" le dijo, lanzándole una mirada furiosa.

"No importa quién me lo haya dicho. Es verdad, ¿no? ¿Que te acuestas con todas tus clientas? ¿Rompes sus corazones? ¿Eso es lo que estás haciendo ahora? ¿Romper conmigo para poder pasar a tu próxima conquista?"

"No soy yo quien lo está haciendo, eres tú. Eres tú la que se va, no yo." Dijo Lena.

Nathalie levantó la voz. "¿Y qué esperabas? ¿Que me quedaría aquí, iría a mis clases de acuarela dos veces a la semana y me uniría al club local de hacer punto? ¿Eh? ¿Olvidarme de mi vida y mis ambiciones?

"¿Tu vida?" Lena se dio la vuelta y volvió al rosal, recogiendo las tijeras de jardín de camino. "¿Sabes qué?" gritó. "Es una idea fantástica. Por qué no vuelves a tu vida, porque sonaba jodidamente increíble. Y, por favor, déjame al margen."

na lágrima cayó sobre la blusa de seda azul marino de Nathalie. La mancha se fue extendiendo, creando una mancha en la tela. Se la quedó mirando fijamente, la dobló y la puso en la maleta. El traje negro estaba echado sobre el respaldo de una silla, listo para ponérselo en su camino de vuelta. Se sonó la nariz y se secó los ojos antes de pasar al siguiente montón de prendas. Apenas se había puesto la ropa que había traído y no tenía suficiente espacio en su equipaje para llevarse todo lo que había comprado en el pueblo. La idea de volver a ponerse una chaqueta le parecía extraño ahora. Incapaz de decidir qué llevarse, cogió un montón y lo metió en la maleta, renunciando al orden que siempre había mantenido y con el que había estado obsesionada, incluso desde su primer viaje. Echó un vistazo por la ventana para ver si Lena había vuelto pero todavía no había señal de ella. Lena se había ido muy temprano esa mañana y no habían hablado desde la pelea. No poder verla antes de irse era duro pero quizás más fácil que tener que enfrentarse a la ira y el dolor en sus ojos. Nathalie se sintió enfermar al pensar en la pelea. Sabía que Lena se iba a enfadar por su repentina partida pero no esperaba que descartara todo lo que había entre ellas y se fuera sin despedirse. Nathalie había estado dando vueltas y y más vueltas sobre la cama durante toda la noche, incapaz de dormir por la furiosa reacción de Lena. *Ella ya ha pasado por todo esto antes. ¿Qué esperabas?* Se dirigió al cuarto de baño para comprobar que no se dejaba nada importante. Había un trozo de jabón de lavanda en el borde del lavabo que Lena le había comprado. Lo envolvió cuidadosamente en papel higiénico y lo puso en el compartimento delantero de su maleta.

SE DIO UNA DUCHA LARGA, se puso el traje y se miró en el espejo, sin apenas reconocer a la mujer que veía. Se sentía como un caparazón vacío, una muñeca, disfrazada para representar su papel en cualquier representación que le asignaran. Se abotonó la camisa y la metió en los pantalones. Volvió a desabrochar los tres botones superiores, alejando el cuello de la camisa de su piel. Sentía que no podía respirar. No se sentía bien. *No seas tonta, Nathalie. Esta eres tú. Ahora vuelve y asegúrate de conseguir ese trabajo.* Seguía sin sentirse bien.

DESPUÉS DE CARGAR su equipaje en el coche paseó por la finca una vez más. Descalza y con los zapatos en la mano dejó vagar su mirada por los rosales, el jardín frondoso y la piscina, donde había vivido los momentos más hermosos y memorables de su vida. Pasó por delante del anexo, donde se había despertado en los brazos de Lena, inmensamente feliz. Sonrió al recordarlo mientras volvía hacia la terraza donde había pasado las mañanas tomando café mientras Lena trabajaba en el jardín y muchas noches leyendo y hablando con ella. Sus cigarrillos todavía estaban en la mesa de la terraza, junto al cenicero. Se sentó y encendió uno, mirando el lugar que le había cambiado la vida y que había cambiado quién era para siempre. Le encantaba estar aquí y sabía que lo echaría de menos todos los días. Pero ahora, sin Lena aquí, todo parecía un sueño, como si no hubiera pasado nunca. No había tenido tiempo de despedirse de Alain, Marie-Louise y de todos los amigos que había hecho durante su curso de arte. Todo había ocurrido tan rápido. Tendría que llamarlos cuando estuviera en Chicago, quizás enviarles una postal o un email. ¿Cómo era posible, pensó, que hubiera llegado sintiéndose optimista, a pesar del divorcio, y ahora se iba con el corazón triste y sueños vacíos? Lena no había regresado aún y era hora de irse. *No quiere decir adiós. Se acabó.* La echaba tanto de menos que le dolía. No estaba familiarizada con este tipo de dolor, este dolor que casi la ahogaba cada vez que pensaba en Lena, este dolor de pensar que tal vez no la volvería a ver nunca más. *Si solo pudiera sentir sus brazos rodeándome una vez más.* Nathalie lloró en silencio, despertando de sus pensamientos cuando la ceniza de su cigarrillo cayó sobre su regazo. Se lo sacudió, se puso en pie y se dirigió al coche sin mirar atrás.

EL TRAYECTO al aeropuerto pasó muy rápido. Valbonne estaba tranquilo por las mañanas, sobre todo los lunes. Paró en la plaza del pueblo para ver si Alain estaba allí, pero su café estaba todavía cerrado, igual que las tiendas y la galería. Condujo lo más lento que pudo, saboreando cada cosa que veía una última vez. El sol saliendo sobre las montañas, los valles verdes, la costa a lo lejos, los pueblos medievales con sus encantadoras tiendecitas, los mercados de antigüedades y los parterres de flores... Desapareció antes de que se diera cuenta y todo lo que quedó fueron la autopista y el aeropuerto, el mostrador de facturación y, al final, el avión que se la llevaría para siempre.

CAPÍTULO 52

"¿**S**e ha ido?" Alain frunció el ceño mientras dejaba el café expreso en la barra frente a Lena. "Pero creía que le quedaban un par de semanas más, ¿no?"

"Tenía una entrevista de trabajo," dijo Lena. Se sentía vacía y llena de remordimiento. No era propio de ella comportarse de manera tan emocional y estaba enfadada consigo misma por haberlo hecho. Siempre supo que iba a salir herida de esto, lo había visto venir a kilómetros de distancia. Y, aún así, le había abierto su corazón a Nathalie, la había dejado entrar. Pero eso no era culpa de Nathalie y no se había merecido la forma en que la había tratado. "He sido tan estúpida," dijo, tomándose el café. "Debería haberme despedido. No sé por qué me fui. Supongo que estaba herida y pensé que era más fácil así." Alain hizo un gesto para que uno de los camareros le sustituyera, rodeó la barra y se sentó a su lado.

"¿Y va a volver?"

"¿Y para qué?" Raspó el fondo de la taza vacía con la cuchara. "Si consigue el trabajo, se mudará a Singapur. Y si no, se irá a cualquier otro lugar. De cualquier manera, no va a ser aquí, ¿no?" suspiró. "Así que es mejor que no nos volvamos a ver. No sé en qué estaba pensando."

"Te ha dejado pillada, ¿eh?"

Lena mantuvo la mirada fija en la taza vacía. "Sí, desde luego." Se volvió hacia Alain, apoyando el codo en la barra. "Vamos, dilo. He recibido exactamente lo que me merezco por haberme liado con todas esas otras mujeres. ¿No es eso lo que estás deseando decirme?" Se hizo un silencio.

"No." Dijo Alain moviendo la cabeza. "No creo que te lo merezcas. Nadie se merece eso." Suspiró. "Samantha se va la semana que viene así que sé cómo te sientes."

"¿Samantha?" Lena observó la cara de Alain pero nada indicaba que estuviera bromeando. "Hablas en serio, ¿no?"

"Hemos tenido un par de citas además de la primera de la que te hablé," dijo Alain con una sonrisa incómoda. "Es agradable y divertida y no deja que me salga con la mía. Es una de esas mujeres que dice lo que piensa, todo el tiempo. ¿Sabes lo fantástico que es eso? No hay ambigüedad ni conjeturas con ella. Y es tan hermosa."

"Guau," Lena ladeó la cabeza. "¿Quién eres y qué has hecho con mi amigo mujeriego?"

"Podría preguntarte lo mismo," replicó Alain. "La Mágica Lena ha sido engañada."

Lena le dirigió una sonrisa triste. "No, no me han engañado. Fue real."

Alain le dio un codazo mientras se levantaba del taburete. "Entonces, ¿por qué la has dejado ir?"

CAPÍTULO 53

eter toda su vida en una caja era una tarea tediosa. Aunque Nathalie tenía un equipo de siete profesionales ayudándola, tenía que revisar cada artículo por sí misma y decidir si quería quedárselo o no. Jack ya había cogido sus cosas, dejando el apartamento medio vacío. No se había llevado ninguno de los muebles caros, aparte de su silla de diseño favorita y la colección de arte que había adquirido durante los años que habían vivido aquí. Nathalie no tenía idea de qué hacer con todo así que había alquilado un trastero para tres meses, hasta que decidiera qué hacer, si venderlo o reubicarlo en otro sitio. Era triste ver los restos de una vida que había estado viviendo hasta no hace mucho tiempo, cuando aún no se había dado cuenta de la infidelidad de Jack y de sus propios deseos, enterrados en lo más profundo de ella. *Tiempo perdido. Tanto tiempo perdido.*

"¿Qué hacemos con todo esto?" le preguntó uno de los operarios de la mudanza, señalando el armario de las ollas y las sartenes.

Nathalie se encogió de hombros. "Solo necesito un par de

ellos." Escogió tres cacerolas al azar y las dejó a un lado. "El resto puede ir donde están las cosas para beneficencia. O quédenselo ustedes si hay algo que necesiten. La mayoría de ellos no se han utilizado nunca." Lo vio apilar todos los utensilios nuevos de cocina en una caja. Dudaba que volviera a cocinar otra vez. Lo que había cocinado en casa de Lena no había sido precisamente un éxito aunque había disfrutado mucho de la velada. Movió la cabeza, tratando de deshacerse del recuerdo de esa maravillosa noche, donde se había sentido parte de algo más grande que ella misma. Las risas, la compañía, las conversaciones y Lena a su lado. Dolía demasiado pensar en ello.

"¿Y esto?" volvió a gritar el mismo hombre, esta vez refiriéndose a los cubiertos. "Necesitará cuchillos, ¿no?"

"Claro, puedes meter esos en la caja," dijo, mirando el cajón con muy poco interés. "Llévate las botellas de aceite de oliva a casa si las quieres, son de una calidad increíble." El transportista italiano inspeccionó las botellas y sonrió.

"Gracias, señora Kingston. Creo que la familia lo agradecerá."

"Solo Nathalie está bien," dijo con una sonrisa triste. "Ya no soy la señora."

Él asintió comprendiendo la situación. "Vale, Nathalie." Le dio un montón de pegatinas rojas y verdes. "¿Por qué no marcas todo lo que quieres quedarte con una pegatina verde y lo que no quieres con una roja? Así no tengo que molestarte." Dudó un momento antes de continuar. "Estoy seguro de que ya tienes bastante en tu cabeza."

"Vale." Nathalie cogió las pegatinas y se preguntó por qué no había pensado en ello antes. Entre preparar la mudanza, volar a Nueva York para la entrevista y volver a Chicago para vaciar el apartamento, ni siquiera había pensado un plan. Pero a pesar del estrés, la entrevista había ido mejor de lo esperado y le habían ofrecido el puesto de directora financiera dos días después. El paquete para expatriados era generoso y el alojamiento gratuito nada menos que espectacular, pero aún tenía que vivir la emoción que se suponía que vendría con un nuevo desafío tan grande como este. Entonces, ¿por qué no sentía nada? No, un momento. Eso no era del todo verdad. Sentía tristeza. Una tristeza profunda y oscura que la perseguía día y noche. Aún así, había aceptado la oferta, por supuesto. Trabajos como este no aparecían muy a menudo.

Los encargados de la mudanza apilaron las cajas de la cocina en dos carritos, las sacaron y volvieron a por más. *Tantas cosas. ¿Para qué? ¿Alguna vez me hicieron feliz?* Sus pensamientos volvieron a Lena, preguntándose qué habría pensado de tantas cosas sin usar, la mayoría de ellas nuevas. Aunque Lena también tenía dinero, no era alguien que necesitara mucho. Vale, tenía una casa preciosa y un coche increíble. Pero Nathalie estaba bastante segura de que podría prescindir de todo eso y mientras tuviera su trabajo, una buena cafetera y Gumbo a su lado, sería igual de feliz. Al igual que Nathalie, el éxito no le había llegado de la noche a la mañana, había trabajado duro para conseguirlo. Pero la diferencia entre ellas era que Lena no se tomaba a sí misma muy en serio cuando se trataba de su carrera. Provenía del corazón y no de una ambición ciega y había llegado donde estaba simplemente haciendo lo que amaba. *¿Y este nuevo trabajo, Nat? ¿Es lo que quieres realmente?*

Perdida en sus pensamientos, entró en el dormitorio con las pegatinas en la mano y abrió el closet de los bolsos y los zapatos. La enorme cantidad de bolsos que había acumulado a lo largo de los años no tenía fin, todos y cada uno de ellos de marcas de diseño exclusivas. Jack se los había regalado por sus cumpleaños y por navidad. Nunca le interesaron mucho los bolsos pero nunca se lo dijo, así que él siguió comprándoselos. Algunos de ellos seguían con el envoltorio original y con el relleno de papel dentro. *Qué pena*. Ella siempre le había comprado gemelos, pero pensándolo ahora, no recordaba habérselos visto puestos nunca.

"¡Eh, chicos!" Movió las manos a los de la mudanza mientras volvía a la sala de estar para llamar su atención. Levantaron la vista de lo que estaban haciendo. "¿Alguno de vosotros tiene una esposa o novia a la que le gusten los bolsos?"

MÁS TARDE ESA NOCHE, Nathalie se encontró en un apartamento vacío. En un día había logrado deshacerse de años de recuerdos y ahora no quedaba más que un cadáver vacío. Habían desaparecido incluso las persianas. La luz de la ciudad proyectaba un leve resplandor sobre la ahora inquietante sala de estar, solo iluminada débilmente por una bombilla que colgaba del techo donde antes había estado la mesa para comer. Las impecables paredes blancas que tanto gustaban a Nathalie ya no parecían tan atractivas. Ahora el apartamento le recordaba a una clínica o al área de recepción de un hospital privado. Había eco en el apartamento cuando iba de un lado a otro con los tacones. Ni siquiera había considerado que no tendría una cama para pasar la noche. Todo lo que quedaba eran sus maletas de Francia, que había arrastrado con ella hasta Nueva York y luego de vuelta a Chicago, sin tiempo para volver a hacer las maletas. Una sensación de fatiga y cansancio se apoderó de ella y se dejó caer en el suelo, con el teléfono en la mano y buscando un hotel.

CAPÍTULO 54

"¿*N*athalie?" La madre de Nathalie pareció sorprendida al escuchar la voz de su hija. "¿Cómo estás? ¿Por qué llamas tan tarde? ¿Estás bien?" Nathalie miró el reloj. Solo eran las ocho. Había pasado el día en su habitación de hotel, viendo películas malas. Después de cada película se decía que iba a llamar a sus padres, pero cada vez que lo pensaba, lo posponía y buscaba otra comedia romántica mediocre. Notó que ni una sola de las opciones de la larga lista del canal de pago mostraba dos mujeres.

"No, todo está bien," mintió. "¿Te he despertado? ¿Te vuelvo a llamar mañana?"

"No, para nada. Tu padre y yo nos estábamos preparando para irnos a la cama." Suspiró la madre. "Es maravilloso oír tu voz, Nat-Nat." Eso hizo la sonreír.

"También es estupendo oír tu voz, mamá." Nathalie cogió el papel que tenía sobre las piernas con su discurso ensayado. "Ya sabes que Jack y yo acabamos de terminar todo lo relacionado con el divorcio. Hemos vendido el apartamento y lo he vaciado hoy."

"Ah sí, el divorcio." Se produjo un silencio. "Así que ¿seguiste adelante con ello?"

Nathalie puso los ojos en blanco, arrugó el papel y lo tiró al otro lado de la habitación. Las otras cinco cosas que había escrito no servían para nada ya. Debería haber sabido que su madre saldría con una respuesta tan ridícula como esta. "Sí, mamá. Seguí adelante. Estaba durmiendo con su asistente. Además, no creo que hubiera funcionado de todas formas." Abrió la boca para explicarlo pero decidió no hacerlo.

"Pero cariño, todo el mundo pasa por momentos difíciles. Tu padre y yo no siempre hemos sido felices juntos pero nos casamos delante de Dios y ni soñaríamos con divorciarnos. La vida es larga, si tienes suerte. Y no siempre es maravillosa pero tener a alguien con quien compartirlo es una bendición del Señor. Es sagrado."

"Lo sé," decidió no discutir la opinión prehistórica de su madre sobre el matrimonio. No tenía sentido. "Pero, como te he dicho, nunca iba a funcionar." Respiró hondo. "Bueno, solo quería decirte que he aceptado la oferta de trabajo en Singapur." Esperó una respuesta. "Mamá, ¿estás ahí?"

"Sí cariño, estoy aquí. ¿Singapur? ¿Dónde está eso?"

Nathalie logró reprimir una risa. "Está en el sudeste asiático." Nunca dejaba de sorprenderle el desconocimiento geográfico de su madre.

"Pero ese es el otro lado del mundo." Se hizo un silencio. "¿No? Y nunca más te volveremos a ver si te mudas allí."

"De todos modos, solo nos vemos una vez al año," dijo Nathalie. "Vale, esta vez ha pasado un poco más de tiempo pero no volverá a ocurrir. Te prometo que os haré una visita todos los años. Además, en todos los años que he vivido en Chicago, tú y papá no me habéis visitado ni una vez. Así que ¿qué más da que viva en un lugar un poco más lejos?"

"Pero Nathalie, sabes que no podemos simplemente hacer

las maletas e irnos," dijo su madre en tono defensivo. "Tu padre y yo tenemos la responsabilidad de las gallinas y…"

"Estoy segura de que en todos esos años…" Nathalie hizo una pausa, demasiado cansada para encontrar las palabras adecuadas. "…podríais haber encontrado a alguien que alimentara a las gallinas durante un par de días. Incluso me ofrecí para contratar a alguien para vosotros." Cerró los ojos, maldiciéndose a sí misma por entablar una discusión con las únicas personas que le quedaban. Las únicas personas a las que podía llamar todavía sin una razón, solo para charlar. "Lo siento mamá. No he querido decirlo de esa manera. Mira, me estaba preguntando si podría ir la semana que viene. Me queda algo de tiempo antes de empezar mi trabajo nuevo y me gustaría veros antes de irme."

"¿Vienes a visitarnos?" Su madre parecía confundida. "Dios mío, por supuesto, eso sería fantástico. Es solo que llevas tanto tiempo sin venir y necesito preparar tu habitación y…"

"No tienes que hacer nada," la interrumpió Nathalie otra vez. "Solo necesito una cama. Demonios, ni siquiera me importa si duermo en el sofá o en el granero. Y no tienes que preparar un banquete ni hacer veinte magdalenas de pan de maíz para desayunar. Solo soy yo. Incluso podría ayudaros con las gallinas y los campos de maíz." Su madre se echó a reír.

"¿Tú? ¿Ayudar en la granja? No te preocupes cariño. Ya sabes que me gusta cuidar de *ti*, porque no tengo la oportunidad de hacerlo muy a menudo." Se aclaró la garganta. "Por favor, avísame cuándo llegas y me aseguraré de que tu padre te recoja en el camión."

"No hace falta," protestó Nathalie. "Cogeré un taxi. Seguramente será tarde."

"No digas disparates." Su madre adoptó un tono autoritario. "Los taxis son una pérdida de dinero. Tu padre te recogerá."

"Está bien, gracias," dijo Nathalie. Nunca le diría a su madre que acababa de regalar bolsos por valor de miles de dólares.

CAPÍTULO 55

"*E*sto está fantástico, chicos. ¡Buen trabajo!" Lena inspeccionó el último macizo de flores a lo largo de la pared del palacio. Estaba incluso mejor de lo que había imaginado y, por primera vez en una semana, logró sonreír, segura de que la entrada lateral estaría perfecta para la fiesta de inauguración. *Si Nathalie pudiera verlo.* Había estado trabajando sin parar desde que Nathalie se había ido y le había venido bien. El trabajo era la mejor distracción, lo sabía por experiencia. Sin embargo, Gumbo no estaba contento con la situación. Hacía días que no iba a la playa y se las tenía que apañar con la zona vallada del césped al lado del coche de Lena. Ladró de frustración cuando Lena lo miró.

"Lo siento amigo. Ya sé que estás aburrido." Consultó su reloj. Eran casi las seis de la tarde y hora de volver ya a casa. No habría trabajo el domingo así que ya no le quedaban excusas para evitar la casa. Había estado llegando tarde por la noche y había seguido durmiendo en el anexo, así no tendría que enfrentarse a los recuerdos de Nathalie por toda la casa. Bernie, uno de sus mejores jardineros, la estaba llamando desde su camioneta, donde acababa de quitarse el mono de trabajo. Su cabeza calva brillaba por el sudor y dejó rastros de barro por la frente al secárselo.

"¡Eh, Lena! ¿Quieres ir a tomar algo?"

Lena negó con la cabeza y se acercó a él, moviendo los hombros y estirando los brazos por encima de la cabeza. Su cuerpo siempre se sentía bien después de un duro día de trabajo.

"No, creo que me voy a casa."

Bernie frunció el ceño. "Venga Lena, hace siglos que no nos tomamos una cerveza juntos. Además, me debes una por endosarme a la señora Delevoire." Movió la cabeza. "En realidad, ahora es la señorita Delevoire. Es un desastre de mujer. Nunca está satisfecha con cómo podo sus setos, aunque estén perfectos y siempre, siempre preguntando por ti. Me vuelve loco."

"Vale entonces." Se rió Lena. Decidió perdonarlo por el apodo que le había puesto. Sabía que lo hacía sin malicia y, además, sabía lo difícil que podía ser Christine Delevoire. "Pero una sola y primero tengo que llevar a Gumbo a casa. Creo que ya ha tenido suficiente. ¿Quedamos donde Alain en dos horas más o menos? El tráfico no debería estar muy malo a estas horas."

"Perfecto," dijo Bernie levantando el dedo pulgar. "Te veo allí. No me dejes plantado esta vez."

SOCIALIZAR ERA lo último que le apetecía hacer a Lena ahora, pero Bernie tenía razón. No se había tomado con él una cerveza en mucho tiempo y era importante mantener una buena relación con sus trabajadores autónomos. Bernie era un chico realmente agradable y quería que supiera que apreciaba lo que hacía por ella. Consiguió sonreír mientras se sentaba frente a él, pidiendo dos cervezas al camarero.

"Casi terminado, Bernie. Casi terminado," dijo. "Dos

semanas más como esta y un poco de suerte con el clima y los Jardines Reales estarán listos antes de la fecha límite."

Bernie asintió con la cabeza, golpeando la mesa con las uñas. "Siempre cumplimos con nuestros plazos contigo pero nunca he tenido un trabajo tan sencillo como este. Has hecho un gran trabajo de planificación Lena."

"Gracias." Lena sonrió con el cumplido. "Tengo la suerte de tener a los mejores." El camarero le dio una cerveza y la sostuvo en un brindis. "Por muchos más trabajos juntos."

Bernie levantó su copa también. "Brindemos por eso." Hizo una mueca después del primer sorbo amargo de su cerveza y suspiró después de tragar el líquido frío. Se hizo un silencio. "¿Oye Lena?"

"¿Sí?" Lena frunció el ceño por el repentino tono de voz serio.

"¿Estás bien?" Se removió en su silla, frotándose su brillante frente. "Quiero decir, has estado muy callada últimamente. Te lo has estado guardando para ti, mirando al vacío durante la hora del almuerzo. Los chicos también se han dado cuenta y yo…" Vaciló. "Bueno, solo quiero que sepas que puedes hablar conmigo."

"Gracias Bernie." Lena se dio cuenta de que sonaba sorprendida y, aunque hablar con Bernie era lo último que se le pasaría por la cabeza, era cariñoso e inesperado, viniendo de él. "Eso es muy amable por tu parte," dijo. "Pero estoy bien. Quiero decir, estaré bien. No es nada que no pueda superar." Le dirigió una sonrisa. "Soy la Mágica Lena, ¿no?" No pudo evitar burlarse de él.

Los ojos de Bernie se abrieron de par en par. "Mmm, claro," dijo. "La Mágica Lena. Sí, lo siento. Solo era una broma pero parece que se ha extendido como una epidemia."

"No te preocupes," dijo moviendo la cabeza. "Sé cómo funcionan estas cosas. De todos modos, eso me ha hecho reflexionar y he decidido que voy a establecer unos límites de ahora en adelante. No me voy a volver a acostar con ninguna clienta y luego endosártela a ti. En serio, no me voy a tomar ni un café con ellas."

Bernie suspiró aliviado. "Gracias. Eso ayudaría bastante," dijo. "Y de nuevo, discúlpame si te he causado algún problema dándote el apodo." Jugueteó con el montón de posavasos que había sobre la mesa. "Hay algo más, Lena."

"¿Qué? ¿Qué pasa Bernie?" le preguntó con el ceño fruncido.

"Bueno, ¿te acuerdas del día que me tomé libre para celebrar mi aniversario?"

"¿Sí?" Se veía que Bernie se encontraba tremendamente incómodo. "¿Te peleaste con tu esposa?"

"No." Levantó la mirada hacia ella con un nerviosismo que no había visto nunca en él. "Nada de eso. Bebimos mucho y conocimos a Nathalie. Tu Nathalie." Suspiró. "Seguramente dije cosas sobre ti, como broma, que no debí haber dicho."

Lena se acercó a él. "¿Qué tipo de cosas?" A estas alturas, se hacía una idea de lo que había pasado, pero quería escucharlo directamente de él.

"Solo algunas cosas sobre la reputación que tienes." Parecía tan compungido y arrepentido que casi sintió lástima por él.

"No debí haberlo hecho," continuó, "pero no vi nada malo en decirlo en ese momento. Solamente nos estábamos echando unas risas."

"Así que fuiste tú." Lena se recostó en la silla y lo observó sufrir en silencio un rato. Pensó en gritarle pero, ¿qué sentido tenía? Estaba cansada de luchar, cansada de las extenuantes emociones que la agobiaban. Lo que Bernie le había dicho a Nathalie no habría cambiado nada. Se había ido y ella estaba intentando seguir adelante. Su expresión se suavizó al ver lágrimas en sus ojos. "Supongo que solo le estabas diciendo la verdad."

Bernie negó con la cabeza. "Lo siento mucho, Lena. He sido un amigo horrible. Tú eres amable, generosa y con talento. Debería haber hablado de todas tus increíbles cualidades en vez de hacerte quedar como una mujeriega rompecorazones. Me siento fatal por haberlo hecho."

"No pasa nada." Dio un trago a su cerveza. "Me alegro de que hayas sido sincero, Bernie. Pero como ya te he dicho, eso ya no me interesa, ya no soy ese tipo de persona, así que te agradecería que dejaras de decirlo."

"Por supuesto." Asintió Bernie. "¿Estás enfadada conmigo? Debes estar furiosa."

Lena se encogió de hombros y saludó a Alain, quien tiró el delantal detrás de la barra antes de dirigirse hacia ellos. "Parece que tenemos compañía." Consiguió sonreír a pesar de la situación. "Oye, ¿por qué no nos invitas a otra cerveza y pasamos a un tema de conversación más alegre?"

"Claro. Os invito a cerveza a los dos toda la noche." La cara de Bernie mostró el alivio que sentía mientras entró corriendo para abrir una cuenta en el bar.

CAPÍTULO 56

"*A*quí está mi Nat-Nat." Nathalie hizo una mueca cuando su padre la abrazó con tanta fuerza que le dolieron las costillas.

"Es bueno verte también, papá." Le dio una de sus maletas y lo siguió hasta su camioneta, aparcada por lo menos a más de un kilómetro del aeropuerto internacional de Alexandria. Las tarifas de aparcamientos eran algo que su padre había logrado evitar toda su vida y no iba a cambiar ahora. Louisiana era cálida y húmeda y la incomodidad de la caminata le recordó sus primeros días en el colegio, cuando solía caminar media hora solo para llegar a la parada del autobús. Todavía olía a la lluvia que habían tenido ese día y los mosquitos zumbaban a su alrededor, intentando comérsela viva. Nathalie sabía que no tenía que mantener una charla educada y cortés. Su padre no era muy hablador, excepto cuando se refería a la granja.

"¿Cómo están las gallinas?" preguntó cuando ya estaban sentados en el coche. Bajó la ventanilla, necesitada de aire. Aunque ya estaba oscuro, el calor y la humedad eran casi insoportables para alguien que no estaba acostumbrada.

"Las gallinas han estado un poco alborotadas últimamente," murmuró. "Estoy empezando a pensar que debe haber un zorro o un perro salvaje por los alrededores intentando entrar en la granja por la noche." Giró hacia la autopista 66 pero, en vez de acelerar, siguió arrastrándose por la carretera como si estuviera conduciendo un tractor. Nathalie no hizo ningún comentario sobre su forma de conducir, a pesar de los cinco coches que iban detrás.

"Vaya, eso no suena bien. ¿Has visto algo?"

Su padre se encogió de hombros. "No, pero me ha estado manteniendo despierto y preocupado. Puede que esta noche duerma fuera en el granero, a ver si puedo dispararle al maldito animal."

"Vale…" Y así terminó la primera conversación que habían mantenido en dos años. Nathalie vio pasar las conocidas y familiares señales de tráfico. Nada había cambiado mucho desde la última vez que había estado aquí, pero tampoco es que hubiera mucho para cambiar. Caminos rurales pequeños, granjas, moteles, restaurantes familiares y muchas iglesias con los jardines y cementerios bien cuidados. Nathalie siempre había sentido que no pertenecía a este lugar, como si fuera una turista en su propia ciudad natal. Pero hoy era reconfortarte ver cierta familiaridad después de haber estado en un hotel de aeropuerto anodino durante dos noches. Venía aquí una vez al año, algunas veces dos. Jack siempre la había acompañado desde que empezaron a salir en la universidad. Pero a medida que la compañía crecía y pasaban los años, la mala señal de teléfono en y alrededor de la granja de sus padres, les había hecho más reacios a quedarse más de dos días. Pero esta vez, sin embargo, no habría llamadas telefónicas, ni emails urgentes o contratos por redactar, ni Jack. Pasaron por un restaurante donde Jack la había llevado a cenar una vez, de camino al aeropuerto. Nunca le gustó la cocina sureña de su madre y había insistido en comer lo que él llamaba "comida de verdad". Se habían ido antes de lo planeado y tardaron en cenar dos horas, mientras se ponían al día con sus emails durante los dos primeros platos, cada uno con su ordenador portátil sobre la mesa. Al pensar en esa noche, Nathalie se dio cuenta de que el romance había muerto hacía mucho tiempo. No lo echaba de menos pero le resultaba surrealista estar aquí sin él. Su padre giró hacia el camino de entrada a la casa, justo antes de Pineville, y mientras se dirigía hacia ella, pudo ver que la luz de la cocina estaba encendida todavía.

"Mi niña," dijo la madre mientras le daba un largo abrazo. "¿Qué te ha pasado, Nat? Estás muy flaca." La miró de arriba a abajo y le frotó los hombros. "Hank, ¿no te parece que está flaca?" le preguntó a su marido, aunque no esperaba una respuesta de él. Pocas veces le contestaba pero así era como se comunicaban. Ella hablaba y, si tenía suerte, el fingía escuchar.

"Estoy bien mamá." Nathalie estudió la cara de su madre. Solo habían pasado dos años desde la última vez que la había visto pero parecía mayor y más pequeña de lo que Nathalie recordaba. Su cabello gris era más escaso y las patas de gallo alrededor de sus ojos eran bastante más profundas que la última vez. La bata de terciopelo rosa que su madre usaba siempre por la noche parecía que le quedaba más grande ahora y el color no le favorecía. Nathalie se sintió de repente terriblemente culpable por dejar pasar tanto tiempo así que la volvió a abrazar. "Es fantástico veros a los dos." Betsy Kingston miró por encima del hombro de su hija cuando se apartó.

"Entonces, ¿Jack no está?" preguntó con voz débil.

"No mamá. Te lo dije, estamos divorciados. Ya no vendrá más." Nathalie trató de no sonar irritada mientras seguía a su madre hacia la cocina y se sentaba a la mesa torcida del comedor que había pertenecido a la familia durante generaciones. Se le revolvió el estómago con el olor a grasa que se le metía por la nariz. Siempre olía a lo mismo en la cocina de sus padres. Pan de maíz, tocino, huevos, bagre o cualquier otra cosa frita que tuvieran a mano, junto con un cuenco de maíz, repollo y salsa. La decoración tampoco había cambiado. Nada se reemplazaba en la casa de sus padres a menos que estuviera roto y no pudiera repararse. La cocina estaba impoluta pero tenía un aspecto aburrido, con azulejos amarillos de los años setenta en las paredes y cortinas gastadas de flores amarillas y marrones a juego. Los platos que había en los armarios seguían siendo los mismos en los que ella había comido cuando era más joven, solo que un poco descascarillados en los bordes. Un dibujo que había hecho cuando tenía cuatro años seguía en el frigorífico, con el papel amarillento y manchado ahora, sostenido por un imán que decía "Bienvenidos a Pineville". Como siempre, era solo algo que le llamaba la atención. No sentía pena por ellos. Sus padres eran felices con lo que tenían y nunca aceptarían su ayuda. Tampoco es que la necesitaran. No eran pobres, solo era gente sencilla y simple que se conformaban con lo que tenían. Pero ella sabía que los ayudaría llegado el momento. Cuando tuvieran que tomar la difícil decisión de deshacerse de la granja y mudarse a un lugar más pequeño y accesible para pasar el resto de sus días. Su madre se acercó al horno y comprobó la salsa, que hervía a fuego lento.

"Bueno, es una pena lo tuyo y Jack. Tu padre y yo hemos estado rezando por ti, igual que el resto de la comunidad de la iglesia." Se giró para mirar a Nathalie. "¿Tienes hambre, cariño? Nosotros ya hemos comido pero queda un montón de sobras."

"Claro," mintió Nathalie. No tenía hambre pero era lo único que podía hacer para hacer sonreír a su madre.

"Siempre es maravilloso poder comer comida casera." Su padre estaba en la puerta, inquieto. Nathalie supuso que era porque no estaba preparado para hablar del divorcio a esas horas de la noche. Le sonrió y él le devolvió la sonrisa antes de coger el rifle que tenía en la esquina al lado de la mesa.

"Voy a mirar las gallinas, a asegurarme de que están bien." Y, con eso, se fue.

MÁS TARDE DURANTE LA NOCHE, Nathalie miraba el techo desde su cama antigua. Las estrellas que había pegado en él cuando tenía doce años seguían ahí, igual que los pósters de bandas de música de chicos seguían pegados en la puerta. La luz del sol les había hecho perder el color y se estaban doblando por las esquinas, como si estuvieran suplicando que los quitara de allí por fin. Nathalie observó el póster de N-Sync que había arrancado de una revista cuando tenía quince años y se preguntó si alguna vez le habían gustado de verdad los chicos. No estaba segura. Había tenido novios pero, de alguna manera, parecía que no recordaba sus nombres. ¿Había sido siempre así? ¿Siempre le gustaron las mujeres? ¿Importaba? Estaba bastante segura de que no podría volver a enamorarse de otra persona después de Lena, ya fuera hombre o mujer. Porque Lena era diferente y ahora mismo sentía que ella era la única y siempre lo sería. Nathalie sintió cómo sus ojos se llenaban de lágrimas al pensar en ella. La decepción y el dolor que había visto en sus ojos cuando le dijo que se iba era algo que no podía borrar de su memoria. Lena había tenido razón todo el tiempo. Deberían haber parado antes de que fuera demasiado tarde. Se habían dejado llevar por el torbellino de su romance, sin pensar en las consecuencias. Nathalie no había pensado demasiado en el hecho de que fuera una mujer hasta ahora, porque todo parecía estar bien cuando estaban juntas. ¿No era extraño que se hubiera enamorado perdidamente de una mujer? ¿No era extraño que Lena fuera la única persona de la que había estado realmente enamorada? Era algo más profundo de lo que quisiera admitir y la pregunta que no la dejaba dormir volvía una y otra vez a sus pensamientos. ¿Merecía la pena el riesgo, renunciar a todo por alguien a quien apenas conocía? Su cabeza le decía que no pero el nudo que sentía en el estómago le decía lo contrario

Pensó en el abuelo de Lena, que se había mudado de Nueva York a Francia para estar con el amor de su vida. Lo había dejado todo. ¿Pero qué significaba *todo* para ella? Porque, al final, realmente, ¿qué tenía, aparte de un trabajo nuevo que quedaría bien en su currículum? Nada.

Pensó en la oficina de Mónaco que había estado mirando, imaginándose a sí misma teniendo reuniones con clientes allí antes de volver a casa, con Lena. Cenarían juntas, beberían, hablarían, reirían, harían el amor,… En casa. Esa palabra que siempre le había resultado extraña estaba a empezando a adquirir un significado completamente nuevo ahora que no estaba donde quería estar. Con *quien* quería estar. Nathalie miró el reloj. Eran las cuatro de la mañana y aún no se había dormido. Sus padres se levantarían pronto. Harían el desayuno, verían las noticias y darían de comer a las gallinas. En cuanto saliera el sol, su madre saldría al campo a revisar el maíz, los repollos y las patatas y volvería con un carrito lleno de productos para vender en su tienda. Luego haría pan y quizá algunos pasteles. Su padre recogería los huevos y después abrirían la tienda juntos a las nueve en punto. Nunca un minuto antes, nunca un minuto más tarde. Luego se sentarían en silencio como buenos estudiantes hasta que el primer cliente llegara por fin sobre las once.

"Oh no, es domingo." Dijo en voz alta sin darse cuenta. Los días habían pasado tan borrosos que había perdido la noción del tiempo. Era domingo. Sus padres irían a la iglesia y esperarían que ella les acompañara. Estaba cansada pero sabía que no iba a dormir así que cogió su teléfono y empezó a escribir un mensaje. Porque… ¿qué tenía que perder?

"Hola Lena, te echo de menos y entiendo que estés enfadada. Tenías razón, deberíamos haber parado después de esa primera noche. Deberíamos haber intentado ser solo amigas antes de que fuera demasiado tarde para volver atrás." Hizo una pausa, pensando en cómo seguir. *"Pero no me arrepiento de nada. Quiero que sepas que fuiste lo mejor que me ha pasado jamás. Me hiciste sentir viva, hiciste que me diera cuenta de lo que es añorar a alguien. Amar a alguien y estar enamorada."* Pensó en borrar esa última parte pero no lo hizo. Era el momento de decir lo que pensaba y sería mucho más fácil en un mensaje.

"Me gustaría mucho verte de nuevo. Tenemos que hablar. XXX Nat."

CAPÍTULO 57

A la mañana siguiente, Lena se despertó con un terrible dolor de cabeza. Abrió un ojo y miró alrededor del salón. Estaba en el sofá, totalmente vestida, y había luz, seguramente la luz del atardecer. Su pequeña salida con Bernie se suponía que iba a ser solo una copa. Ponerse al día y a casa. Pero Alain se les había unido, con el corazón roto después de que Samantha se hubiera ido. Lena recordaba vagamente haberle visto llorar así que le había pedido otra cerveza y luego otra, escuchando su dolor, que no era muy diferente al que ella sentía. De alguna manera, había sido reconfortante saber que no era la única que sufría y tenía el corazón roto. Pasó la vista por el salón y comprobó que la puerta de la cocina todavía estaba abierta. Fuera, Gumbo estaba ladrando, de esa manera que tenía de ladrar cuando veía una ardilla o un pájaro o recogía comida que había quedado fuera durante la noche. Se levantó lentamente, gimiendo de agonía, para comprobar si su coche estaba en el camino de entrada y suspiró aliviada cuando no lo vio. *Por lo menos no volví conduciendo.* Había una caja de pizza en la mesa de delante del anexo junto con dos botellas de cerveza vacías.

Se tocó los bolsillos de sus vaqueros. Estaban vacíos. *¿Dónde está mi cartera?* Casi sin poder andar, buscó por el anexo y la encontró en la mesa de la cocina, al lado del teléfono. En la entrada, instintivamente miró hacia las puertas correderas de la habitación de Nathalie, cuando la realidad de que se había marchado la golpeó. La tristeza la apuñaló profundamente en su vientre. *Debería haberle dicho adiós.* Se detuvo un momento, pensando si seguir durmiendo en el anexo o en la casa principal, pero el ladrido de Gumbo le recordó que necesitaba atención y que le diera de comer, así que salió y lo llamó.

"Hola chico. Siento haberme quedado dormida completamente. Se me pasó la hora," le dijo Lena mientras se arrodillaba frente a él y le rascaba detrás de las orejas. Gumbo no lo tuvo en cuenta, nunca lo hacía. Saltando arriba y abajo, bailó a su alrededor antes de salir corriendo otra vez detrás de un pájaro. Lena le dejó la puerta abierta y puso comida en su cuenco. Luego volvió tambaleándose al salón y se tiró en el sofá, porque el dormitorio le parecía demasiado lejos. Tenía el teléfono todavía en la mano y vio que tenía mensajes. Dio un suspiro y les echó una ojeada, todavía con un solo ojo abierto. Cuando vio que había un mensaje de Nathalie se sentó de golpe, mucho más concentrada de repente. Lo leyó un par de veces, con el corazón latiéndole fuertemente. Café. Necesitaba café. Y necesitaba pensar.

DESPUÉS DE PASAR HORAS PENSANDO, dejó el teléfono. Y esto era precisamente por lo que ya no mantenía relaciones a larga distancia. Por supuesto que quería ver a Nathalie. Quería abrazarla, besarla, disculparse por haber salido corriendo. Quería mirar sus maravillosos ojos azules, acariciar su mejilla y decirle que ella sentía lo mismo, que la amaba. Quería hacerle el amor, despertarse junto a ella, dormirse junto a ella. Pero las dos últimas semanas habían sido difíciles. Y ahora, si Nathalie volvía, incluso aunque solo fuera para hablar, todo el dolor empezaría de nuevo cuando volviera a irse. Y luego sus visitas serían menos y menos frecuentes, igual que las respuestas a sus mensajes, hasta que, al final, conociera a otra persona. *Algún alto ejecutivo. O ejecutiva.* Ese pensamiento le recorrió la mente, casi cegándola de rabia. No tenía sentido volver a pasar por esto. No tenía ningún sentido. Lena pensó en ignorar el mensaje pero quería hacer lo correcto así que contestó.

"Hola Nat. Estaría mintiendo si dijera que yo no te he echado de menos también, pero, como te dije, de verdad que no puedo hacer esto. Te pido disculpas por haber reaccionado de la manera en que lo hice y te deseo lo mejor en tu nuevo trabajo. Lena."

Lena lamentó haberlo enviado casi inmediatamente pero ¿qué otra cosa podía haber hecho? Se dirigió a la cocina y abrió el frigorífico, buscando otra bebida que adormeciera su tristeza durante un tiempo.

"$\mathcal{E}$l poder del Espíritu Santo y el amor redentor y la obra de nuestro padre en..." El teléfono de Nathalie vibró en su bolsillo y se despertó de repente, sobresaltada. Lo cogió y miró a su alrededor para asegurarse de que nadie se había dado cuenta de que estaba durmiendo. El ministerio pareció durar más de lo que recordaba y le había costado mantener los ojos abiertos hasta que, al final, cayó en un sueño feliz al lado de sus padres, en uno de los bancos de delante. El pastor dirigió su atención hacia ella mientras terminaba su oración, claramente consciente de su adormecimiento. "... en el cielo, la verdad de la obra de Dios..." Le sonrió, haciendo todo lo posible por parecer impresionada por su sermón. Estaba tan cansada. Cuando habían llegado, hacía horas, les había sugerido que ella se quedara en la parte de atrás pero sus padres se habían sentado en el mismo banco durante treinta años y cambiar eso ahora sería impensable. Su madre simplemente se rió y le dijo "No calabacita, nuestros asientos están allí, justo delante, al lado del pastor." Nathalie apretó el teléfono en su mano, pensando si mirarlo o no. La respuesta al mensaje que le había enviado a Lena la noche anterior la había tenido esperando toda la mañana. Al final ya no pudo contenerse más. Cuando el pastor miró hacia otro lado, abrió rápidamente el mensaje y vio que era de Lena. Lo leyó y lo volvió a leer antes de volver a poner el teléfono en su bolsillo con mano temblorosa. Volviendo su atención al pastor, lloró en silencio.

"Bueno, ¡si es Nathalie Kingston!" gritó una mujer cuando Nathalie y sus padres salían de la iglesia. Nathalie miró a la mujer que la había llamado por su nombre y la saludó con educación. No era el mejor momento para hablar con nadie porque había estado llorando sin parar durante los últimos veinte minutos. Pero la mujer del carnicero se dirigió hacia ella con resolución, decidida a ponerse al día.

"Encantada de volver a verla, señora Applebee." Suspiró, luchando por mantener sus emociones bajo control.

La señora Applebee la abrazó con fuerza. "Nuestra pequeña alma perdida. Hemos estado rezando por ti, querida." Sonrió. "Pero, por lo que parece, has encontrado de nuevo tu camino a Dios."

Nathalie le dirigió una mirada perpleja. "¿Disculpe?"

"No hay necesidad de ser tímida, querida. No eres la primera en llorar después de reunirte con el Señor. El pastor Fallon es conocido por tener ese efecto en la gente."

"Ah, eso... Lo siento. No era mi intención..." Nathalie se secó la cara, dándose cuenta de repente de que la señora Applebee se refería a sus lágrimas.

"No hace falta que te disculpes, Nathalie. Todos aquí estamos contentos de que hayas vuelto. Oye, ¿recuerdas a Eddie?" Se volvió hacia la puerta de la iglesia, donde un hombre alto y de pelo oscuro de la edad de Nathalie estaba hablando con otras personas. El traje le quedaba demasiado grande, como si lo hubiera cogido prestado del ropero de su padre. "¡Eddie! ¡Oye, Eddie! Ven aquí y saluda a Nathalie. ¡Es Nathalie Kingston!"

Eddie levantó la mirada, sonrió y se dirigió hacia ellos. Le lanzó una mirada curiosa a Nathalie. "Hola. Ha pasado mucho tiempo."

Nathalie le estrechó la mano. "Sí." Estudió al hombre con el que había ido al colegio en primaria, buscando un parecido al niño sin mentón con gafas grandes y vaqueros desaliñados. Desde luego había mejorado. Tenía los hombros anchos y la mandíbula bien definida. Sus ojos seguían siendo amables pero parecía cansado y algo irritado cuando la señora Applebee y su madre se alejaron y los dejaron solos.

"Por favor, ignora a mi madre," le suplicó él. "Acabo de pasar por un divorcio. Ha estado intentando concertarme una cita desde el momento en que se secó la tinta del papel y no estoy seguro de cuánto tiempo más puedo aguantar."

"No te preocupes." Dijo Nathalie mirándolo. "Yo también acabo de pasar por un divorcio. Pero estoy segura de que ya lo has oído todo sobre el tema." Dijo poniendo los ojos en blanco. "Mi madre me ha dicho que toda la iglesia ha estado rezando por mí."

Eddie le dirigió una sonrisa comprensiva. "Lo sabía, no te preocupes. Pero no te voy a aburrir con los detalles de una oración comunitaria que nunca pediste." Hubo un momento incómodo entre ellos en el que ambos pensaron si quedarse atrás y continuar charlando o seguir al grupo de feligreses que volvían a casa. "Oye, no quiero que pienses que estoy cotilleando, pero pareces preocupada. ¿Hay algo en lo que te pueda ayudar?"

"No, pero gracias." Nathalie negó con la cabeza. Se dio cuenta de la forma rectangular en el bolsillo superior de la chaqueta. "En realidad... ¿tienes un cigarrillo por casualidad? Acabo de recibir un mensaje de mierda en el teléfono y me vendría bien uno."

Eddie miró a sus padres. Acababan de doblar una esquina hacia la carretera principal y estaban casi fuera de la vista. "Sí, sí que tengo. Espera a que se vayan. Mis padres no saben que fumo."

Nathalie logró soltar una risita y levantó una mano. "Los míos tampoco." Vio a su madre darse la vuelta y mirarlos, hablando algo con la señora Applebee. "No me puedo creer que estén intentando juntarnos. ¿Es eso lo que están haciendo de verdad?"

"Me temo que sí." Dijo encogiéndose de hombros como si no le sorprendiera. "Bueno, ¿dónde vives ahora?"

"En Chicago," dijo Nathalie. Metió la punta puntiaguda de su zapato en el camino polvoriento y dio una patada a una piedra hacia la hierba. "Bueno, técnicamente no vivo en ningún sitio en este momento. Mi ex marido y yo acabamos de vender el apartamento que teníamos allí. Me voy a mudar a Singapur en un par de semanas por un nuevo trabajo.

"Guau." Dijo Eddie con los ojos abiertos de par en par. "Parece que te fue bien después de que salieras de aquí." Esperó hasta que todos se perdieron de vista, sacó un paquete de cigarrillos del bolsillo y le ofreció uno a Nathalie. "Bueno, ¿y a qué te dedicas?"

"Estoy en el negocio de la fabricación sostenible," dijo, demasiado cansada para explicar los detalles. "¿Y tú? Me sorprende que aún sigas aquí. Tú eras el que siempre estaba desesperado por escapar. No es que haya nada malo con vivir aquí," agregó. "Pineville es un sitio encantador y todo eso…"

"No hace falta que lo dulcifiques," dijo Eddie. "Desde luego que quería irme. Pero dejé embarazada a mi ex esposa Brianne cuando tenía dieciocho años así que nunca tuve la oportunidad de ir a la universidad. El padre de Brianne me dio un trabajo en su oficina inmobiliaria y todavía sigo ahí. Tenemos un hijo, se llama Eddie júnior. Hoy está con

Brianne, por eso mis padres me han hecho venir a la iglesia con ellos."

"Ya." Dijo Nathalie mientras encendía su cigarrillo. "Siento lo de tu matrimonio."

"No lo sientas." Eddie negó con la cabeza mientras caminaban de vuelta al pueblo. "Solo nos mantuvimos juntos por nuestro hijo y fue un error. Me he estado viendo..." se rio entre dientes. "No me puedo creer que te esté contando esto."

"Sigue." Dijo dándole un codazo.

"Bueno. Llevo dos años viéndome con Darlene. Darlene Sellors. ¿Te acuerdas de ella?"

"Claro que sí." Sonrió Nathalie. "La chica más bonita del colegio. Joder, hasta yo estaba enamorada de ella." Hizo una mueca cuando se dio cuenta de lo que acababa de decir. Y ahora que lo pensaba, había estado bastante obsesionada con Darlene durante un tiempo.

"Todavía lo es." Dijo y se encogió de hombros. "Es peluquera, dueña de la peluquería del pueblo. Pero también está casada y tiene dos hijos."

"Guau. Y ahí es donde se complica la cosa."

"Sí, se puede decir que sí. Nos pusimos a hablar un día que me estaba cortando el pelo y todo encajó, ¿sabes? Incluso me quedé una hora más después de que cerrara porque no quería irme y ella tampoco quería que me fuera. ¿Has tenido algo así alguna vez?"

"Sí." Lo miró y ladeó la cabeza. "Sé lo que quieres decir."

"Bueno," continuó Eddie, "no queríamos romper nuestras familias así que nos estuvimos viendo en secreto, dos veces a la semana, durante años. Fue un error, por no decir que también estaba mal. Su marido se enteró, todavía no sé cómo, y se lo contó a mi esposa antes de romperme la nariz. Luego, por supuesto, se lió la mundial y todo el pueblo se involucró. Ahora estoy empezando a salir del peligro."

"Los asuntos de los pueblos pequeños." Murmuró Nathalie.

"Los asuntos de los pueblos pequeños," repitió él. "Así que Darlene también se está divorciando. Pensamos en mudarnos lejos pero entonces no podría ver a mi hijo tanto como me gustaría. Así que, en vez de eso, supongo que nos quedaremos aquí y continuaremos viviendo nuestras vidas en este pueblo donde todo el mundo sabe tus asuntos y mi jefe me odia porque he engañado a su hija." Dio un suspiro. "Si no me despide, porque dios sabe que me lo merezco. El pastor está convencido de que el matrimonio de Darlene todavía se puede salvar si encuentran a alguien para mí. Alguien que esté disponible." Hizo un gesto señalando a los dos.

"Eso es una estupidez." Dijo Nathalie sintiendo su frustración.

"Lo que daría por empezar de nuevo en un sitio donde nadie me conociera." Se volvió hacia ella mientras caminaban. "Es gracioso. Nunca le he contado a nadie lo de Darlene. No le veía sentido porque todo el pueblo lo sabe y suena tan mal cuando lo digo en voz alta."

"No puede ser malo si lo sientes bueno." Nathalie saludó con la mano al dueño del restaurante por el que pasaban. Reconocía su cara pero no recordaba el nombre. "Así es la vida a veces. Y no podemos pretender hacerlo bien a la primera, ¿no?"

"Supongo que no. Bueno y ¿qué pasa contigo, Nat-Nat? ¿Todavía te llaman así?"

Nathalie se echó a reír. "Solo mis padres pero no pasa nada. No me importa."

"¿Tienes hijos?"

"No. Solo éramos Jack y yo y mucho trabajo. Y ahora solo soy yo." Tiró la colilla del cigarrillo y metió las manos en los bolsillos traseros de sus vaqueros. "Pero sí que conocí a alguien después de Jack. No te voy a mentir, es lo mejor que me ha pasado jamás pero no creo que vaya a funcionar."

"¿Por qué no?" preguntó Eddie frunciendo el ceño. "Si no te molesta que te lo pregunte."

"No lo sé. Por mi trabajo, supongo. Es un riesgo enorme renunciar a todo por alguien y, aunque quisiera hacerlo, creo que ya sería demasiado tarde."

"Ya." Eddie se paró un momento en el cruce. "¿No acabas de decir "No puede ser malo si lo sientes bueno"?" Levantó una mano. "Esas han sido tus palabras, solo te lo recuerdo."

Nathalie hizo una mueca. "Sí que lo he dicho, ¿eh?" Se dio cuenta de que estaba de pie junto a un banco con un letrero que no había visto antes. "Oye, hay una parada de autobús aquí ahora. Me habría venido bien cuando tenía catorce años."

Eddie se echó a reír. "Desde luego, a mí también. A mis padres no les gusta nada. Dicen que trae extraños a su puerta." Señaló con la cabeza la casa de sus padres. "Hablando de padres, me tengo que ir. Comida familiar y todo eso. Fue en placer hablar contigo, Nat-Nat."

"Un placer hablar contigo también, Eddie. Cuídate." Nathalie se despidió con la mano mientras caminaba en la dirección opuesta, acelerando el paso para tratar de alcanzar a sus padres.

CAPÍTULO 59

*L*ena se había puesto a beber mientras limpiaba el anexo. La botella de Pastis estaba junto a ella en la mesita de noche mientras apilaba las cajas que iba a tirar o guardar. No había tenido tiempo de revisar sus cosas antes de empezar a alquilar la casa, así que había tirado todos sus papeles y efectos personales en cajas y las había metido debajo de la cama. Pero ahora que estaba pasando más tiempo en el anexo, se estaba quedando sin espacio, así que decidió que era hora de deshacerse de todo lo que no necesitaba.

Tenía una vaga idea de lo que había en ellas pero, aún así, todavía le dolía cuando encontró álbumes de fotos viejos de su tiempo con Selma en la primera caja que abrió. Se dejó caer en el suelo, se apoyó contra la cama y volvió a llenar la copa antes de coger uno y hojearlo. Había fotos de ella y Selma en la playa donde solían pasar los fines de semana y fotos de su cumpleaños con Selma, su abuelo y un cachorrito que ella le había regalado.

"Mira Gumbo, este eres tú cuando eras un bebé." Levantó el álbum para que lo viera. Gumbo se sentó a su lado. Giró la cabeza y se quedó mirando la mano, sin idea de lo que estaba hablando. Lena sonrió al recordarlo. Su abuelo había insistido en llamarlo Gumbo y, a pesar de parecerle ridículo, Lena había cedido. Había sido un día fantástico, recordó. Habían cenado con amigos y habían tocado música toda la noche, con Lena mirando a Gumbo dormir cada diez minutos, para comprobar que seguía respirando. Eran los dos tan jóvenes entonces. En aquella época tenía el pelo largo y con trenzas y un piercing en la nariz. Selma se había teñido el pelo de un rojo brillante y vestía de negro, como siempre, incluso en pleno verano. Le pasaba el brazo sobre los hombros y le daba un beso en la mejilla. Su abuelo sonreía a la cámara, sosteniendo una copa de champán. Ese era Robert. Siempre positivo y apasionado y siempre viviendo cada momento como si fuera el último, incluso en ese momento tan difícil, cuando François acababa de fallecer. El único consuelo que ella sentía sobre su muerte era que él no se arrepintió nunca de nada. Seguía echándolo de menos todos los días pero por fin estaba en ese punto donde podía mirar las fotos con recuerdos agradables y no sentir el dolor de no tenerlo a su lado nunca más. La página siguiente tenía fotos de ella y Selma sosteniendo la llave de su primer apartamento. Y más fotos de las dos celebrando algo con un picnic en el suelo de su salón vacío. Había sido felices y Lena estaba convencida de que el amor que había habido entre ellas era mutuo. Lo sabía por cómo la miraba Selma en las fotografías. Se pasó a la última página y allí estaba Selma con las maletas preparadas para irse. A pesar de las peleas por la partida de Selma, estaban convencidas de que, de alguna manera, podrían arreglarlo. Ambas habían prometido que se llamarían todos los días y que se verían una vez al mes. Lena volaría a Nueva York o Selma vendría a Francia. Parecía factible en ese momento, o al menos era lo que ellas creían. Puso el álbum en la pila de "guardar" y abrió el siguiente álbum, donde había fotos de ellas en Nueva York en su primera visita. Lena se había asegurado de estar alejada de su antiguo barrio, evitando cualquier lugar donde pudiera toparse con sus padres. Pero no había sido difícil de hacer. Selma se las había arreglado para conseguir un apartamento en Manhattan y estaba viviendo el sueño americano mientras trabajaba muy duro para conseguir una promoción. Incluso durante la visita de Lena, no había podido tomarse ningún día libre, o eso dijo. Durante toda la semana, solo se vieron cuando ella llegaba a altas horas de la noche, exhausta después de doce horas de trabajo. Sin embargo, todavía parecían felices, sentadas en un restaurante en Chinatown, sonriendo para la foto. Selma le había prometido que ella iría después a Francia pero lo canceló dos días antes, alegando que tenía una gran fecha límite para un trabajo que no se podía permitir perder. Así que Lena volvió a Nueva York otra vez. Y otra vez. Entre las visitas era Lena quien, la mayoría de las veces, se ponía en contacto con ella hasta que, finalmente, Selma dejó de llamarla. Más tarde Lena recibió un mensaje de ella diciéndole que sentía no haberse puesto en contacto con ella pero que había conocido a otra persona. Lena se había sentido devastada en ese momento y, pasando a la primera página vacía, recordó el dolor y la desesperación que había sentido aquel día, cuando se derrumbó en el suelo del dormitorio del apartamento que habían compartido. Hasta hacía poco, había estado convencida de que Selma era su único amor verdadero, que nunca sería capaz de amar a nadie como la había amado a ella. También pensó que, en algún momento, podría conformarse con menos, que podría ser feliz con otra persona, siempre que sus expectativas no fueran demasiado altas. Pero Nathalie había hecho saltar todo por los aires, demostrando que existía una segunda oportunidad. Solo que esta vez dolía mucho más.

Dio otro trago a su bebida. La cabeza le empezaba a dar

vueltas y, aunque sabía que había bebido demasiado, cogió la botella y se volvió a llenar la copa. Todo esto estaba tan mal. *¿Soy yo? Debe ser, porque parece que la historia se repite.* Se volvió hacia Gumbo.

"Y ahora estoy de vuelta al punto de inicio, Gumbo. Echando de menos a alguien que me ha dejado por un trabajo. Un *trabajo*, por el amor de Dios. Y ni siquiera puedo echarle la culpa a ella esta vez." Suspiró. "Debería haberlo sabido."

Sintiéndose sola y necesitando algo de consuelo, buscó en su teléfono y marcó el número de Beth. Fue directamente a mensajes de voz. Un poco más tarde recibió un mensaje de texto.

Bruce está aquí. No me llames esta semana.

Genial. Ni siquiera la alcohólica Beth tenía tiempo para ella. Siguió mirando números hasta que se topó con el de Christine Delevoire. Comprobó la última vez que la había llamado. Hacía casi nueve meses. Christine la había llamado muchas veces desde entonces pero nunca le respondió. Era gracioso, pensó en su estado de embriaguez, que las únicas opciones que tenía para echar un polvo fueran de su lista de clientes. Presionó el botón de llamada.

El teléfono sonó un par de veces hasta que respondió una voz fría.

"¿Lena?"

"Hola Christine. Sí, soy yo. ¿Cómo estás?"

"¿Cómo estoy?" respondió Christine con voz monótona. "¿En serio me estás llamando para preguntarme cómo estoy? ¡Cómo te atreves!" Dijo elevando la voz. "Nunca me devolviste las llamadas, Lena. Ni una sola vez."

"Lo siento, estaba ocupada y…"

"Que te jodan, Lena. Creía que teníamos algo especial tú y yo y, de repente, simplemente me ignoraste y mandaste a ese colega tuyo regordete para que terminara el trabajo en el jardín. ¿Cómo crees que me hizo sentir eso?"

"Lo siento, Christine. Pensé que era solo un divertimento para ti. Nunca quise…"

"Y luego descubrí que te habías acostado con mi amiga," la interrumpió Christine de nuevo. "De hecho, mi única amiga. Farah me habló de ti. Bueno, ¿qué pasó? ¿Me dejaste por ella y luego la dejaste a ella por otra? ¿Así es como funcionas tú? ¿Eh?" Resopló. "Sé que solo me estás llamando porque estás borracha. Lo sé por tu tono de voz."

Joder… Lena guardó silencio. Christine estaba furiosa y tenía todo el derecho a estarlo. Podía intentar disculparse otra vez pero eso no mejoraría las cosas. Ni para Christine ni para Farah. Sin decir una palabra más, colgó y volvió a llenarse la copa.

CAPÍTULO 60

*L*as gallinas volvían a estar inquietas, según su padre, pero a Nathalie siempre le sonaban igual. Se había ofrecido para ver cómo estaban, así sus padres podrían dormir bien durante toda la noche y ahora se estaba arrepintiendo de ello mientras cruzaba el patio hacia el granero donde las gallinas pasaban la noche. Llevaba la pistola de su padre en una mano y una linterna en la otra, merodeando por el edificio como si ella misma fuera una ladrona. No tenía ni idea de cómo usar una pistola y ni siquiera estaba segura de si estaba cargada pero parecía que era la herramienta adecuada para el trabajo. La noche era agradable, cálida y tranquila. El coro de grillos que siempre empezaba a cantar al anochecer se había quedado en silencio y el único sonido provenía de una rana solitaria, que llamaba desde el estanque que había detrás de la casa. No tenía miedo pero iba con cautela, esperando que un zorro o un perro salvaje saltaran de la nada en cualquier momento. Comprobó la ventana rota que había junto a la puerta del granero. Estaba demasiado alta. A pesar de lo que decía su padre, pensó que de ninguna manera un zorro podría saltar por ahí.

Se acercó al hueco que había en la pared lateral del edificio viejo de madera. En vez de taparlo, su padre había puesto una maceta delante. Aunque parecía fuera de lugar, no había huellas de patas ni evidencias de que habían excavado allí. *Solo está paranoico.* No había señales de depredadores y, después de haber dado dos vueltas alrededor del perímetro, Nathalie bajó la pistola y se relajó, antes de abrir la pesada puerta del granero. Las gallinas parecían estar bien. Estaban reunidas en silencio en áreas separadas del granero, sin inmutarse para nada cuando Nathalie entró. Levantó una mano a modo de saludo, movió la cabeza y puso los ojos en blanco al darse cuenta de lo que acababa de hacer. Se preguntó si estaba empezando a perder la cabeza.

Vaciló junto a la puerta principal cuando estaba a punto de volver a entrar. Eran las tres de la mañana pero estaba completamente despierta y sabía que no iba a poder dormir. Miró los fardos de paja junto a los campos de maíz donde solía jugar cuando era niña. Ahora tenían formas cuadradas en vez de redondas pero seguían apilados como un tramo alto de escaleras. Atraída hacia ellos, soltó el pomo de la puerta y volvió a los campos. Se subió a la primera bala de heno, arañándose las piernas desnudas con la paja que quedaba suelta. *Esto solía ser mucho más fácil.* O quizás es que *ella* se estaba haciendo mayor, menos atlética y flexible. Era un pensamiento deprimente. Cuando por fin alcanzó la cima, se dejó caer de espaldas y miró al cielo, respirando profundamente. El olor a lavanda le llegó a la nariz y cerró los ojos, tratando de imaginarse la cara de Lena. Cada día se hacía más difícil. Sacó el trozo de jabón del bolsillo trasero de sus pantalones cortos y lo olió, mientras permitía que los recuerdos le inundaran la mente. Y lloró, en silencio al principio. A medida que los recuerdos se hacían más vívidos, el dolor era más agudo y tembló mientras dejaba que sus lágrimas corrieran libremente, acurrucada sobre un lado, apretando el trozo de jabón en sus manos. *¿Qué he hecho?* Pasaron los minutos, luego las horas. Nathalie se dormía y despertaba constantemente, agotada por las emociones que la asfixiaban y no mostraban signos de diluirse. Se despertó cuando algo crujió en la hierba debajo de ella. Lentamente, se sentó y cogió la pistola mientras miraba por encima del borde del pajar. Y allí estaba el zorro. *No. Es una hembra.* Una zorra cruzó el campo con cuatro cachorros sobre sus talones. Estaban en el campo de las coles, jugando y persiguiéndose. Dejó el arma y trató de permanecer tan quieta como pudo mientras los miraba. Era un espectáculo hermoso. Estuvieron allí un rato hasta que se escurrieron entre los maizales y desaparecieron de la vista. Por primera vez en años, Nathalie apreció la belleza de lo que le rodeaba y se sintió mucho más tranquila al contemplar los millones de estrellas que brillaban en la oscuridad. Los cielos del sur eran hermosos, tal como lo recordaba. Se colocan sobre los campos llanos como una cúpula, asegurándose de que nada cambie. *No aquí. No bajo estas estrellas.* Las campanas de la iglesia siempre sonaban los domingos, las estaciones llegaban y se iban y los campos de maíz nunca podrían ser reemplazados por rascacielos o centros comerciales, al menos no en mucho tiempo. Pero no eran sus estrellas. Sintiéndose pequeña e insignificante, la soledad la golpeó. Sentía la necesidad de pertenecer a algo o a alguien y eso no estaba aquí. Necesitaba un ancla, algo a lo que agarrarse. *Mi hogar. Necesito ir a mi hogar.*

CAPÍTULO 61

"Hola Marcus, soy Nathalie Kingston." Hizo una pausa. "No me conoces pero agradecería que me dedicaras un par de minutos de tu tiempo para hablar de algunas cosas." Nathalie siempre llamaba a las personas con las que hacía negocios por su nombre. Eso la ponía al mismo nivel y había descubierto a lo largo de su carrera que la gente era más propensa a involucrarse si se acercaba a ellos de una manera más afable.

"De acuerdo." Dijo Marcus Obermeier de manera cautelosa. "No eres de la oficina de impuestos, ¿verdad? Porque si lo eres, puedes hablar con mi abogado."

"No, no." Nathalie trataba de ser lo más directa posible. La gente como Marcus rara vez tenían tiempo para charlas triviales. "En primer lugar, hay una oficina en la que estoy interesada. Está en uno de tus complejos en Mónaco. ¿Está disponible alguna de las oficinas pequeñas del quinto piso? Estoy interesada particularmente en una que está en la esquina, orientada al sur."

Hubo una pausa antes de contestar. "No, no hay ninguna. No a menos que estés en la lista de espera." Dio un suspiro.

"De todos modos, deberías hablar con mi equipo de ventas sobre eso. Yo no me ocupo de esos asuntos. ¿Cómo has conseguido mi número?"

"Claro, por supuesto. Lo entiendo." No tenía intención de rendirse. "Es solo que la oficina de la esquina es perfecta para mí, Marcus, y no tengo tiempo para esperar a que alguna de la gente que está en esa lista lo deje. Tengo algo de prisa. Puedo pagar en efectivo si quieres. ¿Quizás podríamos llegar a un acuerdo tú y yo?"

Marcus se mantuvo en silencio un momento antes de aclararse la garganta. "Te escucho."

Bueno. Esto era muy bueno. Nathalie nunca había sido flexible con la moralidad en los negocios en su vida, pero desde luego agradecía que Marcus sí lo fuera.

"¿Qué tal si me mueves a lo alto de la lista y te pago un año de arrendamiento por adelantado, más un pequeño bono para ti? ¿Eh? ¿Por ejemplo, el diez por ciento? Nadie tiene por qué saberlo." Esperó la respuesta durante un momento. "¿Marcus? ¿Sigues ahí?"

"Eh... sí. Señorita Kingston, ¿verdad?"

"Sí, Nathalie Kingston."

"Bueno, señorita Kingston, creo que podemos hacer algo. Siempre que podamos mantenerlo entre nosotros. ¿Te puedo llamar mañana?"

"Sí, sería genial." Nathalie sonrió emocionada. Era un gran paso y haría todo lo que estuviera en su poder para que funcionara. "Pero Marcus," continuó. "Hay otra cosa de lo que me gustaría hablar contigo..."

"at-Nat, ¿te vas? ¿Por qué están hechas tus maletas?" la madre de Nathalie miró las maletas y luego a su hija cuando entró en su habitación. Un profundo ceño se formó entre sus cejas.

"Sí, me voy. No te lo dije antes porque acabo de cambiar mi billete."

"Pero ¿por qué?" preguntó mientras se movía nerviosa. "¿Ya te están enviando a Singapur?"

"No, ha surgido algo." Dijo sentándose en el borde de la cama de su infancia. "Pero quiero que sepas que voy a poner más esfuerzo en venir en el futuro, si tú quieres, claro."

"Por supuesto, Nat-Nat. Sería maravilloso verte más. ¿Por qué no iba a querer?"

Nathalie se preparó para lo que iba a ser la conversación más difícil de su vida y palmeó el espacio del colchón junto a ella para que su madre se sentara.

Respiró hondo. "Estoy enamorada, mamá. Y me temo que es posible que no estés de acuerdo con mi elección de pareja."

Su madre negó con la cabeza. "No lo entiendo, Nat. Es maravilloso que hayas conocido a alguien. Todas necesitamos un hombre que nos cuide al final, aunque no puedo decir que no esté decepcionada por no haberte mantenido casada con Jack." Tomó la mano de Nathalie entre las suyas y se la apretó. "Pero estoy intentando hacerme a la idea y, como dices tú, es tu vida y eres lo suficientemente mayor como para tomar tus propias decisiones."

"No es un hombre. Estoy enamorada de una mujer." Decirle esas palabras a su madre era aterrador, pero lo había pensado mucho y tenía que decirlo. "Vive en Francia. Allí es donde voy." Dijo, dirigiendo su mirada a las maletas.

"No." Su madre le lanzó una mirada perpleja e inmediatamente le soltó la mano. "¿Has dicho...una mujer?"

"Sí, eso es lo que he dicho." Se volvió hacia su madre pero no pudo mirarla a los ojos.

"No. Eso no puede ser. Mi hija no es una pecadora. Ningún Kingston es un pecador y que me condenen si tú te conviertes en la primera."

Nathalie intentó mantener la calma. Era exactamente la reacción que había esperado pero, aún así, fue como una bofetada en la cara. "No soy una pecadora, mamá. Solo estoy enamorada. Y no hay nada malo en ser gay." Dio un profundo suspiro. "El señor Ainsworth del otro lado de la calle es gay y no tienes ningún problema con eso."

"No, no lo es. ¿Cómo puedes decir eso?" Dijo su madre resoplando. "El señor Ainsworth es un miembro respetado de la comunidad de nuestra iglesia. Está casado y tiene dos hijos."

"Aún así, es gay." Nathalie se sentía mal por tener que arrastrar al señor Ainsworth en su lío, pero necesitaba cualquier munición para poder llegar a su madre.

"Deja de decir esa palabra, Nathalie. Aunque lo fuera, que no lo es, no actuaría como uno de esos."

"Sí, sí que lo haría. De hecho, lo hace," dijo Nathalie con toda naturalidad. "Lleva teniendo una aventura con el cartero desde que tengo uso de razón. No es un secreto, mucha gente lo sabe. Los vi hablando fuera de la iglesia el domingo y, créeme, todavía siguen juntos. ¿Qué tipo de vida es esa? No quiero vivir en secreto."

"Estás mintiendo." Su madre volvió la cabeza, evitando su mirada. "El señor Ainsworth no es…"

Ni siquiera puede decir la palabra. Nathalie dejó escapar un profundo suspiro.

"Y tú tampoco," continuó Betsy con lágrimas en los ojos.

"¿No quieres que sea feliz?" le preguntó sin levantar la voz. Permaneció todo lo tranquila que podía, sabiendo que era la única forma.

"Por supuesto que quiero que seas feliz. Eres mi hija, carne de mi carne." Cerró los ojos, sujetándose el pecho como si tuviera problemas para respirar. "Pero no así, Nathalie. No así. Si me das un poco de tiempo, quédate un poco más, puedo buscarte un joven apuesto con un…"

"Me voy," la interrumpió Nathalie. "Te he dicho lo que quería sacar de mí y te dejo que lo pienses. No tenemos que volver a hablar de ello nunca más, eso depende de ti. Pero tampoco voy a ocultar mi vida amorosa. Puedes fingir que esta conversación nunca ha existido. Pero si alguien me pregunta aquí, le responderé con sinceridad porque no me avergüenzo de ello." Se puso de pie y recogió sus maletas. "He dejado mi número de teléfono francés en la mesa de la cocina. Puedes llamarme en cualquier momento si quieres hablar y te visitaré pronto, si quieres que lo haga."

"¿Te lleva tu padre?" preguntó su madre en voz baja.

"No, he pedido un taxi." Nathalie llevó las maletas a la puerta de entrada. Mientras tanto, su madre se quedó detrás de ella, sin saber qué hacer o decir. "Pensé que papá y tú querríais hablar. Así que, o bien se lo dices tú en algún momento o yo lo haré." Le dirigió una sonrisa triste antes de salir. "Espero verte pronto, mamá. Ah, y dile a papá que está siendo sobreprotector con las gallinas. No hay nada ahí fuera."

"Espera," su madre se acercó a ella y la tomó entre sus brazos, abrazándola como si fuera el último adiós. "Por favor, piensa en lo que estás haciendo. Rezaré por ti, Nat-Nat."

Nathalie se soltó del abrazo y la besó en la mejilla.

"No necesito pensármelo. Pero creo que tú sí deberías hacerlo."

CAPÍTULO 63

*L*ena miró el dormitorio una vez más, sintiéndose realizada. De nuevo se veía presentable, con flores frescas en la mesita de noche y un nuevo par de zapatillas de estar por casa junto a la cama. Poco a poco había borrado todo rastro de lo que Nathalie había dejado. Su comida en el frigorífico, una copa de vino con las marcas de su pintura de labios dejada en la terraza y un papel con números de teléfonos y notas garabateadas. Todo desaparecido. Podría haber contratado a alguien de limpieza. Era una casa grande y hacer que estuviera todo impecable no era tarea fácil. Pero necesitaba pasar página o, al menos, algún tipo de ritual para deshacerse de los recuerdos de Nathalie, que parecían no desaparecer a pesar de sus esfuerzos. Lena esperó durante semanas hasta que pudo, por fin, sentir que podía llevarlo a cabo. Ahora había toallas limpias en el cuarto de baño, jabón y champú en la ducha y había comprado un nuevo juego de sábanas para la cama del dormitorio amarillo. También había limpiado las otras habitaciones, por si el nuevo inquilino prefería dormir en la planta de arriba o quería recibir invitados.

"Por lo menos este es un hombre," le dijo a Gumbo. "Así tu mamá no tendrá que preocuparse esta vez por si hace algo estúpido." Se le paró el corazón cuando vio una horquilla en la maceta que había junto a la cama. La cogió y la examinó. Era de Nathalie. La invadió el arrepentimiento, como cada vez que recordaba. Todavía dolía, todo el tiempo. *Olvídate de ella. Déjalo ir ya.*

Entró en la cocina y tiró la horquilla a la basura antes de servirse una generosa copa de vino. Luego se puso a trabajar y a preparar una comida de bienvenida para el nuevo inquilino. Al tener una sucursal en Mónaco, podría regresar si le gustaba la casa así que quería darle la mejor bienvenida posible.

Marcus Obermeier de Austria había parecido ser un hombre bastante agradable durante la correspondencia que habían mantenido. Lena había sido sincera con él y le había dicho que ella vivía en el anexo. Él le dijo que no le importaba. Marcus solo quería un lugar donde quedarse durante tres semanas mientras cerraba su último negocio de bienes raíces en Mónaco. En algún lugar discreto, donde pudiera traer "una amiga" de vez en cuando, como él mismo dijo. Lena supuso que se refería a su amante, aunque no se había entrometido. Por si acaso, se había asegurado de tener suficiente estofado para dos, una botella de vino blanco frío en el frigorífico y velas en la mesa de la cocina y fuera, en la terraza. Empezaba a anochecer así que encendió un par de ellas para crear ambiente.

UNA HORA después sonó en el anexo el timbre de la verja. Recién salida de la ducha, se puso unos pantalones cortos y una camisa de lino blanca antes de salir corriendo hacia el camino de entrada. Sonrió cuando vio que el coche se detenía. El Jaguar era una excelente elección, pensó, al escuchar el chirrido de los neumáticos cuando el coche se detuvo de repente junto a su Porsche. *Creo que ya me gusta este Marcus.* Se abrió la puerta y, cuando empezaba a dibujar una sonrisa de bienvenida, se dio cuenta de que no era Marcus quien salía del coche.

"¿NATHALIE?" Lena miró a la mujer que caminaba hacia ella, sin comprender lo que estaba pasando. Nathalie seguía siendo tan preciosa como la recordaba. Su cabello se mecía sobre sus hombros mientras caminaba. Iba vestida de manera informal, con zapatillas de deporte y un vestido corto veraniego. *Otra vez no. Por favor, no me hagas esto otra vez.* "¿Qué estás haciendo aquí?" Lena respiró hondo, sin estar segura de si debía mantener la distancia o tomar a Nathalie entre sus brazos. "Tengo un inquilino en camino, justo ahora."

"¿Marcus? No va a venir." Dijo Nathalie. No parecía engreída o estar divirtiéndose. Se veía tímida y nerviosa mientras acortaba la distancia entre ellas. "Le he organizado un alojamiento alternativo así que este es mi alquiler mientras dure su reserva." Miró a Lena. "Créeme, está más que feliz. Le conseguí un lugar con mayordomo y es de los que les gusta presumir. Incluso prometió darte una calificación de cinco estrellas ya que, técnicamente, todavía está a su nombre." Hizo una pausa. "Así que puedes ignorarme, gritarme por hacer esto o escucharme."

Lena no supo qué decir mientras miraba esos ojos azules que seguramente volverían a meterla en un lío. Era peligroso, lo sabía. Abriría una puerta a un nivel de dolor completamente nuevo. Uno que incluía falsas esperanzas, decepción y muchas más noches de insomnio. Pero no podía apartar la mirada. La aparición de Nathalie era lo último que hubiera

esperado pero, al mismo tiempo, era la sorpresa más maravillosa que había recibido nunca. Sentía tanto dolor, tanta
alegría, y tanto entusiasmo por volver a verla que temía
derrumbarse.

"Por favor, escúchame y déjame explicarme," le rogó
Nathalie de nuevo cuando Lena no respondió. "Solo quiero
hablar contigo." Tragó saliva y Lena pudo ver lágrimas en sus
ojos. "Te he echado de menos. Joder, te he echado tanto de
menos... Cada día era una lucha, sabiendo que tú estabas aquí
y yo estaba al otro lado del océano. Tú estabas aquí, viviendo
tu vida, probablemente saliendo adelante sin mí. Solo pensar
en que te olvidarías de mí era insoportable e imaginé que un
día me desvanecería de tu memoria y dirías "¿Nathalie?
¿Quién era esa? Ah, sí, claro. Fue inquilina mía y tuvimos
algo durante su estancia"" Nathalie negó con la cabeza. "Y
eso sería todo." Miró intensamente a Lena. "Y no acepto eso.
Porque creo que pertenecemos la una a la otra, Lena. Creo
que estaba destinada a venir aquí y a conocerte. Estaba destinada a conocerte y perderme contigo. Así que, por favor,
escúchame, porque necesito decirte esto."

Lena dejó caer los hombros, sintiéndose derrotada. No
había forma de que se alejara de nuevo. La había echado
tanto de menos.

"Vale." La mano de Lena temblaba cuando alcanzó la de
Nathalie. "Vamos a sentarnos." Nathalie la tomó de la mano y
la siguió hacia la piscina, donde se sentaron una junto a la
otra en una de las tumbonas. Lena se estremeció cuando sus
brazos se rozaron. Pensó en soltarse de la mano, pero no
pudo. No ahora, cuando por fin estaba aquí.

"Rechacé el trabajo en Singapur y he alquilado durante un
año una oficina en Mónaco," dijo Nathalie, yendo directamente al grano. "El complejo de Marcus Obermeier." Se
volvió hacia Lena. "Ya sabes, tu inquilino que se suponía que
llegaría hoy."

Lena frunció el ceño, dejando que las palabras entraran en su cabeza. Luego su expresión se suavizó cuando la invadió el alivio.

"¿Te mudas a Mónaco?"

Nathalie negó con la cabeza. "No, me mudo a Francia pero voy a abrir mi nuevo negocio en Mónaco, como consultora sobre la fabricación ecológica. No fue fácil, tuve que trasladar todo mi capital aquí, pero ya está todo hecho y todo el papeleo en orden. Mi permiso de trabajo temporal llegará la semana que viene." Tomó la mano de Lena. "Mira, no espero que me aceptes de nuevo aquí y ahora y quizás ya sea demasiado tarde, pero de verdad que me gustaría empezar de nuevo si me das otra oportunidad. Sé que es un riesgo mudarme aquí, pero el hecho es que me encanta Francia y siento que este es el lugar al que pertenezco." Apretó los labios, buscando las palabras adecuadas. "Te he echado tanto de menos que duele. Cada día que pasaba sin ti parecía inútil." Hizo una pausa para respirar hondo en un intento por contener las lágrimas. "E incluso si no quieres hacer esto, tengo que empezar a establecer mi hogar en algún sitio y todo lo que sé es que nunca va a ser Chicago o Singapur. He sido feliz aquí."

Lena le apretó la mano. "¿De verdad te mudas aquí?" Sus ojos se encontraron con los de Nathalie durante un breve momento. Estaban llenos de emoción, llenándose de lágrimas mientras bajaba la cabeza y miraba sus manos entrelazadas. "Guau."

"Si no me quieres aquí, puedo quedarme en la casa de huéspedes del pueblo por ahora," continuó Nathalie. "Voy a mirar algunas propiedades esta semana. Decidí poner todas mis cosas a subasta en Chicago así que empezaré de cero." Consiguió sonreír. "Me gusta la idea de un nuevo comienzo. Es como tú dijiste, la vida es una hoja en blanco en este momento y tengo la suerte de poder pintar lo que quiera así que, ¿por qué usar los colores que me aburren? Quiero estar aquí, contigo. Y si es demasiado tarde, bueno... aún así, quiero estar aquí."

El rostro de Lena se iluminó con una sonrisa. "No quiero que te mudes al pueblo," dijo con voz temblorosa. "Quiero que te mudes aquí, conmigo. A menos que sea demasiado pronto..."

Nathalie contuvo la respiración ante las palabras que se moría por escuchar. Se secó una lágrima y se volvió hacia Lena, tomando su otra mano.

"¿En serio? ¿De verdad quieres que me mude aquí contigo? Quiero decir, nada me gustaría más, pero sabes lo que estás diciendo, ¿verdad?"

Lena asintió y cerró los ojos mientras acercaba su frente a la de Nathalie.

"Te amo, Nat." Se hizo un silencio. "No estaba segura de poder volver a amar, pero te amo más de lo que nunca he amado a nadie." El muro de Lena se había levantado y se permitió por fin tener sentimientos por alguien. Era liberador dejar que sus lágrimas corrieran libremente y decir por fin lo que quería decir. Abrazó fuertemente a Nathalie, enterrando su cara en su cuello.

"Yo también te amo." Nathalie sonrió a través de sus lágrimas cuando pronunció esas palabras, hundiéndose en el abrazo. Se abrazaron durante minutos, hasta que Nathalie levantó la mirada buscando los labios de Lena. Los había estado añorando, deseando su beso desde el día en que se separaron. "Bésame," susurró.

Lena tomó su rostro entre sus manos y rozó sus labios contra los de Nathalie, provocando un leve suspiro de su boca.

"Te he echado tanto de menos, Nat." Cogió el labio inferior de Nathalie entre los suyos antes de atraerla hacia sí, haciendo que el beso fuera más intenso. Nathalie sintió la calidez de la boca de Lena en la suya, después su lengua mientras inclinaba la cabeza y separaba los labios. Gimió, pasando su mano sobre el cabello de Lena, hasta llegar a la nuca. Esa cálida sensación que se extendió por todo su cuerpo creció cuando Lena la bajó y la extendió en la tumbona y se hundió sobre ella. Su hambre por los besos de Lena y porque la tocara se multiplicaron por diez, dejándola desesperada por tener más.

"Dios, qué maravilla." Nathalie suspiró y volvió la cabeza mientras dejaba que Lena le devorara el cuello. Sintió sus dientes raspar su piel, su boca húmeda en su oreja mientras escuchaba su respiración entrecortada. Ese sonido hizo que Nathalie la deseara aún más y arqueó la espalda de placer cuando Lena movió una mano bajo su vestido, la subió por su muslo y alrededor de su cintura para desabrocharle el sujetador en la espalda.

"Quítatelo," dijo Lena, sentándose a horcajadas sobre ella. Apenas tuvo tiempo de quitárselo todo antes de que los labios y las manos de Lena la cubrieran de nuevo. Nunca en su vida se había sentido más deseada. Lena la tocaba con tanta seguridad, con tanta pasión. La sensación de sus manos cálidas era casi insoportable. Lena le mordió un pezón, suavemente al principio, antes de llevárselo a la boca.

"Te necesito," dijo con voz ronca. Se movió hacia atrás para mirar a Nathalie y la besó larga y profundamente. Nathalie gimió, envolviendo con sus piernas sus caderas, que empujaban contra ella. Movió las manos bajo su camisa pero Lena la agarró por las muñecas y le sujetó las manos por encima de la cabeza con fuerza. "Pronto." Sus ojos estaban oscuros y llenos de anticipación por lo que venía. "Déjame tenerte, por favor."

Nathalie respiró hondo y asintió cuando Lena deslizó las

yemas de sus dedos bajo el borde de las bragas, sin dejar de sujetarle las muñecas con la otra mano.

"¿Sientes cuánto te deseo?" susurró, abriendo las piernas. Lena sonrió mientras bajaba la mano, acariciando la piel sensible entre sus muslos antes de deslizar un dedo en su humedad. Se mordió el labio y cerró los ojos con placer mientras entraba en Nathalie, agregando otro dedo cuando ella levantó las caderas, rogando más. Le mantuvo las manos, que se retorcían, en su sitio, provocándola con movimientos lentos. Parecía más excitada de lo que Nathalie la había visto nunca, moviéndose dentro de ella a un ritmo lento y constante mientras ella gemía en voz baja cada vez que sus dedos la penetraban más profundamente.

"Puedo sentirlo. Dios, estás tan húmeda." Abrió los ojos y vio a Nathalie ahogarse en éxtasis, gritando cuando la penetraba cada vez más rápido, hasta que ya no pudo contenerse más. Por fin soltó las muñecas de Nathalie, lo que le permitió llegar hasta ella y empujarla hacia un beso que lo consumía todo mientras la llevaba al límite, manteniendo sus dedos profundamente dentro de ella. Sintió las contracciones de Nathalie, el temblor de cada parte de su cuerpo. Escuchó la liberación en su voz y vio la intensidad en sus ojos. Era maravilloso.

"Joder, Lena." Suspiró Nathalie, su pecho subía y bajaba por la acelerada respiración. "Solo tú puedes hacerme esto." Atrajo a Lena hacia ella y la besó de nuevo.

"Solo tú puedes hacer que yo haga esto," dijo Lena. Seguía dentro de ella, saliendo lentamente antes de presionar su mano entre las piernas de Nathalie y provocando otro jadeo de su boca. Dejó que sus dedos recorrieran los pliegues de Nathalie, subir por el estómago y sobre su seno, dejando la mano allí mientras se lamía los labios.

Nathalie miró la expresión excitada de Lena, abrumada por la necesidad de quitarle la ropa lo más rápido posible.

Recorrió la espalda de Lena, rozando la parte superior de su cintura antes de meter la mano, maravillándose de la suavidad de su trasero. Lo apretó y levantó la mirada hacia Lena con una sonrisa traviesa.

"Quiero que te quites esta ropa en los próximos treinta segundos porque tengo planes para ti."

CAPÍTULO 64

*E*l agua de la piscina resultaba refrescante después de pasar horas haciendo el amor en el calor de la noche. Mientras se besaban, Nathalie rodeaba con sus brazos el cuello de Lena y con sus piernas su cintura. Se sentía físicamente exhausta pero llena de energía al mismo tiempo. Lena la abrazaba con fuerza, moviéndose hacia el extremo más profundo de la piscina. Estaba oscuro y las velas junto a la piscina pintaban un cuadro perfecto sobre el jardín de *Villa Provence.*

"Estoy tan contenta de que estés aquí," dijo Lena en voz baja. "Es más de lo que nunca me atreví a esperar que ocurriera."

"Yo también me alegro." Nathalie le acarició la mejilla y le dio un beso en la nariz. "Todavía no me puedo creer que esté aquí de nuevo," dijo sonriendo. "Bueno, entonces, vamos a hacer esto de verdad, ¿eh? ¿Tú y yo?"

"Sí. Tú y yo." No había ninguna duda en su mente. Quería a Nathalie con cada fibra de su ser. "¿Estás nerviosa por tener que empezar de nuevo? ¿Una vida nueva, montar una empresa en un país donde no hablas el idioma? ¿Donde no conoces a nadie, aparte de mí?"

"Por supuesto que estoy segura." Nathalie se inclinó hacia atrás y sumergió la cabeza en el agua antes de volver a mirarla. "Mentiría si dijera que no estoy nerviosa. Pero también tengo esperanzas y siento que puedo hacer cualquier cosa contigo en mi vida. Creo que me asentaré bastante rápido." Suspiró, mirando el rostro de Lena. Era preciosa. "Voy a tomar clases de francés y me he dado un plazo de un año para poder hablar un francés básico. Por lo menos, lo suficiente como para defenderme y mantener conversaciones cortas."

"Señora ambiciosa. Eso quiere decir que tendremos que practicar un poco más juntas." Lena frunció el ceño, poniéndose seria de repente. "¿Se lo contaste a tus padres? ¿Sobre nosotras?"

Nathalie asintió. "Sí. Se lo dije a mi madre. No fue muy bien." Dijo encogiéndose de hombros. "Pensé en no contárselo y dejarlos en la ignorancia. De todos modos, no los veo muy a menudo y estoy segura de que habría sido capaz de escabullirme de sus desesperados intentos por emparejarme con alguien." Sonrió. "Pero entonces no sabrían la parte más importante de mí. Y lo más importante de mí es que te amo. Y quería que lo supieran."

"Ya lo veo." Lena trazó la boca de Nathalie con su pulgar, sosteniendo su rostro entre sus manos. "Y entonces, ¿os seguís hablando?"

"Sí, creo que sí. Seguramente esquivarán el tema toda la eternidad, pero esa es su elección y yo ya he hecho la mía. Los visitaré y hablaremos de gallinas y pan de maíz. De lo que sea menos *eso*." Rió. "No me sorprendería nada que toda la iglesia estuviera rezando por mí otra vez. Toda la situación va más allá de ser molesta pero, aún así, me gustaría que algún día vinieras conmigo. No quiero perder los lazos, aunque no tengo ninguna conexión con mi ciudad natal en absoluto. Quiero enseñarte dónde crecí, de dónde soy. ¿Es extraño que me sienta así?"

"En absoluto." Lena le dirigió una sonrisa. "Me encantaría ver dónde creciste. Dales algo de tiempo a tus padres. Solo porque los míos nunca lo entendieran ni lo aceptaran, no quiere decir que los tuyos no lo harán en el futuro."

"¿Alguna vez has pensado en volver a Nueva York? ¿Visitar a tus padres?"

Nathalie negó con la cabeza. "No. Nunca se pusieron en contacto conmigo, así que supongo que ellos sienten que están mejor sin mí. Mi madre tampoco me suplicó que me quedara cuando le dije que me mudaba a Francia. Pero ya acepté eso hace mucho tiempo."

"Tengo otra pregunta." Nathalie parecía nerviosa mientras jugueteaba con un mechón de su pelo. "No quiero que pienses que esto es importante para mí, o que te sientas presionada, pero tuve mucho tiempo para pensar mientras estaba con mis padres y me preguntaba si..." dudó un momento. "Bueno, me preguntaba si tú quieres tener hijos. Nunca hemos hablado de eso. ¿Has pensado tú en ello?"

Lena se rió entre dientes. "Es una pregunta complicada. ¿Qué pasa si te doy la respuesta equivocada?"

"No hay respuesta equivocada."

"Vale. En ese caso, supongo que algún día me gustaría tener una familia. Pero si eso no ocurre, también está bien, no pasa nada. ¿Y tú?"

"Nunca quise tener hijos," dijo Nathalie. "Pero me siento diferente contigo. Es la cosa más extraña. Incluso he pensado en la fantástica madre que serías y nos imagino con niños."

"¿De verdad? ¿Crees que sería una madre fantástica?" Lena arqueó una ceja y sonrió.

"Sí, de verdad." Nathalie la abrazó con más fuerza. "Pero primero me gustaría disfrutar esto, al menos unos años.

Además, en este momento necesito centrarme en lo básico, como montar mi empresa y aprender francés."

Lena se rió. "¿Por qué no empezar ya? ¿*As-tufaim*?"

Nathalie frunció el ceño. "¿Qué?"

"¿Tienes hambre?" le preguntó de nuevo, esta vez en su propia lengua.

"Ah, ya." Se rió Nathalie. "Tendré que recordar eso. ¿*As-tufaim* has dicho?"

"Ajá. Ya tienes una fantástica pronunciación."

Nathalie puso los ojos en blanco. "Sí, claro. Pero, respondiendo a tu pregunta en mi idioma, sí, me muero de hambre. No he comido desde el almuerzo en el avión y no negaré que mi apetito se ha alimentado probando otras cosas..." dijo guiñándole un ojo.

"Oh, pobrecita." Lena le lanzó una mirada divertida. "Lo siento mucho. Ni siquiera te ofrecí nada. Dame diez minutos y caliento la comida. Cociné algo antes."

"Oh, créeme, me ofreciste más que suficiente," dijo Nathalie riendo. "Pero espera." Soltó a Lena a regañadientes y se dirigió a las escaleras. "Yo lo haré. Estoy empezando de nuevo así que me vendría bien acostumbrarme a cocinar. Estoy decidida a ser lo más francesa posible." Sonrió. "Pero puedes ayudarme porque, por ahora, no tengo ni idea de lo que hago."

Salieron de la piscina y se estaban secando cuando escucharon ladridos que venían del anexo.

"Mierda. Es Gumbo." Lena se apresuró a abrir la puerta. "Se me olvidó completamente que seguía allí." Gumbo salió corriendo y se dirigió directamente hacia Nathalie.

"Hola chico, te he echado de menos. Siento mucho habernos olvidado de ti." Se agachó para saludarlo pero, para su sorpresa, el perro saltó directamente a sus brazos. "Creo que él también me ha echado de menos," dijo con voz dulce besándole la nariz. "¿Vienes con nosotras a la cocina,

Gumbo? También te prepararé algo de comida." Gumbo ladró al oír la palabra "comida" y rieron mientras volvían a la casa principal con Gumbo corriendo delante de ellas. Nathalie tomó la mano de Lena y saboreó el momento. Por fin estaba en casa.

EPÍLOGO

*E*ra finales de agosto y las carreteras estaban congestionadas de turistas en coches de alquiler y auto caravanas que se dirigían a Italia. En temporada alta, Lena rara vez conducía a Mónaco a otra hora que no fuera las cinco de la mañana, especialmente los sábados. Pero hoy era una excepción y como hoy había salido con mucho tiempo, no tenía prisa. Miró a Nathalie desde el asiento de pasajero y sonrió.

"Estás sexy, conduciendo con ese vestido."

Nathalie le dirigió una sonrisa coqueta y se subió el bajo del vestido de satén rojo mientras aceleraba, revelando un muslo bronceado.

"¿Ah sí?" Hizo un movimiento con su cabeza hacia la caravana con matrícula holandesa en el carril rápido que estaba deteniendo el tráfico. La cabeza del conductor se volvió, mirando directamente a Nathalie, hasta que el pitido de la bocina de un coche le hizo dar un salto y acelerar. "No soy de las que tocan el claxon pero creo que él estaría de acuerdo contigo."

Lena se echó a reír. "Creo que todos los conductores estarían de acuerdo conmigo." Pasó una mano por debajo del vestido, deslizando las yemas de sus dedos por su muslo. Nathalie se mordió el labio y se estremeció, tratando de mantener su atención en la carretera.

"¿Te importa si paramos en la oficina en el camino de vuelta? Se me olvidó traer unos papeles ayer y voy a trabajar desde casa la semana que viene y los voy a necesitar."

"Claro." Lena la observó colocarse un mechón del pelo detrás de la oreja. Nathalie llevaba el pelo recogido. El color rojo de su pintalabios hacía juego con su vestido de cóctel sin mangas y sus sencillas sandalias. Estaba preciosa sin ni siquiera esforzarse en parecerlo, pensó Lena. "No he estado en tu oficina desde que recogiste las llaves. Me encantaría ver lo que has hecho allí." Apretó el muslo de Nathalie y sonrió. "Y, de todos modos, dudo que pueda esperar hasta que estemos en casa para quitarte ese vestido, así que la oficina tendrá que valer. Me estás matando, Nat."

Nathalie le lanzó una mirada fugaz mientras giraba hacia Montecarlo.

"Igual que yo. Estás endiabladamente sexy." Lena llevaba una camisa blanca con unos pantalones negros formales. Parecía relajada, reclinada en su asiento y con los pies apoyados en el salpicadero. "Estoy orgullosa de ti Lena."

"Gracias, pero todavía no lo has visto." Lena miró la hora en su reloj. "Estoy un poco nerviosa," dijo. "Ya sé que no hay nada más de lo que podría haber hecho para mejorarlo pero, aún así, sigue siendo estresante. Mi jardín estará en todos los periódicos mañana."

"No te preocupes, va a ser fantástico." Nathalie se detuvo en el largo camino que conducía a las puertas del Palacio del Príncipe, donde se bajaron del coche y lo entregaron al aparcacoches. Fueron recibidas por representantes que las llevaron a la alfombra roja que rodeaba el muro hacia el jardín.

"Oh Dios mío, no me imaginé esto." Nathalie se quedó mirando fijamente a la fila de reporteros que hacían fotografías a los invitados. Tragó saliva y vaciló un momento.

"Venga, vamos." Lena la cogió de la mano y saludó a la señora que había sido su principal contacto durante todo el proyecto.

"Lena, gracias por venir," la mujer mayor de cabello blanco le estrechó la mano y se volvió hacia Nathalie. "Y tú debes ser Nathalie. Es un placer conocerte. Soy Pippa." Les dirigió a ambas una cálida sonrisa. "Bueno, no hay razón para que estéis nerviosas, todo es muy sencillo. Si no os importa, me gustaría que las dos fuerais hacia allá a tomaros una fotografía." Miró de una a otra. "¿Cómo puedo referirme a vuestra relación?"

"Pareja. Nathalie es mi pareja." Dijo Lena. A pesar de los nervios repentinos, Nathalie se sintió reconfortada al escuchar esas palabras. Pellizcó la mano de Lena mientras caminaban hacia los fotógrafos junto a Pippa.

"Y después de eso," continuó Pippa, "os presentaré a la familia. Están muy contentos con el resultado y deseando agradecerte personalmente todo el duro trabajo que habéis puesto en ello."

Nathalie se sintió incómoda parada frente a fotógrafos de veintitantos años pero, cuando Lena la rodeó con un brazo y se la acercó, no pudo evitar sonreír. Justo antes de que estuvieran a punto de abandonar la alfombra, Lena se volvió hacia ella y le robó un beso, lo que provocó un clic de las cámaras aún más frenético.

"Lo siento," dijo riendo entre dientes. "Pero te amo y quiero que todo el mundo sepa que eres mía."

. . .

"HA SIDO INTENSO." Nathalie suspiró aliviada y tomó asiento junto a Lena en un banco, aceptando una copa de champán de uno de los camareros. "Me alegro de haber pasado ya las formalidades y poder ver por fin tu creación." Observó el césped impoluto y el gran macizo de flores, mostrando el Royal Crest. La fuente era espectacular, con una pieza lisa de mármol en el medio, cortada en espiral con cinco brazos que movían el agua. "No me puedo creer que hayas hecho todo esto. Es increíble."

"No fui solo yo," dijo Lena. "Por desgracia, no he podido traer a todo el equipo hoy pero tienen entradas para poder venir con sus familias la semana que viene, cuando vuelva a estar abierto al público. También tengo dos para Alain y Samantha, viene a verlo el próximo fin de semana."

"¿En serio? ¿Otra vez?"

"Sí. Alain está enamorado de ella." Le guiñó un ojo. "Me encanta burlarme de él por eso. Supongo que ninguno de los dos esperaba estar así tan pronto. Ya sabes, atado, tomado y domesticado."

Nathalie se echó a reír. "No, supongo que no lo esperabais. Tampoco yo." Pasó una mano por el cabello de Lena. "Soy tan feliz Lena. Yo…"

"¿Os importa si os hago una foto?" preguntó uno de los fotógrafos, interrumpiéndola.

"No, está bien." Nathalie rodeó a Lena con un brazo y ambas sonrieron mientras levantaban sus copas en un brindis.

"Es una pena que estén por todas partes," murmuró Lena. "No creo que haya un solo sitio aquí donde podamos besarnos como un par de adolescentes imprudentes."

"Exactamente lo que yo he pensado." La mirada de Nathalie se posó en los labios de Lena. Tuvo que contenerse para no posar sus labios en los de Lena. "Pero tendremos todo el tiempo del mundo más tarde."

Lena sonrió y la besó en la frente. "Todo el tiempo del mundo suena como un sueño. Eso es todo lo que siempre he deseado."

POSTFACIO

Espero que te haya gustado leer *Verano Francés* tanto como a mí escribirlo. Si ha sido así, ¿considerarías dejar una reseña en www.amazon.com? Las reseñas son muy importantes para las escritoras y ¡te lo agradecería!

AGRADECIMIENTOS

Me gustaría dar un enorme gracias a Rocío, mi amiga y traductora. Es un placer trabajar contigo y espero que trabajemos juntas en muchos más libros.

Irene Niehorster, mi lectora beta, gracias de nuevo por tu tiempo y esfuerzo. ¡Te lo agradezco de verdad!